Danny Scheinmann

# Atos aleatórios de amor heroico

Tradução de
Maria Beatriz de Medina

Rio de Janeiro | 2010

CIP-BRASIL. CATALOGAÇÃO-NA-FONTE
SINDICATO NACIONAL DOS EDITORES DE LIVROS, RJ

S343a

Scheinmann, Danny
    Atos aleatórios de amor heroico / Danny Scheinmann ; tradução Maria Beatriz de Medina. — Rio de Janeiro: Record, 2010.

    Tradução de: Random Acts of Heroic Love
    ISBN 978-85-01-08704-1

    1. Guerra Mundial, 1914-1918 - Prisioneiros e prisões - Ficção. 2. Prisioneiros de guerra - Rússia - Ficção. 3. Fugas - Rússia - Ficção. 4. Pacientes hospitalizados - América do Sul - Ficção. 5. Romance inglês. I. Medina, Maria Beatriz de. II. Título.

09-5643.                   CDD: 823
                           CDU: 821.111-3

Título original inglês: *Random Acts of Heroic Love*
Copyright © Danny Scheinmann, 2007
Capa: Estúdio Insólito
Editoração eletrônica: Renata Vidal
Adaptação de Renata Vidal
sobre mapas de Neil Gower e ilustrações de Julia Lloyd

Texto revisado segundo o novo Acordo Ortográfico da Língua Portuguesa

Todos os direitos reservados.
Proibida a reprodução, no todo ou em parte, através de quaisquer meios.

Direitos exclusivos de publicação em língua portuguesa
somente para o Brasil adquiridos pela
EDITORA RECORD LTDA.
Rua Argentina 171 — Rio de Janeiro, RJ — 20921-380 — Tel.: 2585-2000
que se reserva a propriedade literária desta tradução

Impresso no Brasil

ISBN 978-85-01-08704-1

Seja um leitor preferencial Record
Cadastre-se e receba informações sobre nossos
lançamentos e nossas promoções.

Atendimento e venda direta ao leitor
mdireto@record.com.br (21) 2585-2002

À memória amorosa de Stella

Dedicado a Sarah

Anotação nº 17

Diga a ela: a vida é breve,
　　　　　mas o amor é longo.

　　　　　　　　　　　Tennyson

Eleni Eleni
　　Eleni
Eleni Eleni
Eleni

# 1

A MENTE, DEPOIS DE UM GOLPE FORTE NA CABEÇA, é como uma casa depois do furacão: cacos, farrapos e lascas irreconhecíveis.

Fragmentos de memória jazem espalhados entre os destroços. Todos os pedaços estão ali, em algum lugar; mas a paisagem está tão distorcida que, tropeçando por ela, o cérebro não faz ideia do que são nem de onde vêm.

— Onde está Eleni?

— *Muerta* — responde o médico.

Os olhos de Leo se fecham; ele está estranhamente calmo observando a bomba que voa em sua direção. Uma última olhada antes de ser eliminado. Ele vasculha a mente e não reconhece o que vê. Um nevoeiro denso sufoca tudo: só consegue discernir algumas formas levemente conhecidas. *Muerta*. Já sabe que ela está morta. Na hora de perguntar não fazia ideia, mas, ao ouvir a resposta, ela soa como confirmação de uma lembrança que parece não conseguir trazer à mente. De repente algo se desvia do borrão e entra em foco nítido. Eleni. Olhos em gota castanha, rica juba de cachos de ébano, feixe de energia elétrica, cantando. Sempre cantando, como os outros respiram. Por um momento fugaz, ele sente seu brilho e calor. Eram como um átomo único, indivisível.

A bomba está quase em cima dele. O átomo está prestes a cindir-se. A energia a ser liberada, feroz e incontrolável.

— Posso vê-la?
— *No es buena idea.*
— Onde ela está?
— Aqui, em outro quarto.

É um jogo em andamento. O médico não quer que o paciente veja a amante morta — pelo menos, ainda não. Está dizendo: "Vamos fingir que ela não está morta de verdade. *Muerta* — é só uma palavra." É um jogo de limitação dos danos. Leo também joga. Não sabe onde está nem como chegou ali. Não tem lembranças dos fatos recentes. Só sabe que ama uma moça chamada Eleni e que precisa vê-la a qualquer custo. Sente o pânico no médico. Se mostrar qualquer sinal de descontrole, o médico os manterá separados. Assim, se faz de calmo.

— Por favor, me deixe vê-la.

O médico avalia a determinação de aço nos olhos de Leo e parece tranquilizar-se; talvez o garoto consiga aguentar, afinal de contas. Não conhece a história desses dois jovens estrangeiros. Não conhece a força do seu relacionamento.

— *Venga* — diz baixinho e indica a porta.

Só então Leo percebe que está deitado numa cama e que devia estar inconsciente. Suas palavras ao acordar foram por Eleni. Algo daquela sopa delirante demora-se nele. Por que o médico fala espanhol? A questão pende em seus pensamentos como um pedaço de barbante cuja outra ponta se perde na neblina. Puxa-a e uma linha surge do nevoeiro. Uma lembrança se agarra a ela. Estou na América Latina. Vim com Eleni. Mas onde? Guatemala? Não, de lá voamos para a Colômbia. Colômbia, então? Não. Ele puxa o barbante com mais força. Não, Colômbia não. Depois da Colômbia, veio o Equador. Equador, o que vem depois do Equador? Para onde íamos depois? Puxa com mais força, o barbante está se desfiando. Peru. Do Equador para o Peru. Como? Como chegamos ao Peru? O barbante arrebenta. Nenhuma lembrança de chegar ao Peru. Devo estar no Equador ou no Peru. Provavelmente no Equador. Não consigo me lembrar do Peru. Ele contempla o fio partido; não faz ideia de onde encontrar a outra ponta. Está à beira de um buraco cujo tamanho ainda é insondável. Fita o vazio como um homem senil que, num momento de lucidez, sabe que sua mente se perdeu.

Ele se põe de pé. A cabeça gira e ele põe a mão na cama para firmar-se. Pisca com força e tenta concentrar-se na pia de esmalte na parede em frente. Uma das torneiras pinga de maneira irritante; deve estar pingando há anos, porque a água deixou uma feia mancha marrom na pia. Onde quer que esteja, o lugar está meio abandonado. A tinta se descasca das paredes e grossas teias de aranha pendem dos cantos sem serem incomodadas. No teto, uma lagartixa solitária examina a cena. O médico o pega pelo braço e o conduz por um corredor.

Param diante de uma porta fechada. Leo sabe que ela está do outro lado. O médico a empurra e abre. Eleni jaz numa maca. Há sangue na blusa azul; o ombro está deslocado. Há uma esfoladura na face. Agora a bomba cai. Algo dentro dele cede e toda a consequência dos fatos explode lá dentro. O sangue troveja descontrolado, correndo por ele como um rio que transbordou das margens; as pernas tremem e cedem nos joelhos; a respiração se encurta e lhe raspa a garganta. O coração rejeita o sangue que volta e se esvazia; o estômago trava, enviando restos indigeridos direto para o cólon; o ânus se aperta para impedir a evacuação. O nariz ataca com muco fluido, os olhos piscam obsessivamente, a visão se borra com as lágrimas. Ele desmorona no chão e solta um alto rangido gutural. As enfermeiras a três quartos de distância param nos trilhos como mães que reagem ao grito do bebê. Vem gente correndo de todas as direções. O médico fecha a porta. Uma multidão murmurante se junta do lado de fora. Algumas pessoas sabem o que aconteceu. São testemunhas que estavam sendo tratadas na clínica. Estavam se perguntando o que aconteceria quando o gringo acordasse e lhe dissessem que a namorada morrera. "Meu Deus", tinham dito, "quando aquele garoto acordar... é terrível demais para pensar." E fazem o sinal da cruz e agradecem a Jesus porque voltarão a ver seus entes queridos.

Leo soluça num monte amassado. Nunca esteve tão sozinho. Perdido nalguma cidade sul-americana sem nome com a mente meio sumida. Levanta-se e vai até Eleni. Acaricia seu rosto com ternura. A pele ainda está morna. Talvez não esteja morta, talvez possa voltar à vida. Olha o médico com otimismo louco e desgarrado nos olhos. O beijo da vida, talvez ele consiga trazê-la de volta com o beijo da vida. Fecha-lhe o nariz e abre-lhe a boca e sopra para dentro dela sua esperança desesperada. De novo e de novo despeja sua vida nela. Depois bate em seu coração para fazê-lo bater. Soca com mais força. Sabe que a está machucando, que ficará ferida, mas é o único jeito. O médico põe a mão no ombro de Leo. Mas uma esperança tenaz e patética tomou conta do rapaz.

— Choque elétrico. Tem tratamento de choque? Há... *choc electrico. Tienes?*

— *No hay, señor. Está muerta.*

Ela não pode estar morta, ele não acreditará nisso. Continua a respirar dentro dela. Implora por um milagre e o milagre acontece. Um fôlego baixo e rascante vem do fundo dela. É um som que recordará pelo resto da vida.

— Ela está viva. Está respirando. Ouviu?

O médico está imóvel. De repente, Leo se anima; não precisa desse médico estúpido e preguiçoso. Pode ressuscitar Eleni sozinho. Enche-a febrilmente e cada vez ela reage com uma exalação.

— *Señor, señor!* — O médico põe a mão de novo no ombro de Leo. Ele o ignora, seu coração voa, e ele quase quer rir.

— *Señor*, ela não está respirando. É o seu sopro saindo dos pulmões dela.

Leo procura o pulso de Eleni. Não há nada. Mais uma vez, ele cai em desespero. Beija a testa dela e sussurra palavras que aprendeu de seu grego natal: "*Matyamou, karthiamou, psyquemou.*" Meus olhos, meu coração, minh'alma.

Acaricia o cabelo dela como às vezes costumava fazer quando ela dormia. Lentamente, o calor abandona o corpo. Um minuto depois, ele uiva como um cão. Ele não faz ideia de quanto tempo isso dura.

O velho médico olha do canto. Combate suas próprias lágrimas; não quer que os sentimentos vençam a frieza profissional. Mais tarde voltará para casa e chorará nos braços da esposa e a abraçará com força durante muitos minutos, saboreando seu hálito, seu perfume e seu amor.

A história se espalhou pelo hospital e a multidão do lado de fora da porta foi dominada por aquela curiosidade insípida que toma conta de todos diante da tragédia. Alguém empurra a porta e a abre. Veem um homem devastado pelo pesar, o rosto cru e retorcido, e a seu lado uma mulher miúda deitada, retorcida e sem vida, numa cama. Como um só, inspiraram fundo e, por um instante, o rosto deles reflete o de Leo.

— Vão embora. Saiam daí. Isto aqui não é um show de horrores. Me deixem sozinho... — E, enquanto fala, a voz de Leo se esganiça e some. Já viram o suficiente; envergonham-se e alguém fecha a porta.

O episódio dispara uma ideia em sua mente enevoada. Por que reconheço essas pessoas? Vira-se para o médico.

— Que dia é hoje?

— Dois de abril, *señor*.

— Dois de abril? — Ele busca desesperadamente dentro de si alguma ligação.

— Onde estou?

— Em Latacunga, *señor*.

Latacunga: ele conhece o nome. É, agora se lembra de que já esteve em Latacunga. Há uma feira movimentada na praça da cidade. Trocou de ônibus ali com Eleni para ir às montanhas. Está no Equador.

— Que dia é hoje? — Esquece que acabou de fazer essa pergunta.

— Dois de abril.

— Dois de abril? O que aconteceu?

— Houve um acidente de ônibus, *señor*.

Em lugar nenhum da memória ele consegue colocar essa informação. Ela nem sequer cria marola em sua psique. Ele fica um instante com a ideia. Não, não se lembra de ônibus nem de acidente. A ideia pende fora dele como um estranho querendo entrar. O cérebro se recusa a ligar essa informação a alguma sinapse ou terminal nervoso. Ainda assim, em algum lugar perdido nos escombros internos está a caixinha-preta, o gravador de voo que traz a verdade do que aconteceu. Um estranho mecanismo protetor foi ligado e o impede de chegar perto demais do epicentro do trauma. Como a testemunha num tribunal que não é obrigada a mostrar provas que a incriminem, o corpo recusa o acesso da mente à informação que pode prejudicá-la.

— Que dia é hoje? — Ele gostaria de saber se já fez essa pergunta antes.

— Dois de abril, *señor* — repete o médico com paciência.

— De que ano?

— 1992.

Leo se atraca com o ano. Ele partiu em 1991. Em que parte de 1991? No fim, perto do fim. Dezembro de 1991. Então o que aconteceu nos últimos quatro meses? Uma luzinha se acende e ele se vê deitado numa praia com Eleni. É véspera de Ano-Novo; fizeram uma viagem de um dia de Cartagena, na Colômbia, a uma ilha tropical. Eleni usa o maiô rosa. Estão deitados lá na bem-aventurança branqueada pelo sol com a espuma do mar a seus pés. Ele vira para ela e beija-lhe a bochecha quente.

— Sabe, não consigo pensar em nada no universo inteiro que eu queira. Tenho você a meu lado, te amo e basta. Não quero mais nada na vida além disso.

Eleni sorri, inclina-se e beija-o.

— Vamos fotografar isso — diz. Ela pega a pequena câmera instantânea e segura-a à distância do braço, acima da cabeça deles, e aponta-a para os dois. Verificam a posição no reflexo da lente e tiram a foto. Clique.

Ele olha o cadáver dela. A memória age como um par de mãos que mergulham pelo esterno, rasgam a caixa torácica e expõem o coração aos elementos. A espinha se derrete e ele fica diante da amante morta como um pedaço de carne frouxa. Não consegue respirar. Seu único pensamento agora é que quer morrer e ir com ela.

Vinda de lugar nenhum, sente uma cãibra repentina na perna. Olha para baixo e nota que a calça jeans está rasgada e coberta de sangue. Depois, sente um palpitar nas mãos. Estão cortadas e sangram. Estilhaços de vidro saem da pele. Por um instante, ele fica bastante absorto, catando os cacos.

O ombro direito está muito esfolado e a junta do quadril dispara tiros agudos de alerta pelas costas. Ele percebe que sofreu ferimentos em todo o lado direito. Mas o pior de tudo é o joelho direito. Não consegue dobrá-lo nem senti-lo. Como é que não notou a dor até agora?

Que dia é hoje?, pergunta-se. Está com vergonha demais para perguntar de novo. A porta se abre. A multidão sumiu. Um policial entra e pede a Leo que o acompanhe até a rodoviária para identificar as malas. Leo reluta em sair do lado de Eleni, mas está estranhamente suscetível a sugestões. Não lhe resta mais nenhuma luta e ele segue obedientemente o policial para fora do quarto. O médico vai atrás e Eleni fica em paz.

— Como se chama? — pergunta o policial.

— Leo Deakin.

— É bem perto, Leo, não vai levar um minuto — diz o policial em espanhol.

Saem da clínica e encontram o sol cegante da tarde e uma muralha de calor. A imensa praça central se espalha diante deles. Uma movimentada feira sul-americana em pleno funcionamento. De um lado, gado vivo é leiloado, lhamas e vacas sujam o chão e galinhas, amarradas pelos pés em cachos pendurados, enchem o ar de cacarejos febris. Os vendedores de frutas estão sentados em filas de cobertores, com os produtos em leque à sua frente, e os ricos índios otovalos, o cabelo em longas tranças, apregoam suas redes e ponchos multicoloridos e tecidos à mão. Leo começa a suar. Como o mundo é insuportável, tão insensível e indiferente. Ele estremece e se encolhe como uma cobra cutucada com uma varinha. Vidas cheias de trivialidade e deveres monótonos. Existências patéticas, mundanas, tediosas, passadas a servir o ganho material. Ele olha o mundo através de binóculos segurados ao contrário. Tudo é pequeno e distante, inalcançável e isolado. Agora ele pertence a outro mundo, uma bolha onde consegue ouvir os batimentos do coração e sentir a pele enrugar-se. A feira é um forno a um milhão de quilômetros de distância. Os sons são amortecidos e irreais. Ele está debaixo d'água e ninguém nota que está se afogando.

Na visita anterior àquela praça, ele e Eleni mal conseguiram andar um metro sem serem atacados por mascates e cobertos de roupas ou joias que não queriam. Resistiram a todas as ofertas até que Leo avistou duas minúsculas cabeças incas esculpidas, uma masculina, a outra feminina. Comprou-as sem pechinchar e deu a masculina a Eleni como lembrança.

Mas agora, enquanto anda pela praça, os comerciantes instintivamente se afastam. Para variar, ele é evitado e ignorado. Há algo nos olhos do homem trancado num estado de trágica perplexidade que perturba os feirantes e seca a garganta. Esse homem definitivamente não está a fim de comprar.

O policial os leva até uma pequena cabana no terminal de ônibus. Normalmente, está cheia de motoristas e cobradores, mas hoje estão amontoados do lado de fora, discutindo o acidente com animação. Silenciam quando veem Leo se aproximar. A cabana está cheia até em cima de malas e lá, bem no meio, há duas mochilas grandes. Ele vai se agarrando na direção delas, sem saber direito se são dele. Tenta erguer as bolsas, mas uma onda de tontura o domina e ele cambaleia e recua. O médico se adianta e pega as duas mochilas. Leo nota um furador de gelo e um par de grampos saindo de uma delas. Fita-os com curiosidade. Verifica duas vezes a etiqueta e vê Leo Deakin escrito nela.

Quando voltam andando pela praça, os olhos de Leo vão de um lado para o outro enquanto tenta, desesperado, recordar. Os neurônios e sinapses faíscam dentro dele e, de repente, algo pula da obscuridade. Estão numa loja de aluguel de equipamento de alpinismo em Quito. Leo adorava escalar montanhas; era um dos prazeres mais perfeitos da vida. Perfeito porque, ao atingir o pico, a gente sabia que não podia avançar mais. Era uma sensação completa de realização. Para ele, essa era uma sensação rara numa vida em que tantas atividades estavam em andamento, sem nunca acabar, em que era preciso olhar o futuro atrás de algum sinal de contentamento. O Cotopaxi, que se elevava acima do planalto como uma sobremesa exótica e atraente em forma de cone, seria um enorme desafio. O vendedor da loja lhes disse que passassem a noite no abrigo da montanha, a cinco mil metros, talvez até duas noites, para se aclimatarem. Aconselhou-os a partir às duas da manhã no dia da escalada, para chegarem ao cume ao amanhecer e voltar antes do degelo da tarde, que seria traiçoeiro. Os grampos e furadores seriam necessários, mas, se o tempo firmasse, a caminhada não seria muito difícil.

— Os dois vão até o alto? — perguntou.

— Eu não — disse Eleni. — Vou até o abrigo, e só até lá.

— Não corram riscos — alertou ele. — Dois novatos morreram lá no ano passado.

Leo se lembra de tomar o café da manhã. Tinham ido ao café predileto, perto do hotel. Comeram salada de frutas com granola e mel. "O café da manhã dos deuses", dissera ele: abacaxi, maracujá, manga. Quando se lembra, sente o gosto outra vez. Eleni engolira uma panqueca de banana com chocolate derretido e não pôde impedir que a calda quente escorresse pelo queixo. Tinham se demorado no café. Depois, voltaram ao hotel, pegaram as pesadas mochilas e partiram para a rodoviária. Lá estava ela finalmente, a rodoviária. Estavam mais atrasados do que planejavam; mais de uma hora. Eleni estaria viva agora se não tivessem se demorado tanto no café da manhã? A memória para na rodoviária; ele ainda não consegue ver na mente nenhum aspecto da viagem. Talvez seja melhor não saber, mas parece que não consegue impedir que os pensamentos disparem. As lacunas se preenchem aos poucos e, apesar de si mesmo, o cérebro trabalhará até terminar o serviço.

# 2

A CLÍNICA É UM PEQUENO PRÉDIO DILAPIDADO, típico da arquitetura colonial espanhola. Para o povo local é um hospital, mas para um europeu definitivamente é uma clínica. Privada de equipamentos e pessoal qualificado, só pode tratar de doenças de rotina.

No saguão, o médico põe o braço em torno dos ombros de Leo.

— Temos de levá-la para o necrotério.

— Não, por favor, não posso passar a noite com ela? — implora Leo.

— Sinto muito, é claro que pode passar a noite aqui, mas creio que a moça não pode. Amanhã farei a autópsia para determinar a causa da morte e depois o senhor decide o que fará. De onde vieram?

— Sou inglês, Eleni é grega.

— Bom, sugiro que telefone para a embaixada grega e peça ajuda a eles — diz o médico. Vira-se para o policial.

— Chame Pedro; precisamos da ambulância para levar Eleni para o necrotério.

O policial balança negativamente a cabeça.

— Pedro já terminou o turno de hoje. Só volta na segunda-feira.

— Então peça a Carlos que traga a picape. — O médico suspira e dá a Leo um olhar de plácida resignação. — Sinto muito, *señor*. Esta é uma cidade pequena. Só temos uma ambulância e o motorista é voluntário. Não trabalha nos fins de semana.

Que lugar mais abandonado para isso acontecer, amaldiçoa Leo.

— Antes de levá-la, posso ficar um pouco sozinho com ela? — pede.

— O senhor a amava muito. Estou vendo. Sinto muito. Sou o Dr. Jorge Sanchez, pode me chamar a qualquer momento. Farei o possível para ajudá-lo. Agora, vá. Chamo o senhor mais tarde, quando Carlos chegar com a picape. — O médico lhe entrega as mochilas, aperta-lhe o braço e empurra-o na direção do quarto onde Eleni está sozinha.

Algo mudou no rosto dela, ficou mais inerte, como se a alma tivesse abandonado totalmente o corpo. Ele a beija e sente uma frieza terrível em seus lábios. Pega-lhe as mãos e esfrega-as para mantê-las quentes. Mas não faz diferença; ela é como uma pedra congelada, e surgiu um tom azulado nas veias sob a pele, onde o sangue a abandonou. O ombro deslocado se arqueia para cima, desconjuntado. Leo estremece ao imaginar a dor do ferimento. Ela parece desconfortável, e ele não pode deixá-la assim. Coloca carinhosamente a mão sob o ombro e tenta endireitá-lo, mas está rígido e travado e ele consegue sentir o espaço entre o osso e a articulação.

— Coitadinha, espero que não tenha sentido dor demais — sussurra. Pega-lhe a mão direita outra vez e a coloca sobre o estômago, para que pareça menos contorcida. O cabelo comprido, escuro e crespo ainda está macio, e ele o acaricia. As lágrimas correm pelas faces e pingam no rosto dela. A porta se abre e uma enfermeira entra.

— Saia, por favor, saia. Me deixe sozinho.

A enfermeira baixa a cabeça, dá meia-volta e sai murmurando desculpas.

Leo sempre sabia quando Eleni estava feliz – e era a maior parte do tempo – porque ela fazia um som. Podia ser um murmúrio, um canto ou barulhinhos bobos com os lábios. Não importa o que estivesse fazendo – pedalando, tomando banho, andando, cozinhando –, ela fazia sons. Em todo lugar, o tempo todo, barulho. Talvez isso enlouquecesse alguém, mas Leo passara a amar. Ela só ficava quieta quando estava triste. Certa vez, ficou uma semana em silêncio e Leo achou intolerável. O relacionamento já tinha um ano e ela recebeu o telefonema de um ex-namorado que lhe contou que acabara de descobrir que tinha HIV e que ela devia fazer o exame de aids. Ela correra até a clínica da universidade e mal conseguira falar enquanto esperava sete dias intermináveis pelo resultado. Leo não fizera ideia do que havia de errado até o dia em que o exame veio negativo e ela voltou para casa cantando.

Agora o canto acabara de uma vez por todas. Um silêncio entorpecedor pende sobre o quarto de hospital. Leo terá de conviver para sempre com esse silêncio. Ele desaba numa cadeira e ouve atento o vazio. O pesar dentro dele se acalma por um momento. Ele se vê de cima, sentado em silêncio na cadeira com Eleni sem vida e imóvel na cama. Nada se move. O ar parece pesado e grosso como lodo. Ele absorve o silêncio, o bater do coração se retarda e a respiração se interrompe. A paisagem ampla do futuro desintegra-se numa cabeça de alfinete. Ele para de chorar e os olhos se embotam. Fica algum tempo sentado assim, desejando sumir, quando de lugar nenhum soa uma voz em sua alma. É Eleni. "Viva", diz ela, simplesmente.

 O que é isso?
 — Viva — lá está de novo.

Ele nunca fora sensível ao chamado dos anjos.

Na verdade, ele se cercara decididamente contra essas bobagens. Estava fazendo o Ph.D. de biologia, era racionalista, o resoluto ex-presidente da Sociedade Darwin da universidade. Desprezava charlatanismo, metafísica e, acima de tudo, religião.

 — Viva — repete Eleni baixinho.
 Será que agora estava desenvolvendo antenas para as mensagens de além-túmulo? Luta contra isso. Tem de ha-

ver alguma explicação lógica para essa voz que parece tão clara quanto a dele. Mas não pode negar que quer acreditar que ela esteja ali.

É tudo o que lhe resta.

— Tudo bem — diz ele a ninguém. — Viverei, se é o que você quer.

Leo nota que um servente entrou no quarto. Não o viu entrar e não sabe há quanto tempo ele está ali. Há uma leveza sobrenatural na presença do homem, como um floco de neve, e ele se move com a delicadeza da borboleta que pousa numa folha. O homem não faz contato com os olhos, mas ocupa-se com as mochilas. Um vidro de mel que tinham trazido se quebrara no acidente, e as mochilas estão grudentas. Ele as limpa com um pano molhado. O homem nada diz, mas por alguma razão Leo se sente consolado por ele e o deixa ficar. Ele trabalha em silêncio e com tamanha humildade que Leo se sente tentado a ajudá-lo. Ajoelha-se, desajeitado, ao lado do servente e abre o zíper da mochila para retirar o vidro quebrado.

— Qual é o seu nome? — pergunta Leo.

O homem olha Leo nos olhos e sorri serenamente. É um homem miúdo, de escuros traços índios.

— José.

— Obrigado, José.

Dentro da mochila, Leo acha o diário respingado de mel em que Eleni escrevia toda noite. É um objeto familiar para ele, com a capa azul desbotada e as páginas com orelhas, mas nunca se aventurou lá por dentro.

Tenta folhear as páginas grudentas, mas o caderno se abre teimosamente no meio. Ele se demora na página que o diário quer que leia. Sem entender as palavras, viaja subindo e descendo os sopés da caligrafia ondulante dela, mergulhando de cabeça em seus profundos u's e v's, deslizando pelos y's enrolados, depois volteando nos o's, antes de atingir as alturas gloriosas dos altivos l's e t's, e balançando nos pingos dos i's até pousar na testa de um n ou no peito de um m. Toda a beleza de Eleni capturada na sensualidade das consoantes e na voluptuosidade das vogais; os contornos do corpo rastreáveis nos cachos suaves da letra. Ele se afasta lentamente dos detalhes das letras para buscar-lhes o significado.

*31 DEZ 1991*
*Levantei cedo para pegar o barco de Cartagena até as ilhas. Algumas delas eram tão pequenas que só tinham uma casa em cima, com um atracadouro ou um heliporto. O guia disse que a maioria pertence aos barões das drogas. Leo se ofereceu para me comprar uma delas quando ficar rico, ou seja, ele nunca vai me comprar uma delas. Nunca seremos ricos, mas estou começando a achar que sempre seremos felizes. Talvez a felicidade seja a nova riqueza.*

*Estava estranhamente frio no barco, uma combinação de vento e respingos do mar. Não estávamos agasalhados e nos aconchegamos no fundo do barco, brincando feito bobos de beliscar os mamilos um do outro quando ninguém estava olhando, e aí, de repente, tive uma ânsia incontrolável de ter filhos de Leo. Queria ser como um cavalo-marinho e cuspi-los às centenas. Encher o mundo de pequenos Leos e Elenis. Nunca me senti assim antes. Adorável Leo, adorável Leo de olhos sonhadores.*

*Paramos numa das ilhas maiores para almoçar num restaurante de palha tipo cabana de praia. Comemos peixe-espada e depois o dono pôs para tocar uma salsa e todos dançamos a valer. Céus, eu adoro essa gente; eles sabem se divertir. Em tarde nenhuma a gente veria isso em Peckham. Leo deve ter sabido como eu me sentia, porque, mais tarde, nos deitamos na praia e ele me disse tantas coisas doces que fiquei com vontade de chorar. Tirei uma fotografia nossa como prova para eu nunca mais me esquecer daquele momento. Atingimos outro nível, e sei, no fundo do coração, que encontrei tudo que procurava. Mas ainda não consigo acreditar direito que Leo me ama. Sei que ele me ama, mas não consigo acreditar direito. Ele me olha como se eu fosse um ser humano fabuloso ou coisa assim, e fico me perguntando quando é que ele vai perceber o que sou de verdade? O engraçado é que, quanto mais ele me olha como se eu fosse fabulosa, mais eu me sinto fabulosa. Hoje na praia, pela primeira vez na vida, cheguei a pensar que talvez eu seja fabu-*

*losa, e que talvez eu sempre tenha sido fabulosa, mas nunca tenha notado.*

*Voltamos ao entardecer e comemos uns frijoles no albergue da juventude. Despedaçada depois de mais um dia de puro prazer.*

Leo fecha o diário e o aperta com força contra o peito. José terminou de limpar o vidro quebrado e oferece a mochila a Leo para guardar o diário. Então pega a mão de Leo com gentileza e examina os cortes. Com cuidado, retira os últimos cacos de vidro e limpa as feridas. Lava o joelho de Leo, passa desinfetante e enrola-o direitinho com uma bandagem. Depois, vai até Eleni e começa a lavar o sangue do rosto.

De repente, a porta se abre e o Dr. Sanchez e outro homem entram. Em comparação com José, os dois parecem estranhamente pesados e maciços. O médico põe novamente a mão no ombro de Leo.

— Carlos está aqui com a picape. Creio que teremos de levar sua namorada para o necrotério agora.

— Não, por favor, me dê mais um tempinho.

— Sinto muito, *señor*. Entenda, não é higiênico deixá-la aqui.

— Tudo bem, entendo, mas não pode levá-la embora. Não quero que ela vá para o necrotério. Deixe que eu cuido dela. Por favor.

Ele procura José nas sombras e olha suplicante para ele. José suspira e balança a cabeça, e Leo sabe que não adianta discutir.

— Tudo bem, mas quero ir com ela para ter certeza de que está tudo bem. E quero voltar lá pela manhã.

O Dr. Sanchez pensa por um instante e diz:

— Seria melhor o *señor* ficar aqui. Talvez pudesse dar alguns telefonemas e descansar.

— Não — diz Leo, enfático —, faço isso depois.

— Como quiser, amigo — diz o médico e faz um sinal a Carlos para abrir as portas duplas enquanto empurra a maca para fora. Leo se vira para agradecer a ajuda de José, mas ele sumiu. Leo nunca mais vê o índio gentil.

Eles abrem caminho pelo saguão até a entrada principal do hospital. Leo fica surpreso ao ver que o sol se pôs e que lá fora está preto como piche. Não faz ideia da hora e pergunta-se que dia é hoje. Ainda não consegue se lembrar de nada do acidente de ônibus, nem mesmo da viagem, mas os fatos anteriores estão começando a se esgueirar para o seu lugar. Antigas viagens perigosas pelas montanhas voltam-lhe à mente. Os ônibus aterrorizaram Eleni desde o princípio. Parecia não haver regras nem regulamentos no que dizia respeito aos ônibus. Uma família podia fazer uma vaquinha para comprar um ônibus velho, de segunda mão, construído na década de 1950, e esse ônibus seria o seu ganha-pão. Se quebrasse, passariam fome, e então se tornavam grandes adeptos de quebra-galhos mecânicos. As estradas estavam apinhadas desses dinossauros sem condições de rodar, com freios duvidosos e canos de descarga quebrados. Os proprietários podiam escolher o destino e os horários, e os ônibus esperavam na estação até ficarem lotados antes de partir. Era bom para os donos que houvesse gente de pé entre os bancos e sentada no teto, pendurada nuns mastros que faziam as vezes de porta-bagagem improvisado. Depois, rodavam o mais depressa que humanamente podiam, para fazer o máximo possível de viagens. Talvez isso fosse tolerável numa viagem curta pela cidade, mas muitas vezes a viagem levava várias horas pelos Andes, e as estradas eram assustadoras. Cheias de buracos e lombadas, com precipícios de desafiar a morte de cada lado, sem barreiras para impedir o inevitável. Algumas vezes, Leo e Eleni viram um ônibus enferrujado no fundo do vale lá embaixo e todos os outros passageiros fizeram o sinal da cruz e rezaram uma pequena oração. Em várias ocasiões, Eleni pedira ao motorista que fosse mais devagar e ele lhe fizera um muxoxo e dissera: "Não confia em mim? Acha que não sei dirigir? Desça do ônibus, se não está satisfeita." E algumas vezes foi exatamente o que Leo e Eleni fizeram.

A picape vermelha de Carlos aguarda na entrada do hospital. Há uma cabine para o motorista e um passageiro e o resto da picape está exposto aos elementos. A traseira está aberta, esperando a carga. Não há assentos nem cobertores, somente o metal nu e sujo de terra.

— Não podemos colocá-la aí, é nojento — implora Leo.

Mas os homens já pegaram Eleni pelos pés e ombros e se esforçam para colocá-la na carroceria da picape.

— Por favor, cuidado — Leo segura a cabeça dela para protegê-la. Carlos apoia as costas na picape, mas, quando Leo tenta subir, o joelho cede, ele escorrega e cai para trás. Carlos solta as mãos e Eleni cai em cima de Leo. Ela é muito mais pesada morta do que viva. Está rígida e fria e Leo luta para sair debaixo dela.

Ela fica ali, como uma ovelha morta pronta para o mercado, sem nenhuma aparência de dignidade. Não há nada para amarrá-la nem impedir que pule nas estradas cheias de lombadas. É tudo tão fragmentado e improvisado. Quando Eleni vivia, ele ficara encantado com o caos da América do Sul; agora está louco por uma ambulância, limpeza, eficiência. Quer uma autoridade em quem confiar, uma culpa que possa ser distribuída e um sistema de compensação. Com tanto caos já na cabeça, ele busca desesperado a ordem externa.

Enquanto observa Eleni escorregar de um lado para outro lá atrás, Leo fica sensível a todos os buracos da estrada e pede a Carlos que dirija com cuidado. Dessa vez, isso não é recebido como insulto e Carlos desacelera até arrastar-se. Passam direto pela cidade e ninguém parece se incomodar minimamente com uma picape que leva um cadáver atrás. Finalmente chegam ao cemitério.

— Achei que íamos para o necrotério — diz Leo.

— É aqui, *señor*, nos fundos — tranquiliza-o Carlos.

Está ameaçadoramente escuro; Leo só consegue perceber as lápides e o contorno de uma pequena capela. O portão da frente está fechado e Carlos buzina. Dali a pouco, um velho magro surge nos faróis e manca pelo caminho de cascalho com uma tocha. Abre o portão e convida Carlos a entrar e estacionar atrás da capela.

Param junto a uma pesada estrutura de pedra que, com o telhado em ponta aguçada, lembra a Leo uma pirâmide egípcia. O servente, mancando de volta do portão, dá um sorriso sem dentes e manchado de fumo. Tenho de deixá-la com ele?, pergunta-se Leo, lembrando que há comércio de órgãos humanos na América do Sul. Os guias impressos eram cheios de histórias de viajantes inocentes drogados em bares que acordavam no dia seguinte em algum beco esquecido com uma grande cicatriz e sem um dos rins. Leo briga com imagens assustadoras de pesadelos e filmes de terror. Carlos deixa os faróis ligados para que possam ver a porta da pirâmide, que está semiaberta. Há velas tremeluzindo lá dentro; parece que não há eletricidade.

Carregam Eleni até lá. Está úmido e surpreendentemente frio para uma câmara não refrigerada. A sala está nua, a não ser por cinco mesas de concreto; uma delas sustenta o corpo de um velho. Não há janelas, e o fedor de água sanitária e carne estragada pende no ar. O estômago de Leo cambaleia e treme. No teto alto de pedra cinzenta, os fantasmas dançam à luz das velas. Os homens colocam Eleni na mesa central.

— Não posso deixá-la aqui — Leo está chorando.
— Parece uma masmorra — enquanto fala, os fantasmas respondem e sua voz ecoa pela sala.
— *Señor*, é melhor ir embora agora — diz Carlos.

Leo agarra as mãos geladas dela e seus soluços são amplificados pelos demônios zombeteiros do teto, até o necrotério uivar com ele. Sua decisão de viver por Eleni some. Agora ele quer a morte, quer a comunhão com ela.

— Ela já está no céu, *señor*. O espírito partiu do corpo. Venha, vamos voltar ao hospital.

— Não vou deixá-la. Nunca vou deixá-la. — Uma lufada sopra de fora e apaga duas velas. — Viu, ela ainda está aqui.

Carlos e o servente se entreolham.

— Eleni, Eleni — grita Leo a plenos pulmões. — Não vá.

— Eleni — ecoam as paredes. — Vá, vá.

O cadáver do velho observa em silêncio. Ele escapulira contente e sem ser notado. Ninguém brigara por ele. Mas Eleni só tinha 21 anos, estava a apenas duas semanas do 22º aniversário. Queria uma família. Amava a vida. Quando criança, Eleni era sempre a primeira a se sujar, a pular nas poças e rolar na lama. Quando adolescente, subia nas oliveiras e mergulhava nua nos riachos da montanha. Leo invejava sua afinidade com a natureza; admirava-a pela maneira como abria caminho com o facão nas florestas das montanhas atrás de quedas d'água ou mergulhava de cabeça no frio mar inglês em maio. Sua ligação com o mundo era a de um bebê com a mãe.

— Eleni, Eleni, volte — ele soca o ar e puxa a camisa.

— Temos de tirá-lo daqui; ele vai enlouquecer — diz Carlos ao servente.

Tentam pegar Leo pelo braço, mas ele os repele.

— Eleni, não vá sem mim.

— Eleni... sem mim — respondem os fantasmas.

Carlos agarra Leo pela cintura e puxa-o para a porta.

— *Señor*, temos de ir. O *señor* precisa descansar.

— Nunca vou deixá-la, Eleni — troveja Leo no vazio. Outra vela se apaga e as sombras se elevam na parede atrás do cadáver do velho. E, quando a luz cintila em seu rosto, o cadáver parece voltar à vida e fitar zangado a confusão.

O servente entra em pânico.

— Nossa Senhora nos ajude. O necrotério está vivo. — E dispara para a porta. Leo chuta e chora e implora que Eleni volte. Carlos o agarra com toda a força.

— *Hijo de puta*, saia daqui antes que o diabo o leve.

Carlos puxa Leo para trás e, quando caem pela porta, a brisa apaga as últimas velas. O servente mergulha com a chave, bate a porta e tranca-a. Leo dobra-se na grama, segurando a cabeça sobre os joelhos, balançando e soluçando, balançando e soluçando.

Carlos se apoia na picape, sem fôlego. Oh, Deus, oh, Deus, diz ele consigo mesmo. Oh, Deus, livre-me desse lugar horrível.

Finalmente, Leo se põe de pé.

— Desculpem-me — diz, baixinho.

Carlos põe os braços em volta dele e o abraça com força. Os dois estranhos ficam assim alguns minutos, até os dois corações se desacelerarem numa batida mais calma.

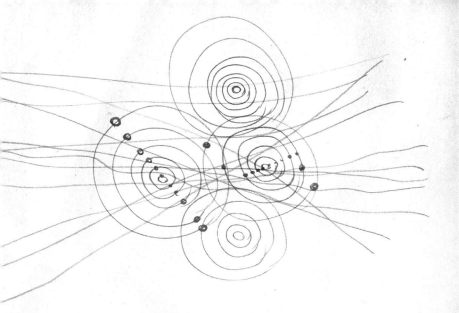

## Anotação nº 83

A borboleta que vive um dia
viveu a eternidade.
　　　　　　　T. S. Eliot

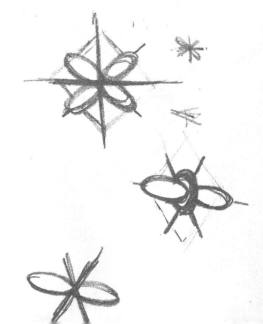

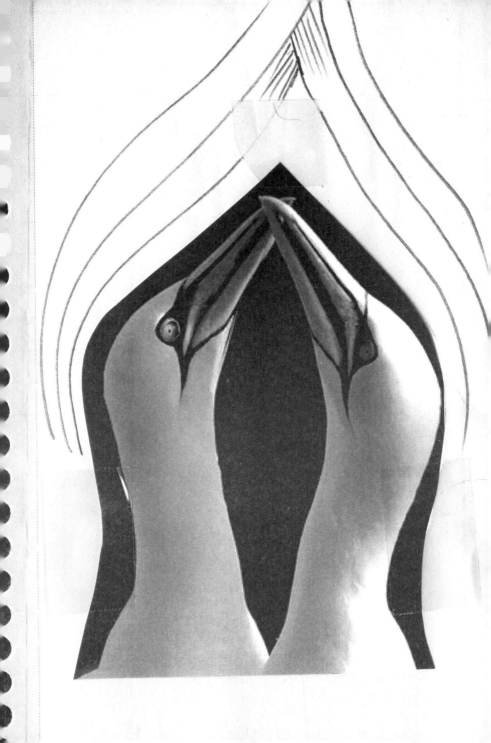

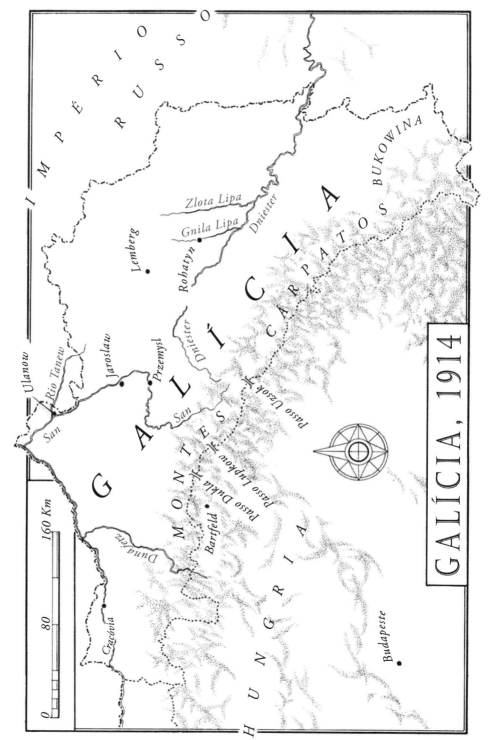

# 3

AH, AÍ ESTÁ VOCÊ. QUE BOM. TENHO UMA HISTÓRIA para lhe contar. Chegue mais perto, isso, junto da cama. Não seja tímido. Traga a cadeira para cá. Tudo bem, não sou contagioso. Pode descansar os pés aqui, se quiser. Isso. Estava preocupado com você, Fischel; há dias que não diz palavra. Sua mãe disse que tudo começou quando você viu eles me levarem. Ora, já voltei, um pouco pior e gasto, talvez, mas voltei, e não virão me buscar outra vez. Talvez você tenha se preocupado comigo, também. Vocês, crianças, têm sentidos mais apurados do que pensamos. Sabe que vou morrer, não sabe? Está tudo bem, meu menino... não fale, se não quiser... você não precisa dizer nada. Para lhe dizer a verdade, durante muito tempo nem sequer pensei que viveria tanto. A morte vem me perseguindo há anos. Tantas vezes cheguei perto de ser pego que perdi todo o medo natural. Agora vejo a vida e a morte como dois amantes abraçados. Inseparáveis.

Um obcecado pelo outro... Ah, desculpe-me... essa droga de tosse... por favor, me alcance... a escarradeira... isso, e o lenço... obrigado. Sinto muito, consegue aguentar ver tudo isso, não consegue? Pronto, ponha de volta na mesa. Ah, querido, fede tanto assim? Estou tão acostumado que nem noto mais. Agora escute, eles levaram tudo... a oficina... tudo. Mas há uma coisa que nem eles podem roubar, que é a minha história.

Isso; acomode-se. Quero que imagine um rio limpo e rápido correndo por uma floresta densa. Um caminho pelas árvores, muito usado, leva à beira do rio. Aqui as pedras deram uma volta para criar um laguinho de água calma e parada. Sentados nas pedras, com os pés balançando na água, estão um menino e uma menina. Ninguém sabe que estão ali. É o seu lugar secreto, lugar de conversar e de ficar de mãos dadas. O menino vira para a menina, a menina vira para o menino. Os corações disparam. Não há razão. Ele pega suavemente a cabeça da menina nas mãos e, pela primeira vez, a beija. Os lábios dela são macios como um pêssego maduro. Um cacho do cabelo crespo e escuro dela cai em seu rosto e uma pestana esvoaça contra sua bochecha. Fecham os olhos e sentem a floresta derreter em volta. Flutuam lá para cima e deslizam com as andorinhas na brisa do verão. Depois descem como folhas que caem.

— Eu te amo — sussurra ele.

— Eu também te amo — suspira ela. Mal acabam de falar e as palavras se perdem no som da água corrente e são levadas até um rio maior, que as arrasta para o mar. O momento fica gravado para sempre na memória. O beijo sela uma promessa da qual não há retorno.

Um ano depois, aquele mesmo menino encontra-se mais uma vez numa floresta por onde corre um rio. É uma floresta diferente. Do seu lado do rio está o exército austro-húngaro, do outro lado está o poderio do exército russo. É agosto de 1914, a guerra tem um mês e o menino sou eu. Na minha mão, há uma carta da menina. Tem seu perfume e me faz lembrar daquele momento. Começa assim:

*Moritz, meu amor,*
*Você conquistou meu coração e agora não consigo parar de pensar em você...*

Estou sentado, encostado num saco de areia, esperando ser morto. No momento, tudo está tranquilo; há uma trégua. Perto de mim está meu melhor amigo, Jerzy Ingwer. Ao lado dele está Frantz Király, um garoto camponês húngaro, agressivo e impopular. Do outro lado está Piotr Baryslaw, polonês bem-intencionado de Cracóvia, que pisca demais. Há outros, milhares de outros, mas você não precisa conhecê-los; eu mesmo mal me recordo deles. Ah, tem mais um, quase esqueci. O tenente Neidlein. Anda de um lado para outro na nossa frente, com seus dois metros de altura. Nós o chamamos de Grande Salsicha Vienense. Comprido, fino e austríaco. Espera a próxima ordem.

Nunca amei mais a vida do que nesse momento, porque a beleza da vida está gravada no rosto da morte. Como a vida é doce. Quero abrir todos os meus poros e me encharcar dela até me inchar de tão cheio e então inalá-la, bebê-la e engolir mais um pouco. Penso em todas as coisas minúsculas que considero certas. Como parecem douradas agora, o sabor do pão fresco no sabá, a sensação da roupa de baixo aquecida pelo fogo no inverno, o barulho dos sapatos nas folhas de outono, a magnificência bocejante de um dia sem fazer nada. O que eu daria para viver de novo os dias despreocupados? Mas, nesse dia, Fischel, tenho certeza de que vou morrer. Só estou há um dia na frente de batalha e já vi o bastante nesse dia para me convencer disso.

Baixo a carta e começo a tremer de medo. Quero voltar para Ulanow. Penso em minha mãe e meu pai. Quero ver Eidel, minha irmã predileta, e o resto dos meus irmãos barulhentos. Mas, mais do que tudo, penso em Lotte e em nosso laguinho pintado de sol junto ao rio San. Vejo um tapete de beijos a se desenrolar majestoso à minha frente. Penso no casamento e tento imaginar os filhos que poderíamos ter. Porque, naquele dia, na Galícia, com os russos caindo sobre nós, isso não parece possível. Vão me fazer em pedaços com a artilharia e me pisotear na lama. Morrerei virgem na terra encharcada de sangue da minha pátria. O terror me toma em suas garras geladas. Minha mente está escura. Olho Jerzy Ingwer para me tranquilizar. Crescemos juntos, fomos à escola juntos, fizemos tudo juntos. Conheço os sentimentos dele como conheço os meus. Posso lê-lo pelos reflexos em seu rosto. Está tremendo, embora faça calor. Jerzy sorri de leve e sei que ele também está em Ulanow com suas lembranças. É o melhor lugar para ficar.

Fischel, vá e me traga aquele mapa na estante. Vai ajudá-lo a entender. É, aquele grande. Encontre a Polônia para mim... Pronto, ótimo, é isso. Olhe aqui no sudeste, consegue ver, ali onde o rio San encontra o Tanew? Ulanow. Encontrou? É dali que vem toda a sua família. Você precisa lembrar, Fischel, que naquela época não havia Polônia. Esse pedacinho aqui, o norte, era a Rússia e esse pedacinho no sul, chamado Galícia, ficava no Império Austro-Húngaro. Olhe, veja como Ulanow ficava perto da Rússia: meros quinze quilômetros. Na verdade, tão perto que a gente atravessava a fronteira regularmente para comerciar com eles. Aprendi a falar russo desde pequeno e meu tio Josef costumava me levar para ajudá-lo a vender crucifixos. Não fique tão chocado, Fischel. Josef fazia todos os crucifixos em Ulanow; ninguém se igualava a ele nos detalhes. Ele adorava pregar Jesus na cruz duas vezes por dia. Era um tipo de vingança pela perseguição que sofrera quando menino nas mãos dos cossacos, quando morava do outro lado da fronteira.

Agora, encontre Lvov no mapa. Naquela época, chamava-se Lemberg. Siga quarenta quilômetros para sudeste, você vai ver uma linhazinha azul aí. Esse é o rio Gnila Lipa, e no meio dele há uma aldeia chamada Rohatyn. Achou? E tem uma floresta ao norte. Bom, é aí que Jerzy e eu estamos sentados, sonhando com Ulanow. Não estamos tão longe assim de casa, mas parece um milhão de quilômetros.

Tento lembrar o momento exato em que me apaixonei por Lotte. Foi uma época em 1912; eu era jovem, alguns anos mais velho que você, uns 16 anos, e tudo começou com um par de sapatos. Lembra-se do seu avô, Fischel? Talvez não; ele morreu quando você tinha quatro anos. Era um pobre sapateiro e, quando eu tinha tempo, ajudava-o na oficina. Não gostava muito, mas certo dia a porta se abriu e lá, na minha frente, estava Lotte Steinberg e o pai. Sabia quem ela era. Todo mundo conhecia os Steinberg; eram os ricos peleteiros da casa grande na orla da cidade. Tinham vindo buscar o par de sapatos de festa que meu pai fizera para Lotte.

— Posso experimentar agora, papai? — perguntou ela.

— É claro que pode, meu anjo. Vamos, rapaz — trovejou Steinberg. Ele tinha um vozeirão.

Lotte sentou-se numa cadeira e me ajoelhei na frente dela. Ela chutou fora os sapatos e o efeito do insignificante desnudar dos pés foi, para mim, como se ela tirasse a roupa toda. Engoli em seco, corei e não consegui me mexer. Peguei-me fitando os calcanhares e depois os dedinhos, e então não sabia mais para onde olhar. Depois de hesitar um instante, peguei o pé esquerdo na mão e senti como era adorável. Era branco e delicado e guiei-o o mais carinhosamente que pude até o sapato novo. Depois fiz o mesmo com o pé direito, mas dessa vez demorei-me e compliquei, porque minhas mãos tinham adquirido a necessidade urgente de tocá-la.

Lotte levantou-se e andou resolutamente pela sala, virando os pés daqui para lá.

— Então, como estão? — rugiu o pai.

— Estão perfeitos — respondeu ela alegre —, confortabilíssimos. Vou usá-los no baile.

O primeiro amor é uma coisa extraordinária; sentime jubiloso e melancólico ao mesmo tempo. Num minuto saltitava pelos trigais, no seguinte me afundava pelos cantos escuros. Minha mente ficava em conversa constante com ela; ela era o assunto de incontáveis devaneios extravagantes. Em casa, perambulava sem rumo, esquecido da minha família barulhenta. Às vezes, via-me fitando pela janela, quando a última coisa de que me lembrava era de estar lendo numa cadeira. Estava às portas da idade adulta e o amor era meu cicerone. Eu era como um botão que se abre na primavera, extasiado e confuso com o novo despertar. Estava mudando fisicamente, brotava cabelo no meu rosto e no meu corpo, meu suor passou a ter um cheiro almiscarado, meus músculos ganharam definição, eu era uma borboleta saindo da pupa e estava envergonhado da minha própria beleza.

Desviava-me do caminho para passar pela casa de Lotte, fazia missões inúteis de um lado a outro da cidade como um burro enlouquecido, mas sempre que a via o amor me roubava a língua. O que poderia dizer sem me trair? Quando contei a Jerzy que estava apaixonado por Lotte Steinberg, ele balançou a cabeça e ergueu as mãos.

— Não perca seu tempo. Por que Lotte daria atenção ao filho de um sapateiro, quando pode ter quem quiser?

Ele estava certo. Os pais a estavam preparando para um grande casamento na sociedade de Viena. Conheciam todos os judeus ricos de lá e já a levavam aos grandes bailes para conhecer possíveis maridos. O pai procurava homens que tivessem experiência do mundo, homens que ganhassem dinheiro e pudessem sustentá-la. Eu era a última pessoa na Terra que ele aceitaria na família.

No final, foi minha irmã Eidel que contou a ela que eu estava me consumindo como um cachorro doido. Fiquei furioso com Eidel, mas da próxima vez que encontrei Lotte ela veio diretamente até mim e disse olá. Eu levava um saco de lenha para a casa do velho Sr. Kaminsky quando ela se aproximou. Fiquei tão chocado ao vê-la andando em minha direção que larguei a lenha no pé e gritei de dor. Ela fingiu não notar, mas, muito depois, quando já nos conhecíamos, ela me contou que achara o incidente muito terno. Lembro-me do verão de 1913 como a época mais doce da minha vida. Ainda não fazíamos ideia das coisas terríveis que nos aconteceriam.

Fischel, por favor, pode me alcançar a água? Estou com a garganta seca... obrigado. Não fique tão preocupado. Estou bem... bom, talvez eu devesse estar descansando, mas esses médicos dizem coisas muito estranhas. Num minuto dizem que a gente vai morrer, no seguinte mandam a gente descansar. E eu lhe pergunto, de que adianta descansar se a gente vai morrer de qualquer jeito? Daqui a pouco não estarei descansando? Ah, desculpe, você não quer que eu fale nisso. Venha cá, Fisch, me dê um abraço.

Tenho certeza de que você sabe o que aconteceu depois. Qualquer um com idade suficiente para lembrar sabe exatamente onde estava quando soube que o arquiduque

Francisco Ferdinando e a esposa foram assassinados em Sarajevo. Foi um daqueles momentos em que o país todo treme de choque. O mundo virou de cabeça para baixo e nada mais foi igual. Foi parecido com o que aconteceu aqui em 1933, quando Hitler venceu.

    Era uma noite quente e suave, no final de junho de 1914. Estávamos na festa de verão anual dos Steinberg. As crianças faziam a maior bagunça no jardim, os bolsos cheios de biscoitos finos. Os trabalhadores e artesãos descansavam em espreguiçadeiras, como duques de rosto corado, enquanto os garçons de luvas brancas serviam petiscos e bebidas. Ninguém dava muita atenção ao quarteto de cordas vestido a rigor que labutava no calor. Nessa época, Jerzy e eu tínhamos sido alistados e usávamos com orgulho nossas fardas. Lotte estava ocupada sendo a anfitriã perfeita, conversando educadamente com os convidados. Não ousava me dar nenhuma atenção especial. Jerzy e eu estávamos juntos perto da casa, conversando sobre como eu poderia conquistar a mão dela.

— Talvez, se você for promovido e se tornar oficial, o pai dela deixe vocês se casarem — propôs Jerzy.

— Qual a probabilidade disso? — perguntei, desalentado.

— A gente nunca sabe. Há alguns oficiais judeus importantes. Só é preciso trabalhar duro. Fazer carreira.

Pelo canto do olho, vi Mrojek, o capitão da polícia de Ulanow, entrar correndo no jardim. Estava todo suado. Devia ter corrido a cidade toda. Engoliu rapidamente uma vodca para acalmar os nervos e então subiu numa cadeira e pediu silêncio. O quarteto parou de tocar de repente e os convivas se juntaram em volta. Ele anunciou, com voz solene, que acabara de receber um telegrama de Viena. O arquiduque estava morto. Enquanto lia, caiu em lágrimas. A festa explodiu em protestos e lamentos. "Os sérvios pagarão por isso!", gritaram. Lotte me deu um olhar preocupado do outro lado da multidão. Jerzy e eu sabíamos o que isso significava para nós.

Houve tanta atividade em torno da nossa partida de Ulanow que foi praticamente impossível ter um momento a sós com Lotte. Furtávamos conversas aqui e ali. Ela me disse que não dava a mínima importância à patente de oficial. "Só volte vivo. E me caso com você de qualquer jeito", disse ela. Essas palavras foram um presente maravilhoso, melhor do que qualquer arma, pois durante os tempos sombrios à frente, quando a morte guardava mais promessas que a vida, foram essas palavras que me mantiveram vivo.

Havia treze de nós que partiram para a guerra e, pela maneira como nos homenagearam no dia da partida, parecia que já tínhamos vencido. Ninguém esperava que durasse muito. Íamos dar uma lição nos sérvios e estaríamos em casa dali a um mês. Enquanto seguíamos a cavalo até a estação de Rudnik, a estrada estava ladeada de gente a gritar e bater palmas. No alto da cidade, passamos pela mansão Steinberg. Lotte e a família estavam todos de pé do lado de fora, acenando para nós. Só Deus sabe por quê, mas me senti muito orgulhoso de ser um soldado austríaco que ia para a guerra. Estava sentado ereto na sela e tirei o quepe quando passei por eles. Lotte combatia as lágrimas. De repente, gritou: "Esperarei você aqui, Moritz, não se esqueça de escrever"; depois pôs a mão na boca como se quisesse deter as palavras, pois o pai estava com um olhar desaprovador a seu lado. E, quando me afastei, pude ver que ele falava zangado com ela.

Jerzy e eu estávamos num trem com o segundo exército austro-húngaro, bem perto da Sérvia, quando soubemos que os russos tinham declarado guerra contra nós. Metade da tropa teve ordens de voltar à Galícia, mas a rede ferroviária estava engarrafada devido ao esforço de mobilização, e levamos quatro semanas para voltar. Quando marchamos para a frente de batalha, os alemães tinham declarado guerra aos russos, os britânicos e franceses tinham se levantado contra nós e já tínhamos perdido algumas batalhas ferozes. O que começara como uma rixa em nossa fronteira sul explodira numa guerra em grande escala, e Ulanow estava bem no meio.

Assim, agora você tem o quadro, Fischel: Piotr Baryslaw, eu, Jerzy Ingwer e Frantz Király, todos sentados em fila, esperando que Neidlein nos dissesse o que fazer. Está quase amanhecendo e não estamos lá há muito tempo. Estamos exaustos e desmoralizados, mais do que todos os outros, porque acabamos de voltar de uma noite cansativa de trabalho "voluntário" gentilmente organizada para nós pelo tenente Neidlein, e somos perseguidos pelos espectros que vimos durante a noite. Pelo menos os outros dormiram. Nós, não. Király me culpa por nos colocar em confusão, mas a verdade é que ele é tão culpado quanto eu. Os únicos inocentes são Ingwer e Baryslaw, que foram punidos por rir.

Sabe, quando finalmente saímos do trem que nos trouxe de volta da fronteira sérvia, ainda tivemos de caminhar três dias no calor escaldante para chegar à frente de batalha. Não precisava ser assim, havia estações mais perto da frente, mas por alguma razão fomos depositados perto de Przemyśl e nos mandaram andar. Já ouviu gente dizer *"L'Autriche est toujours en retard d'une armée, d'une année et d'une idée"*: a Áustria está sempre atrasada um exército, um ano e uma ideia? Pois é, era verdade, ainda mais naquela época. Dá para imaginar que, depois do mês que tínhamos acabado de passar subindo e descendo o país como idiotas, os homens estavam perdendo a fé nos que comandavam. Király foi o primeiro a se queixar.

— Ei, tenente, não podemos parar para descansar? — gritou ele em seu alemão com sotaque.

O tenente Neidlein olhou para trás por cima do ombro e riu.

— Pare de se queixar, é só um passeio pelo campo. Aproveite enquanto pode.

— Um passeio pelo campo? Estamos andando sem parar há dias — resmungou Király.

— Ora, cale-se — sibilou o tenente Neidlein. — Temos de chegar à frente de batalha ao amanhecer. O terceiro exército precisa de reforços. Se é ação que quer, garanto que logo a terá.

— É isso mesmo, e todos sabemos o que aconteceu da última vez que a Grande Salsicha Vienense disse isso, não é, rapazes? Ficamos dez dias girando os polegares num campo cheio de bosta esperando o trem — gritei, em polonês. Jerzy e Piotr soltaram uma gargalhada.

— O que foi isso? — perguntou Neidlein, zangado.

— Nada, tenente — respondi.

Sabe, Neidlein não sabia polonês e, aliás, Király também não. Algum gênio achara que todos os regimentos deveriam conter uma mistura de todas as nacionalidades, para aumentar a coesão social e impedir a revolta de minorias hostis, como os tchecos e os romenos. Receita certa de desastre. Os oficiais, na maioria austríacos, não conseguiam entender metade dos soldados e nós não conseguíamos nos entender. Acho que depois disso Neidlein quis impor a nós sua autoridade, mas só um pouco mais tarde teve a ideia da nossa punição. Quando nos aproximamos da frente de batalha, ouvimos o som de trovão dos caminhões a distância. Observamos um caminhão-ambulância passar na direção oposta, voltando da frente. Transbordava de feridos. Mal conseguimos perceber os rostos vazios espremidos contra as janelas respingadas de lama.

A primeira ambulância foi seguida por outra e outra e depois por todo tipo de veículo militar levando homens prostrados atrás, com membros esmagados ou sem eles, o rosto queimado e descascado. Logo havia um fluxo constante de tráfego vindo na direção oposta. Fiquei enjoado; o que acontecera? Ninguém disse nada. À frente, havia uma floresta, e agora eu podia ver um pinga-pinga de soldados a pé saindo das árvores.

— Meu Deus — espantou-se Jerzy quando se aproximaram —, olhe isso.

Eram os feridos que conseguiam caminhar, a farda coberta de sangue e sujeira, a cabeça cansada bambeando à frente, os olhos arregalados, fixos no horizonte, decididos a escapar do que estava atrás deles, fosse o que fosse. Perguntei-me para onde iam. Por que não eram tratados nos hospitais de campanha?

— Talvez estejam cheios. Talvez estejam indo para a próxima base. Onde será que fica? — perguntou Jerzy.

Achei que provavelmente seria em Lemberg, mas alguns homens não conseguiriam ir tão longe; estavam num estado de quase colapso, espalhados ao longo da estrada. Sangravam copiosamente pelas feridas abertas nos braços, barriga e cabeça. A retirada deles terminara.

Quanto mais perto chegávamos da floresta, mais grossa a torrente de feridos que dela jorrava. Preocupava-me que nenhum desses homens tinha curativos. Se as feridas fossem adequadamente tratadas, quase todos viveriam. Não conseguia entender por que não parávamos para ajudar. Finalmente, fiquei tão irritado que saí das fileiras para ajudar um homem caído de cara na lama. Mas Neidlein gritou comigo para voltar à linha. E foi então que teve a ideia do que fazer conosco.

Naquela mesma tarde, depois que montamos acampamento na floresta e limpamos os fuzis, Neidlein nos chamou à sua barraca. Estava sentado atrás de uma pequena mesa dobrável coberta de mapas.

— Ah, entrem, rapazes — sorriu e me olhou nos olhos. — Devo dizer, Daniecki, que fiquei profundamente comovido com a preocupação que demonstrou hoje pelos seus colegas e decidi dar a todos vocês a oportunidade de prestar serviços como voluntários no hospital de campanha de Rohatyn durante a noite. Estão precisando desesperadamente de mais gente e não conseguem dar conta dos feridos. Fizeram um pedido específico de ajuda e imediatamente pensei em vocês. Quero que saibam que não é uma punição, mas uma tarefa valiosa e importante. Minha única preocupação é que isso vai deixá-los exaustos antes da batalha de amanhã, mas vocês são todos muito animados e ficarão bem.

A floresta enxameava de soldados em retirada quando seguimos para Rohatyn. Ninguém parecia saber para onde ir nem o que fazer; estavam apenas fugindo. Foi minha primeira experiência da guerra e nunca vira tamanho pandemônio. Então, atrás de nós, um capitão da cavalaria avançou em seu cavalo e gritou com os homens para que parassem de correr e se reagrupassem junto ao rio. Houve alguns que ignoraram a ordem e o capitão puxou o fuzil e atingiu um deles bem nas costas. Foi o suficiente para deter o resto. As palavras "Mantenham terreno" ecoaram pelas árvores, gritadas de soldado a soldado. A maré foi detida e os homens caíram ao chão exaustos, à espera da próxima ordem. Encontramos um soldado sentado em desespero no pé de um carpino e perguntamos o que estava acontecendo.

— Houve um massacre no Zlota Lipa, vinte quilômetros a leste daqui — explicou. Parece que tinham avançado em ordem unida pelos morros e rios, fazendo bom progresso, quando, inesperadamente, encontraram os russos vindo em sentido contrário; ele disse que foi como se chocar com uma locomotiva. Nossos homens mantiveram o terreno durante dois dias, mas os russos estavam mais bem armados e seu número era pelo menos o dobro. O soldado tinha um ar perdido nos olhos; já vira isso em alguns feridos pelos quais tínhamos passado antes, naquele dia. Era como se os olhos tivessem visto algo que a mente não conseguia compreender. Queríamos saber como era o campo de batalha.

— As bombas caem como chuva em nossa cabeça — disse ele. — Vi regimentos inteiros sumirem em questão de minutos. Não importava quantos deles matávamos, havia sempre mais russos avançando. No final, fomos esmagados como moscas. Fugimos para salvar a vida. Foi horrível. O campo de batalha ficou manchado de vermelho e coberto de pedaços de corpos e cérebros. Mas o pior foram os apelos desesperados dos moribundos que deixamos uivando ao vento quando recuamos. Isso foi pavoroso.

Se não bastasse isso para nos roubar a bravura juvenil, o que veríamos em seguida acabaria totalmente conosco. Não podia haver nada mais desmoralizante para os que estavam prestes a enfrentar o inimigo pela primeira vez do que ver de perto o que uma bomba pode fazer com um homem. É claro que eu me acostumaria com essas cenas, mas não dá para exagerar o impacto que tiveram sobre mim na primeira vez.

Tinham montado um hospital de campanha improvisado dentro da igreja católica de São Pedro e São Paulo, na aldeia de Rohatyn, e nossa missão era trazer os feridos para dentro e levar os mortos para fora. Chegavam às centenas, vindos de todas as direções, como um enxame de gafanhotos convergindo para a igrejinha, perambulando montanha abaixo ou tropeçando pelas florestas. Era como se os túmulos tivessem se aberto e cuspido o conteúdo nas ruas. Homens sem metade do rosto, homens com membros esmagados numa polpa, alguns arrastando os tocos sem perna pela estrada, deixando uma trilha de sangue, outros, ainda mais sem esperanças, carregados nos braços dos amigos. Alguns destes últimos estavam tão queimados que mal podiam ser reconhecidos como seres humanos. Cartilagens de farda e, mesmo assim, milagrosamente, ainda vivos.

A princípio, tentamos ajudar a todos, mas as enfermeiras rapidamente nos repreenderam. Se conseguissem andar, deviam ser mandados embora. Só os que precisavam de cuidados urgentes e podiam ser salvos eram tratados. Os que não tinham mais esperanças eram ignorados. Era pavoroso, mas era preciso escolher porque não havia tempo nem recursos para cuidar de todos. Depois que sucumbiam, nós os levávamos em macas até o cemitério, onde eram jogados numa vala comum aberta pelos aldeões. O padre não parava de rezar sobre o túmulo. Às vezes, chegava um transporte do hospital para levar alguns feridos para

Lemberg e conseguíamos carregar alguns recém-chegados para a igreja.

Lá dentro, os bancos tinham sido arrastados para um lado. Só havia uma dúzia de leitos, e a maioria dos feridos jazia, ombro a ombro, no chão, e mal havia espaço para andar. Estava escuro, a não ser por um raio penetrante de sol que perfurava a janela a oeste e criava um halo de luz brilhante sobre um soldado específico, de modo que, sempre que eu entrava, meus olhos caíam imediatamente sobre aquele soldado, como se ele fosse especial. E, enquanto o sol se punha, o raio solitário passou de soldado em soldado e ergueu um de cada vez acima da obscuridade, como se o próprio Deus os examinasse para escolher os que viveriam ou morreriam.

Dali a algumas horas, me acostumei com o fedor amargo da carne pulverizada e com os gemidos dos feridos. Seriam meus companheiros indesejados durante toda a guerra. Ao anoitecer, acendemos velas e as enfermeiras não paravam, limpando e fazendo curativos incansavelmente durante a noite toda. Não notamos que os canhões tinham silenciado até que houve uma barragem súbita muito mais perto do que antes. A aproximação dos russos só serviu para apressar nossas atividades. Meus braços e minhas costas doíam de tanto carregar peso e eu estava ressequido. Meu cantil estava vazio; dera todas as últimas gotas aos moribundos, em cujos lábios foram desperdiçadas. Frantz Király era o único que guardara sua água para si. Se alguém lhe pedia uma gota, ele nos mandava ir para o inferno. Ele só cuidava de si. Como todos os trabalhadores camponeses, sabia o ritmo que conseguiria sustentar e não o ultrapassava, nem quando todos à sua volta entravam em frenesi.

Agora estávamos numa corrida para carregar os feridos nos veículos o mais rapidamente possível e mandá-los para oeste. Baryslaw e eu ajudávamos um soldado que perdera a perna a entrar num caminhão quando houve uma explosão terrível que abalou o chão e fez algumas telhas caírem do telhado da igreja. Instintivamente, me joguei atrás do caminhão, assim como Baryslaw, mas o soldado entrou em pânico e começou a gritar "recuar"; empurrou-nos para o lado e, com forças renovadas, saiu pulando pela rua. Quando voltamos à igreja, descobrimos que metade das macas estava vazia: o medo fizera os homens pularem e rastejarem para a noite. Homens que achávamos incapazes de mover-se haviam sumido. O que esses homens tinham vivido em apenas duas semanas de guerra que os levara ao pânico cego toda vez que ouviam uma bomba cair?

Dali a 24 horas eu entenderia, pois, naquele mesmo instante, em algum lugar seguro e quente a 150 quilômetros de distância, o marechal de campo Conrad von Hötzendorf dava a ordem para o terceiro exército austro-húngaro, comandado pelo general Brudermann, apoiado por reforços do segundo exército que chegara recentemente da frente sérvia, atacar os russos no rio Gnila Lipa. O general Brudermann, ansioso para vingar a humilhação sofrida no Zlota Lipa, onde perdera metade dos homens, ficou contentíssimo de obedecer.

Recebemos novas ordens de voltar aos postos e nos preparar para a ofensiva pela manhã. Enquanto isso, o cirurgião divisional já decidira fazer as malas e voltar à próxima aldeia. Uma dúzia de caminhões de transporte do hospital estava estacionada junto da igreja e conseguimos içar para dentro deles a maioria dos feridos, mas não havia espaço para todos. Uma das minhas últimas tarefas foi tirar um moribundo da cama de campanha e pô-lo no chão, porque a cama teria de ser levada. Tinha no peito um ferimento de estilhaço do tamanho de uma bola de tênis, que gorgolejava estranhamente a cada respiração. Quando o pus no chão, ele agarrou minha mão com força surpreendente. Tentou falar, mas os lábios não conseguiam formar as palavras. Então puxou minha mão para o peito. Tentei recuar, mas ele não me soltou. Segurou-a com firmeza sobre a farda, no lado que não sumira na ferida. "Bolso", sussurrou, juntando os restos de força de vontade. Pus a mão dentro do bolso do peito e senti um pedaço de cartão. Puxei-o com cuidado e vi que era uma fotografia manchada de sangue. Era uma imagem dele com a esposa e a filhinha ainda bebê. Tirada diante de uma simples parede branca, ele estava em pé, com as mãos pousadas nos ombros da esposa, sentada numa cadeira com o bebê no colo. Usavam as roupas de domingo e, para meus olhos cansados naquela igreja escura, pareciam as pessoas mais lindas do mundo. Virei a fotografia para ele, de modo que pudesse dar uma última olhada. Ele a fitou por um instante e fechou os olhos. Guardei a fotografia durante a guerra inteira; na verdade ainda a tenho, Fischel. Quer vê-la? Está na gaveta da escrivaninha... é, essa aí... debaixo dos envelopes. É essa. Dê uma boa olhada. Lindos, não são? Deixe eu ver. Ah, pois é. Adoro essa gente.

Será que bebi mesmo toda essa água? Fischel, por favor, vá encher a jarra e, se puder, limpe a escarradeira. Bom menino. Volte logo e lhe contarei o resto.

## Anotação nº 33

E quando o amor fala, a voz de
  todos os deuses
Deixa o céu tonto de harmonia.
                        Shakespeare

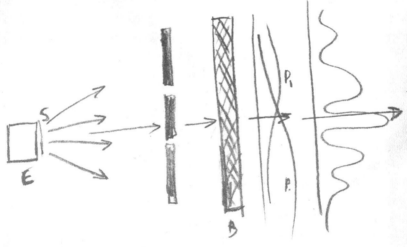

$$i\hbar \frac{\partial \psi}{\partial t} = -\frac{\hbar^2}{2m}\frac{\partial^2 \psi}{\partial x^2} + V(x,t) = H\psi(x,t),$$

$$\psi(x,t) = \varphi(x)e^{iEt/\hbar}$$

$$= \sum_n c_n \varphi_n(x) e^{-iE_n t/\hbar}$$

# 4

Leo está deitado no mesmo quarto, na mesma maca onde há algumas horas jazia a namorada. É tarde, ele deveria estar dormindo. O médico mandara-o descansar, mas é a primeira noite em dois anos que Eleni não está a seu lado. Ele anseia por ela, rola na maca, cai na fenda onde ela estivera, tomba de cabeça pelo espaço e caça-a pelo éter.

Luta para encher os buracos vazios que ainda lhe atormentam a memória. Agora lhe disseram que o ônibus bateu num caminhão, que o motorista do caminhão estava bêbado e se desviou, na estrada pan-americana, na direção deles. O motorista do caminhão sofrera uma concussão, mas nada grave. Ainda agora essa informação não significa nada para ele. Se não fosse a devastação que o acidente causou, ele não saberia que tinha algo a ver com ele.

Finalmente começa a perder e retomar a consciência, os pensamentos e pesadelos se fundindo num só. Isso não é sono, mas uma torcedura incansável do espírito, como se fosse um pano molhado que precisasse livrar-se da sujeira. Eleni lhe aparece, está dançando com ele e ele fica aliviado. "Achei que estava morta", diz, e a abraça com força. É o pesadelo mais cruel de todos; um pesadelo que terá noite após noite durante muitos anos. Eleni está viva, ela volta para brincar com ele e o pesadelo é tão real que ele realmente acredita que é verdade. O corpo relaxa e ele respira com facilidade. Conversam, beijam-se e ele consegue sentir o calor da pele dela, ele se suaviza e se abre como uma flor de maracujá. Então ela começa a se dissolver em seus braços, o sorriso se esvai e ela desaparece. Agora ele grita para que ela volte, procura-a nos recônditos do sonho, tentando desesperadamente não acordar. Nesse estado semiacordado, trava os olhos bem fechados e lança-se para trás rumo ao sonho, mas perdeu o mapa das estradas. Quando finalmente acorda, é como se a perdesse outra vez.

*Muerta.*

A única prova do sonho são duas linhas de sal descendo pelo rosto – ele chorou dormindo. A manhã está a quilômetros de distância.

    Agora irreversivelmente acordado, ele repassa o primeiro encontro com Eleni, quando ambos eram estudantes. Ele fazia o último ano de biologia no University College, em Londres. Fora a uma boate em Camden com alguns amigos. Eram três da manhã e decidira voltar a pé até o alojamento na cidade. Quando passou por um ponto de ônibus, uma voz o chamou.

— Com licença, você está indo para a Tottenham Court?

Leo parou e virou. A primeira coisa que viu foi o cabelo. Comprido, preto e crespo. Depois viu a moça embaixo, baixinha, de jeans justo, com não mais que 18 anos.

— Estou, sim.

— Se incomoda se eu for com você? — ela parecia preocupada.

— Não, de jeito nenhum — respondeu ele.

— É que meus amigos foram embora sem me avisar e faz horas que estou esperando o ônibus da noite.

Acontece que ela era caloura na mesma universidade e já o vira no bar da escola. Não pediria a um total desconhecido que a levasse para casa. Era faladeira e conversaram o caminho todo, embora Leo não se lembrasse mais de nada do que disseram; a única coisa que lhe ficou daquele primeiro encontro foi a massa de cabelo e o andar típico dela. Ela parecia balançar-se na ponta do pé, o peso levemente para a frente, a cabeça balançando para cima e para baixo. Havia algo tão alegre e despreocupado naquele andar que Leo teve de experimentá-lo. Deixou-a no alojamento dela e foi para o seu andando do jeito de Eleni para ver como era. A passagem do peso para a frente dava-lhe uma sensação de propósito, o balanço da cabeça após cada passo fazia-o sentir-se ingenuamente otimista e a energia a mais que passava pelo pé tinha em si um certo entusiasmo. Para ele, foi uma revelação que a maneira de andar pudesse afetar os sentimentos. Talvez todas as emoções tivessem um andar correspondente. Tentou andar devagar, inclinou-se, cambaleou. Se alguém o visse naquela noite, o confundiria com um lunático. Isso é melhor do que terapia, pensou; os deprimidos só precisavam andar de outro jeito. Deviam olhar para o céu, respirar profundamente e saltitar como Eleni.

Da próxima vez que a viu, ela estava sentada num estande da Anistia Internacional, no diretório estudantil, tentando convencer os outros a escreverem cartas ao coronel Kadafi queixando-se das vítimas de tortura na Líbia. Leo sentou-se à mesinha e conversaram sobre o trabalho da Anistia. Eleni falava como andava. Ouvindo-a, redescobriu o propósito, o otimismo e o entusiasmo que sentira em seu andar. Perguntou-se o que vinha antes: o andar saltitante ou a conversa saltitante? Qual influenciava o outro? Ela era convincente e apaixonada, e Leo sentiu-se bem por escrever ao coronel Kadafi. Infelizmente, Kadafi não era um bom amigo epistolar, nunca escreveu de volta, nunca agradeceu a Leo pelo interesse nem lhe comunicou como suas cartas o tinham emocionado. Mas, ainda assim, Eleni encorajou-o a voltar outra e outra vez. Durante uns dois meses, Leo escreveu um carregamento inteiro de cartas a obscuros reis africanos, ditadores árabes e senadores norte-americanos para implorar pela vida de ativistas políticos, poetas e condenados à morte. Virou o escritor de cartas mais inflamado da Anistia Internacional. Escrevia com tanta frequência que todo fascista, stalinista, maluco militarista, déspota doido do mundo devia conhecê-lo pelo nome. Se houvesse um prêmio para a busca teimosa da justiça por um só homem com sua pena, Leo o ganharia. Até que finalmente não conseguiu mais aguentar; sentou-se à mesinha da Anistia e escreveu:

> *Caro Saddam Hussein,*
> *Quantas dessas drogas de cartas terei de escrever antes que Eleni saia comigo?*
> *Muito amor, de seu velho amigo,*
> *Leo Deakin*

Ele a deu a Eleni, que a examinou com atenção. Fez um sinal de cabeça e depois ergueu os olhos desaprovadores para Leo. As faces dele inundaram-se de vergonha. Eleni pôs a carta na mesa.

— E eu pensei que você se importava de verdade com os direitos humanos — disse ela.

— Eu me importo, me importo mesmo, me importo com tudo o que é importante para você. Se você tiver um lar para cães, vou visitá-lo todo dia com biscoitos caninos. Não vê que só quero ficar perto de você?

— Você não precisa escrever cartas se quer sair comigo — ela parecia totalmente imune ao charme dele.

— Então o que tenho de fazer? — perguntou Leo. Estava desesperado; sentia-se como se afundasse num pântano e ela o ficasse olhando se afogar.

— Só precisa me convidar.

— Ah, então tá... quer sair comigo? — perguntou ele, obediente.

Finalmente ela sorriu e Leo sentiu um jorro de esperança, de repente estava acima das nuvens. Ela brincava com ele. É claro que gostava dele.

— Vou pensar — disse ela.

— Vai pensar?

— Respondo na semana que vem.

Que tipo de resposta era essa? Pensar? O que havia para pensar? Foi uma semana torturante. No começo, Leo ficou confuso. Seu orgulho se feriu. O que ela saberia dali a uma semana que ainda não soubesse? É claro que não ligava para ele e ele não ia querer ficar com uma moça que tinha de se convencer a ficar com ele. Remoeu tudo isso à noite, imaginou mil roteiros, planejou suas respostas e preparou discursinhos. Como um menininho com dois exércitos de soldadinhos, imaginou os motivos possíveis de Eleni e depois calculou a melhor estratégia defensiva. Conforme a semana avançava, ficou exausto com a obsessão e começou a sentir-se manipulado. Ela o isolara do processo de tomada de decisão. Agora a escolha sobre se embarcariam num relacionamento era só dela. Ela o manobrara e o deixara numa posição de fraqueza, e ele se ressentiu. Começou a desprezá-la. Ela não sabia que o torturava? Decidiu que, qualquer que fosse a resposta dela no fim da semana, não estaria mais interessado. Ela destruíra a oportunidade e pronto. Com a questão resolvida na cabeça, passou a adotar um ar de falsa jovialidade sempre que a via. Ela teria uma surpresa.

* * *

Eleni não era confiante no amor. Desconfiava profundamente de todos os que exprimiam interesse. Tivera demasiadas experiências em que se entregara a rapazes que só queriam treinar com ela até aparecer algo melhor. Naquela noite, depois que Leo a surpreendeu convidando-a para sair, ficou sentada diante do espelho e se examinou. Não era plausível que Leo, um terceiranista de aparência doce que sempre parecia cercado de moças que ela considerava infinitamente mais atraentes, quisesse ficar com ela. Para todo lugar que olhava, havia pretendentes melhores, mais altas, mais engraçadas, mais bonitas, mais inteligentes. E ela, o que tinha? Um rosto gorducho, o nariz chato, as sobrancelhas pretas e grossas sobre olhos pensativos, perninhas curtas que se dissolviam em coxas massudas e uma falta geral de definição. Se tivesse de se resumir em três palavras, seria "fora de foco". Nas fotografias escolares, era ela a criança cujos traços a gente não conseguia perceber direito enquanto todo mundo estava nítido e sorridente. Sua única característica redentora era o cabelo escuro, crespo e comprido, a embalagem cara de um presente barato.

E estava até convencida de que, se alguém olhasse de perto, perceberia a nuvem escura que pendia sobre ela como uma maldição. Pois Eleni nascera com um propósito específico: construir uma ponte entre os pais, o mulherengo Georgios e a deprimida Alexandria. Mas fracassara espetacularmente em sua missão e só era capaz de provar sem sombra de dúvida que nunca deveriam ter se juntado. Sua casa, na pequena ilha grega de Kitos, era uma zona de guerra em que ela fora o campo de batalha. Quando tinha 4 anos, o casamento finalmente implodiu numa orgia de recriminações e Georgios fugiu para o continente com outra mulher. Durante alguns anos, tentou manter um contato preguiçoso com Eleni, e a visita semestral, o telefonema mensal, o cartão de feliz aniversário e o presente de aniversário atrasado lentamente foram minguando até que, quando tinha 8 anos, tudo sumiu.

Quando Eleni tinha 14 anos, Alexandria teve uma nova crise de depressão e decidiu mandá-la para morar com a tia na Inglaterra. Queria que a filha fosse livre; livre da claustrofobia de Kitos e livre das mudanças de humor da mãe, mas fez com que Eleni se sentisse intrinsecamente inamável. Para ela, era fácil suspeitar que Leo fosse mulherengo: por que outra razão se interessaria? Será que iria mesmo sucumbir a um galanteador só para ser abandonada outra vez? Mas ela o adorava: ele era atento, engraçado e sem nenhum vestígio de vaidade. Nunca penteava o cabelo, usava roupas compradas em brechó que não cabiam direito e, ainda assim, com o corpo alto e esguio e os vivos olhos verdes, sempre conseguia parecer adorável de um jeito meio por acaso. Ela lutou consigo mesma e finalmente resolveu dar mais uma chance ao jovem coração cansado, achando sinceramente que tudo acabaria na próxima lua nova.

Ela não poderia prever que, dois anos depois, sentada no apartamento de Camden que dividia com Leo, olharia novamente o espelho e perceberia que a nuvem preta sumira e que era bonita. Nem saberia que o relacionamento com Leo seria o último e o mais amoroso, e que estaria morta antes do fim de seu 22º ano.

Exatamente uma semana depois, ela encontrou Leo no bar e disse, de um jeito meio formal: "Em relação à nossa conversa da semana passada, a resposta é sim."

A resolução de Leo se desfez na mesma hora; instintivamente, pegou-a nos braços e a beijou. "Odeio-a de todo o coração", disse ele, e jogou o resto dos discursos preparados na lata de lixo dos seus pensamentos. Estava em êxtase. Tudo que queria fazer era passar as mãos pela juba magnífica de Eleni e saltitar.

# 5

LEO SAIU DO QUARTO ARRASTANDO OS PÉS PELO corredor da clínica adormecida até o telefone no saguão. Parou junto ao aparelho perguntando-se para quem ligar primeiro. Comece com o mais fácil, pensou, e discou o número do hotel em Quito onde tinham ficado. Mantiveram o quarto durante a excursão até Cotopaxi e deixaram lá metade da bagagem. Leo e Eleni tinham gostado muito de Celeste, a proprietária, nas poucas semanas em que ali ficaram. Era mais matriarca do que gerente; uma senhora atraente e vibrante, de quarenta e poucos anos, que aconselhava e amadrinhava os jovens mochileiros que frequentavam o hotel. Quando descobriu que Eleni sabia cantar, ensinou-lhe uma série de canções de amor equatorianas. Leo não conseguia pensar em mais ninguém no país a quem pudesse pedir ajuda e, fiel à sua imagem, Celeste prometeu estar em Latacunga pela manhã.

Depois telefonou para os pais, mas eram 5 da manhã na Inglaterra e a secretária eletrônica estava ligada, e então tentou o amigo Charlie, que atendeu com um murmúrio zonzo. Escutou a voz tensa de Leo e se perguntou se não era um daqueles pesadelos crepusculares que parecem tão reais que a gente se convence de que está acordado.

— Você está brincando? — ficava repetindo — Sabe que horas são aqui? — Ele se forçou a sentar-se na beira da cama e acendeu o abajur. Foi só o choque duplo da gravidade e da luz que o obrigou a sair aos tropeços do torpor. Houve um longo silêncio. — Leo, o que aconteceu?

— Foi um acidente de ônibus, mas não consigo me lembrar.

— Meu Deus, você está bem?

— Escoriações e cortes, mas nada quebrado. Estou bem.

Charlie não conseguiu disfarçar o alívio e sentiu-se culpado por perguntar pelos vivos.

— Charlie, não consigo falar com mamãe e papai, e tenho de contar à mãe de Eleni. Não consigo ligar diretamente daqui. Você poderia ligar e pedir que ela me telefone?

— É, sabe... Acho que não consigo fazer isso, eu nem a conheço. — Dar a notícia a Alexandria, a mãe de Eleni, seria como abrir a janela numa inundação. Haveria uma enchente de pesar que arrasaria tudo em seu caminho. — Olhe, vou tentar ligar para os seus pais, talvez eles consigam ligar para ela.

\* \* \*

Dali a dez minutos, o pai de Leo ligou; Charlie conseguira fazê-lo acordar. Estava abaladíssimo e falava numa voz aguda, pouco familiar, que estalava e vacilava mas nunca se rompia. Frank, o pai de Leo, era suave como queijo brie liquidificado, um homem bondoso que sobrevivera à infância difícil. Os pais morreram antes que fizesse 13 anos, e fora adotado por uma família pobre de Leeds, que o punha para dormir no sótão, mas ele não era do tipo que discute o passado ou as emoções. Às vezes, num cinema ou teatro, algum gatilho antigo se soltava e ele era catapultado de volta à juventude, direto para o âmago do pesar que fora jovem demais para entender, contornando num instante os anos intermediários de classe média e estabilidade, e se surpreendia chorando em silêncio.

Agora, mais uma vez, via-se como uma criança sem mãe, e seu coração se abriu como uma ostra, os intestinos cheios de nós e o fôlego interrompido. Alimentara uma afeição especial por Eleni desde que a conhecera, quando ela pusera os braços em volta dele e o abraçara como um parente há muito perdido.

Frank sabia pelo que Leo passava, mas não disse palavras de consolo. Nunca sabia o que dizer e, em geral, não dizia nada. Desde bem pequeno, Leo aprendera que era inútil tentar discutir coisas emocionais com o pai. Sempre que Leo passava por épocas difíceis, Frank entrava dentro de si e comportava-se como um espectador indefeso, enquanto Eve, a mãe de Leo, tentava resolver as coisas. Leo atribuía a impenetrabilidade silenciosa do pai à infância de órfão, embora não soubesse muita coisa a esse respeito. Já perdera a esperança de que um dia os dois tivessem um relacionamento adulto adequado.

— Pai, quero voltar com Eleni o mais cedo possível. Talvez eu precise que você veja os horários dos voos e ajude a organizar o funeral, mas antes preciso falar com Alexandria — disse Leo sumariamente.

— Quer dizer que ela ainda não sabe?

— Não, não dá para ligar daqui para a Grécia, não sei por quê. Eleni costumava ir à agência telefônica central. Seja como for, será que o senhor poderia falar com Alexandria e pedir que me ligue?

Houve uma longa pausa. Leo conseguia ouvir o pai assoando o nariz.

— Não sei — disse Frank, a voz subindo enquanto tentava sufocar as lágrimas. — Não acha que seria melhor vindo de você?

Novamente a recusa. Dar a notícia a Alexandria era uma responsabilidade mórbida, e ninguém queria pôr a mão no fogo, muito menos Frank.

— Por favor, papai.

Frank suspirou.

— Tudo bem, espere perto do telefone... Vou... Vou acordar Eve e pedir que ela ligue.

Dali a minutos, o telefone tocou de novo. Leo olhou o aparelho e começou a tremer involuntariamente. Respirou fundo e atendeu. Conseguiu ouvir a voz de Alexandria antes mesmo de pôr o fone no ouvido. Estava a todo pano, como se no meio de uma discussão.

— Você prometeu que cuidaria dela. Você prometeu.

— Eu não pude fazer...

— Leo, você me deu sua palavra. Eu sabia que ir para aí era uma ideia estúpida. Você devia tê-la impedido. Por que não a impediu?

— Eu não conseguiria impedi-la, o máximo que pude fazer foi segui-la.

— Agora ela se foi. Meu bebê, meu bebê. A culpa é minha, eu nunca devia ter relaxado.

— O quê?

— Todo esse tempo me preocupei com ela. Estava pensando tanto nela o tempo todo, mas nessas duas últimas semanas relaxei. Parei até de rezar por ela.

— Alexandria, não é culpa sua, não é culpa minha. Foi um acidente de ônibus.

— Mas eu devia ter sido mais firme desde o princípio. Tinha maus pressentimentos com essa viagem. Eu devia tê-la obrigado a não ir. Ela me odiaria, mas pelo menos estaria viva.

Ela não foi a única a ter maus pressentimentos com a viagem. Eve, a mãe de Leo, tentara se assegurar de todas as maneiras de que não havia perigo. Tinham discutido todos os piores casos imagináveis e ele a acalmara com uma confiança que mascarava seu próprio medo. Para Eleni, a América Latina era um sonho da vida inteira; ela iria, com ele ou sem ele. Mas Leo nunca se sentira atraído pelo lugar e, assim, ficou na estranha posição de refutar conselhos com os quais secretamente concordava. Só havia uma razão para ele ir, e era porque amava tanto Eleni que não podia nem pensar em ficar um ano sem ela. Se lhe dessem escolha, teria ido para o Oriente, para a Tailândia ou a Indonésia.

— Por que Deus faz isso? — indagou Alexandria. — Por que leva alguém tão jovem? Ela era uma menina tão boa. Por quê? Não entendo!

— Não sei. Acho que Deus não se importa com quem morre — disse Leo. — Se Deus fez isso, então não sei por que você acredita n'Ele. Por que reverenciar um assassino?

Alexandria ficou atordoada com essa observação e, por um instante, se enredou em sua lógica cínica. Depois de uma longa pausa, disse baixinho:

— Traga-a de volta para mim, Leo. Quero enterrá-la aqui em Kitos. Aqui eu cuido dela — e desligou.

Leo estava exausto quando se arrastou de volta para o quarto. Um raio subiu do joelho e ele perdeu o fôlego de dor. Manobrou cuidadosamente até a cama e deixou-se cair mais uma vez para ficar de vigília na noite eterna, caçando o sono em desespero, imaginando por quanto tempo conseguiria fitar a rachadura do teto antes que os olhos a perfurassem e todo o peso do universo viesse de cambulhada em cima dele. Jogou a palavra "ônibus" aos cães da mente que reviravam as lembranças do acidente, mas tudo o que conseguiu de volta foram os restos mastigados de outra viagem.

\* \* \*

Estavam em Esmeraldas, no litoral norte do Equador. O famoso isolamento da cidade era sua maior atração; não havia estradas de acesso e tiveram de ir de barco, pelos pântanos luxuriantes e infestados de mosquitos. O único outro caminho era um velho trem das fazendas que se despencava de Ibarra, no alto do platô andino, pela descida íngreme. Deveria passar a cada três dias mais ou menos, mas não havia horário certo. Todo dia, ao amanhecer, uma multidão se juntava durante cerca de uma hora na estação de Esmeraldas, para o caso de o trem chegar. Nos dias em que chegava, a cidade toda sabia em minutos e vinha gente aos magotes para encontrá-lo. Mas só os que tinham esperado teriam certeza de conseguir lugar para sair da cidade; o resto brigaria para ir em pé.

Leo e Eleni passaram alguns dias nessa cidadezinha úmida e encantadora, onde a luz acabava às oito da noite e que, sem carros, era tão silenciosa que conseguiam escutar pessoas conversando a várias quadras de distância. Tiveram sorte porque, no mesmo dia em que resolveram ir embora, um trem apareceu magicamente e conseguiram arranjar lugar.

Estavam viajando havia cerca de uma hora e tinham subido talvez uns mil metros quando, de repente, todos os passageiros começaram a juntar a bagagem e sair pela janela. O trem desacelerara, mas ainda não parara, e as pessoas se penduravam do lado de fora das janelas e portas.

— O que está acontecendo? — perguntou Leo a Eleni.

— Não sei, mas talvez você deva fazer o que eles estão fazendo — disse ela.

Leo pendurou-se na janela e, aos gritos, perguntou ao homem ao lado o que estava acontecendo.

— Só tem um ônibus. Depois, mais nenhum durante dois dias — respondeu o homem. Leo não entendeu nada do que ele falava. Estavam a quilômetros de distância de Ibarra e não conseguia entender por que todos saíam com tanta pressa. Antes que pudesse fazer mais perguntas, dois outros homens saíram por sua janela e ficaram todos pendurados ombro a ombro, como nadadores no começo de uma competição olímpica de nado de costas. Nisso, todos os homens já estavam do lado de fora do trem e as mulheres, crianças e velhos espremidos contra as portas. O pandemônio no trem era tamanho que Leo soube que, qualquer que fosse a razão, era melhor preparar-se para pular.

Eleni gritou-lhe da janela:

— Houve um deslizamento de terra mais à frente na linha e temos de descer aqui. Parece que há uma estrada daqui até Ibarra. Uma mulher me disse que temos de pegar o ônibus porque não há onde ficar por aqui e há muito mais gente neste trem do que cabe no ônibus. Ela disse que só havia um motorista disposto a fazer a viagem. A linha está bloqueada há quinze dias. Alguém podia ter nos contado!

Enquanto ela falava, o trem atravessou uma ponte. Leo olhou para baixo e viu um desfiladeiro estreito sob seus pés. "Nossa, que merda estou fazendo aqui?", perguntou-se, sem fôlego, mas sentiu um arrepio de empolgação. O trem estava freando na parada de outra fazenda. Só havia algumas cabaninhas e um bananal subindo por uma encosta suave. Além do bananal, uma parede vertical de pedra. Ainda havia pelo menos mais 1.500 metros até o platô. Depois das cabanas começava uma estrada de terra, e lá estava o ônibus, esperando com o motor ligado.

— Eu guardo um lugar para você — gritou Leo.

— Vou sair pela janela, estou logo atrás de você — respondeu Eleni.

Assim que a ponte passou, os homens começaram a pular do trem. Alguns caíram na lama. Outros, mais ágeis, já se atiravam rumo ao ônibus, levando as bolsas de pano e as galinhas. Leo pulou, escorregou mas evitou a queda e disparou atrás deles. Quando chegou ao ônibus, todos os lugares estavam ocupados ou guardados para uma mulher. As pessoas se espremiam contra a porta. Agora havia gente em pé em toda a extensão do ônibus e Leo estava bem na porta quando o motorista gritou que só poderia levar mais dois. Fez um gesto para Leo subir.

— Minha namorada, e a minha namorada?

— É claro, sua namorada também — sorriu o motorista. — Acha que sou homem de separar um homem de sua mulher?

A multidão, quase só de homens, recuou da porta e deixou as mulheres e crianças chegarem aos lugares que os pais e maridos tinham guardado. Quando Eleni entrou, riu:

— Foi divertido.

Leo ficou maravilhado com a maneira como os homens tinham deixado as mulheres entrarem; em sua terra, seria estritamente por ordem de chegada.

— Graças a Deus, conseguimos — disse Eleni. — Quero dizer, veja este lugar, estaríamos ferrados se tivéssemos de ficar aqui. — Era verdade, não havia absolutamente nada naquele lugar, nenhum hotel, nenhum restaurante, nada. — Teríamos de dormir ao relento e comer bananas.

Ambos começaram a rir, estavam sem fôlego e excitados, tinham acabado de perceber o absurdo do momento.

— Ei, *chica* — o motorista chamou Eleni —, pode sentar aqui na minha caixa de marchas.

Ela olhou para ele e explodiu em gargalhadas. O motorista ficou perplexo por um instante, depois começou a rir também.

— Ah, tem a mente suja, essa aí. Não foi isso que eu quis dizer.

— Eu sei, eu sei, desculpe. — Ela fez um esforço para se conter, virou-se para Leo e disse, em inglês: — Acho que vou fazer xixi nas calças — e caiu na gargalhada outra vez.

— Não é uma boa hora, Eleni, teremos de ficar o dia todo neste ônibus.

— Ai, céus — ofegou ela —, nem sei direito por que estou rindo. — E sentou-se na tampa de plástico do tamanho de um rochedo que cobria a caixa de marchas ao lado do motorista.

Quando se instalaram, Leo observou a multidão se dispersar e perguntou ao motorista por que não deixara ninguém ir no teto.

— A estrada é péssima. É perigoso demais!

— Isso nunca deteve ninguém — observou Leo.

— Esta estrada não costuma ser usada por ônibus e tem chovido muito. O *señor* verá.

Nem tinham dobrado ainda a primeira curva quando o ônibus parou, com as rodas deslizando na lama. O motorista saiu do banco para fazer um anúncio.

— O ônibus está pesado demais. Todos os homens têm de descer. Vou tentar sair do buraco e, se não conseguir, vou pedir que vocês empurrem.

Todos os homens desceram do ônibus. Estavam a apenas uns cinquenta metros da fazenda e alguns azarados que não tinham conseguido embarcar subiram o morro para ajudar. Leo conseguiu ver que as rodas traseiras estavam presas numa imensa vala encharcada. Isto não é lugar para um ônibus, pensou. Um homem da fazenda veio com algumas tábuas e colocou-as sob as rodas. O ônibus deu um solavanco adiante, as tábuas quebraram e o ônibus escorregou de volta.

— Todo mundo empurrando! — gritou o motorista. Os homens empurraram o ônibus para fora do buraco; ele avançou um pouco e esperou que os homens voltassem a embarcar. Cem metros adiante e os homens tiveram de descer de novo. E isso continuou durante horas. Um trecho da estrada estava tão ruim que os homens nem se deram ao trabalho de embarcar, simplesmente andaram atrás do ônibus até o buraco seguinte. Eleni desceu para procurar uma moita, como todos fizeram numa hora ou outra daquela viagem infernal. Um grande espírito de camaradagem surgiu no ônibus e o motorista pôs para tocar uma fita de salsa, a todo volume. Todos conheciam a letra e cantavam junto, aos berros. Qualquer que fosse a ideia que Leo e Eleni tinham dos ônibus da América do Sul, havia sempre um clima de festa. As pessoas faziam amizade, dividiam a comida e cantavam. Por mais horrível que fosse a viagem, Leo e Eleni não conseguiam deixar de se maravilhar com a alegria irreprimível daquele povo.

    A chuva começou a golpear o teto de metal do ônibus. Durante dez horas tinham se esforçado até alcançar algo que lembrasse uma estrada. O crepúsculo caía e todos estavam exaustos. Começavam a relaxar, sabendo que o pior já passara, quando o ônibus fez uma curva e o motorista soltou um guincho. Depois daquela curva, a natureza virara de ponta-cabeça. Por um momento estonteante, os olhos se confundiram: a paisagem parecia mover-se nas sombras. As montanhas desmoronavam e mudavam de forma. A estrada desaparecera sob uma imensa avalanche de lama e pedras, que caíam em cascata no vale como uma sopa primitiva. Houve um guincho de freios quando o motorista desesperado tentou fazer o ônibus parar. À direita havia um precipício, à esquerda, a face escarpada da pedra. O motorista lutou para manter o controle, mas a superfície da estrada estava molhada e eles derraparam contra as rochas. O metal raspou as pedras e subiram fagulhas contra as janelas. Os passageiros começaram a pular pela porta traseira do ônibus, caindo no asfalto. Leo e Eleni agarraram-se de medo, o ônibus ricocheteou na pedra e parou a centímetros da avalanche.

    Os homens se juntaram para examinar os danos; a lateral do ônibus estava muito amassada, mas o pior era que o motor não ligava. Leo ficou com pena do motorista, que correra tantos riscos para levá-los até lá. Se não conseguisse fazer o ônibus andar, perderia muito dinheiro. Naquela noite, dormiram no ônibus e, pela manhã, foram a pé, escolhendo o caminho pela estrada coberta de terra, até achar um táxi que os levasse pelos últimos quinze quilômetros até Ibarra.

Que estranho, pensou Leo, que tivessem se envolvido em dois acidentes de ônibus. Será que foi mesmo coincidência ou era o destino perseguindo Eleni? E se o destino existisse? Eleni só se assustava com uma única coisa na América Latina: os ônibus. Nem doença, nem crime, nem nenhum outro horror: só os ônibus. E, no final, os ônibus a pegaram. Talvez em algum lugar, no fundo da alma, ela conhecesse o próprio destino.

Por outro lado, raciocinou Leo, talvez não tivesse nada a ver com o destino. Podia funcionar ao contrário. A gente pode ter tanto medo de alguma coisa que a atrai para nós. A gente está em pé numa pedra e tem medo de cair, o medo faz a gente perder o equilíbrio. A gente tem medo de cachorro, o cachorro fareja o medo e morde a gente. Faz sentido, mas como aplicar isso a um desastre de ônibus? O medo de Eleni poderia fazer um ônibus bater? Isso implicaria a existência da paranormalidade. Leo não conseguia parar de pensar nessa ideia.

Será que Alexandria estava certa? Deus poderia estar fazendo a colheita do paraíso? Ou será que Eleni só foi azarada: no lugar errado na hora errada?

A mente disparava, em busca de uma explicação do inexplicável. Destino, telecinesia, sorte, religião — agora não havia território que ele não explorasse. Era como uma folha estapeada pela brisa, incapaz de encontrar o caminho de volta à árvore que lhe dera estabilidade.

# 6

A MANHÃ VEIO SE ARRASTANDO COMO UMA LAMA salgada, e o negócio internacional da morte começou. Em Kitos, Alexandria encontrou uma capelinha numa encosta que dava para o mar, conversou com o padre e reservou um túmulo. Na Inglaterra, o pai de Leo ligou para as empresas aéreas e soube que o corpo teria de ser embalsamado, e o caixão, hermeticamente fechado antes do traslado. Em Latacunga, Celeste chegara de Quito e começou a informar os consulados britânico e grego, organizar a autópsia, pedir o atestado de óbito e marcar o traslado para a capital. Isso não era tão fácil assim num sábado, quando todos os funcionários públicos corruptos escapuliam para as casas de campo obtidas por meios escusos. O Dr. Sanchez também não trabalhava aos sábados, tinha uma política de "somente casos de vida ou morte" nos fins de semana. As autópsias podiam esperar, mas ele abriu uma exceção para Leo. Insistiu em fazer a autópsia em particular e Leo não apresentou resistência.

A morte permeara a carne com palidez exangue. A alma de Eleni se fora e só restara o recipiente descartado. Mesmo assim, ainda era bonita, até mais do que nunca. Todas as tensões e dramas de sua curta vida tinham se dissolvido dos traços e ela parecia relaxada e serena. Como a vida é simples e frágil, nada mais que o ir e vir do ar. Pare o ar e não há nada.

O Dr. Sanchez detestava fazer autópsias. Numa cidade maior, seria tarefa de especialistas, mas em Latacunga ele tinha de fazer tudo. Abrira os filhos dos índios pobres para dar nome médico à pobreza, encontrara os cânceres e coágulos escondidos dos idosos, olhara dentro das feridas mortais de rapazes, mas não conseguia se lembrar da última vez que lidara com uma mulher na flor da idade. Começou a desabotoar-lhe a blusa e parou, corado de vergonha. Talvez devesse ver o que conseguiria sem remover as roupas. Podia sentir quatro costelas quebradas, mas nenhuma delas era a causa da morte. Teria de procurar mais. Era absurdo a lei exigir que preenchesse um formulário determinando a causa exata da morte de alguém que morrera num acidente. Não havia circunstâncias suspeitas, o que se poderia ganhar com essa lenga-lenga absurdamente desagradável? Ele abriu a camisa dela e viu sinais de escoriações graves no peito. Parecia ter sido esmagada por uma barra de metal. Tinha 90% de certeza de que ela morrera devido a hemorragia interna. Os pulmões deviam ter se enchido de sangue e ela morreu em minutos. Ele preencheria os formulários e não haveria mais perguntas. "Ela morreu instantaneamente", disse a Leo. "Não sentiu nenhuma dor..." Não era estritamente verdade, mas por que fazê-lo sofrer mais? Ajudaria a ele saber que, se uma ambulância totalmente equipada chegasse logo, Eleni poderia até ter se salvado? Ou que pode ter morrido em agonia?

Às três da tarde, o atestado de óbito fora selado e Eleni estava na traseira de uma ambulância rumo a Quito. Sanchez conseguira em horas o que normalmente levaria dias. O joelho de Leo piorara durante a noite e ele não podia mais andar sem bengala. A dor aumentava na mesma proporção em que o choque cedia. Ele abraçou o médico com gratidão.

— Não esquecerei o que o senhor fez por mim. E, por favor, mande lembranças a José.

— José?

— O servente... que me ajudou na clínica...

— Aqui não tem nenhum José.

— Oh... então, quem era? — perguntou Leo.

O médico deu de ombros.

Celeste esperava na ambulância quando Leo embarcou na traseira. Sentou-se junto à maca onde Eleni jazia sob um lençol, e eles partiram. Só havia uma estrada para Quito; teriam de passar pelo lugar do acidente. Ele se perguntou se veria os destroços e o sangue de Eleni na estrada. No caminho, nada parecia conhecido até que fizeram uma curva e o imponente Cotopaxi entrou no campo de visão.

Isso provocou a lembrança do ônibus chegando ao alto de um morrinho; o outro lado estava perdido numa nuvem que caíra sobre o vale. Tinham entrado na neblina e, durante alguns minutos, nada viram além de poucos metros. De repente, o nevoeiro sumiu e lá, diante deles, estava o magnífico pico coberto de neve. Um homem perto deles perguntara:

— Tem certeza de que ainda querem escalar aquela fera, seus gringos doidos?

— Ah, claro — respondera Leo, mas, diante da montanha, sua confiança se esvaíra. Seria a coisa mais perigosa que já fizera na vida. A morte entrou em seus pensamentos. E se eu cair? Ou me perder numa nevasca? Ou morrer congelado? Que loucura arriscar a vida pelo que, em última análise, só serviria para gabolices em mesa de bar.

Na ambulância, Leo deixou a cabeça cair nas mãos. Talvez a morte tivesse feito uma opção naquele dia: levar o homem na montanha ou a mulher na estrada. Talvez Eleni tivesse se sacrificado por ele. Brigou consigo mesmo: por que não conseguia parar de ter essas ideias ridículas? Melhor se apegar aos fatos. Agora Leo sabia que o acidente devia ter acontecido apenas minutos antes de descerem do ônibus. Também tinha uma imagem de onde estavam sentados. Estavam na fila da frente. Ele, diretamente atrás do motorista, a mochila no chão, perto dele, e Eleni do outro lado do corredor, atrás da barra vertical de metal que os passageiros seguravam para subir no ônibus. Ele foi salvo pelo assento do motorista, e o furador de gelo deve ter entrado no joelho com o impacto. Eleni fora jogada com força terrível sobre aquela barra. Se não tivessem sentado na frente, Eleni ainda estaria viva: ela fora a única vítima fatal.

Ele perambula até o fundo do nevoeiro outra vez em busca da caixa-preta e só é recompensado pela lembrança da conversa com um engenheiro de Ohio com quem se encontraram no hotel, em Ibarra. Estavam lhe contando da avalanche e do acidente na estrada da montanha. "Sempre é melhor sentar-se no meio do ônibus", dissera ele, "porque, em 90% dos acidentes, é a frente ou a traseira do ônibus que é atingida".

A partir daquele dia, eles sempre se sentaram no meio do ônibus, mas, por alguma razão, em 2 de abril, tinham se sentado na frente e Leo não sabia por quê.

Leo não conseguiu ver nenhum sinal de ônibus esmagado ao lado da estrada quando passaram pelo Cotopaxi. O proprietário devia ter catado todos os destroços e remontado tudo. Provavelmente já estava de volta ao serviço. Leo ficou inquieto a viagem toda; viajar sobre placas de metal agora parecia uma atividade perigosa, e ele tremia toda vez que cruzavam com um caminhão em sentido oposto.

Já caíra o crepúsculo quando frearam na frente do necrotério de Quito. Era um prédio novo e caiado sem nenhuma janela e tudo o que Latacunga não era: moderno, limpo e totalmente desprovido de personalidade. Mas tão morto que assim mesmo era aterrorizante. Eleni foi levada para dentro enquanto Leo e Celeste eram guiados como se visitassem uma rica mansão. Entraram numa sala de azulejos brancos que continha imensas gavetas de metal do chão até o teto.

— Normalmente, é aqui que guardamos os corpos antes das autópsias e embalsamamentos, mas, no seu caso, acredito que a cônsul grega pagou o serviço de luxo, e vamos diretamente ao teatro. Esta sala sempre fica a 5 graus centígrados. Temos nosso próprio gerador e podemos mantê-la fria mesmo que a luz acabe — disse um homem de jaleco branco, orgulhoso de seu novíssimo e faiscante empório da morte. Os pés ecoavam no assoalho, as luzes de neon zumbiam; era tão iluminado que não lançavam sombras ao andar. O leve cheiro de desinfetante arranhou-lhes as narinas. O lugar era tão estéril que até as onipresentes formigas o tinham abandonado. O homem levou-os a outra sala, imagem espelhada da primeira, só que uma gaveta estava aberta e um homem nu, de um roxo cansado, fitava o teto.

— Às vezes fazem isso — disse o guia e, despreocupado, empurrou o homem de volta para o armário. Estavam saindo quando Leo ouviu um som guinchado; virou-se e viu o mesmo homem deslizar lentamente de volta à sala. Até os necrotérios têm seus rebeldes.

Foram levados até um pequeno anfiteatro com filas de assentos e uma imensa mesa de aço inoxidável no meio.

— É aqui que fazemos as autópsias. Vejam os drenos na lateral de mesa de operações. É para drenar o sangue durante o embalsamamento. Trouxemos a mesa dos Estados

Unidos. Costumávamos ficar mergulhados em sangue, mas assim é muito mais limpo.

— Para que as cadeiras? — perguntou Celeste.

— É que costumamos receber aqui os alunos da escola de medicina. É realmente a melhor maneira possível de ver o corpo por dentro e aprender onde fica tudo. Assim, vocês podem ver que, de certa forma, ajudamos os vivos também — disse o guia.

Alguma compensação, pensou Leo.

— Tenho certeza de que concordarão que sua amiga será bem tratada aqui — o guia sorriu.

Leo quis lhe dar um soco.

— Agora, se fizerem o favor de esperar lá fora, o processo não vai levar mais que algumas horas.

— Eu fico aqui — disse Leo.

— Não recomendo, *señor*.

— Eu fico aqui — gritou Leo, e sentou-se, zangado.

— Bem, se é o que deseja... mas, realmente, eu...

Leo fitou-o com desdém; o homem balançou a cabeça e saiu do anfiteatro.

Celeste sentou-se a seu lado.

— Você está bem?

— Esse lugar é um abatedouro, não posso deixá-la sozinha aqui... com esses açougueiros... é uma merda de um açougue... quem sabe o que vão... — Seus resmungos foram interrompidos por um par de portas vaivém que se abriram e a imagem de Eleni trazida numa maca de rodinhas por dois embalsamadores. Estava nua.

Leo pulou de pé.

— Quem foi o filho da puta que disse que podiam despi-la... sem minha permissão... seus imbecis! — berrou, em inglês.

Os embalsamadores ergueram os olhos, chocados, só os olhos assustados visíveis; o resto do rosto estava oculto debaixo de máscaras cirúrgicas e gorros elásticos. Jalecos e calças brancos e frouxos, sapatos e luvas de borracha cobriam o corpo e era impossível dizer se eram homens ou mulheres.

Celeste puxou Leo de volta.

— Vão mandar você sair. Agora controle-se. Só estão fazendo o serviço deles.

Leo respirou fundo e sentou-se de má vontade.

— Ora, deviam ter me perguntado — sibilou.

Eleni foi transferida para a mesa metálica de drenagem. Os ossos estavam rígidos como os de um manequim de loja e ela parecia congelada. A carne murchara como um balão esvaziado e parecia quebradiça e translúcida. Só o cabelo não mudara, ainda flexível, preto, lustroso e lindo. Um dos personagens sumiu nas sombras e voltou com uma bandeja de ferramentas de aço. O outro prendeu um tubo numa garrafa enorme de produtos químicos ao lado da mesa.

Celeste levantou-se.

— Não consigo assistir a isso. Vou esperar lá fora. Acho que você devia vir comigo.

— Não.

— Ah, Leo, não faça isso com você!

— Não confio neles.

Celeste suspirou com resignação e saiu.

Os embalsamadores puseram-se a lavar e desinfetar o corpo de Eleni. Leo observou horrorizado quando inseriram tampões em sua boca, orelhas, nariz, ânus e vagina para impedir a excreção das substâncias embalsamadoras. O próprio toque deles parecia uma infração da intimidade que Leo já tivera com ela. Ele mordeu a língua e virou as costas, os olhos feridos pelo horror da cena. Quando voltou a olhar, tinham feito uma incisão no estômago e removiam as vísceras. Puseram esses órgãos moles de molho num banho de formaldeído antes de recolocá-los dentro do corpo e costurar o corte. Depois, pegaram uma seringa grande e Leo agarrou a cadeira quando injetaram produtos químicos numa artéria do braço esquerdo. Ao mesmo tempo, abriram uma veia correspondente e, conforme os produtos químicos eram bombeados para dentro, o sangue e os fluidos corporais de Eleni vazavam pelos drenos da mesa. Quando o formaldeído começou a sair pela veia, o serviço terminou. Os agentes da decomposição não tinham mais nada para alimentá-los. Leo observara esse ato de estupro clínico com silêncio determinado e, quando viu que finalmente acabara, levantou-se, cambaleou até a porta e vomitou na calçada lá fora.

Um Rolls-Royce azul freou diante dele. Era a cônsul grega.

# 7

AO CHEGAR A CADA PAÍS, LEO E ELENI REGISTRAVAM-SE em suas respectivas embaixadas por questões de segurança. Mas, quando chegaram ao Equador, Eleni não conseguiu localizar a embaixada grega; não estava listada em nenhum catálogo telefônico e nenhum dos hotéis em que se hospedaram sabia de sua existência. Na verdade, nenhum dos hotéis em que se hospedaram conseguia se lembrar de algum grego que já tivesse estado lá. Obviamente, os gregos e os equatorianos não faziam muitos negócios. A Grécia era o país perdido e tornou-se missão de Eleni educar o Equador sobre tudo que fosse grego. Com orgulho nacional renovado, ela falava a todo mundo dos deuses, do Partenon e da democracia. Todos já tinham ouvido falar de Sócrates, Platão e Aristóteles. Mas o que acontecera nos dois mil anos passados entre Aristóteles e Eleni ninguém adivinhava.

Finalmente, Eleni encontrou uma mulher chamada Maria Clemencia de Leon que cuidava dos interesses gregos. Era uma equatoriana rica, de classe alta, de cinquenta e tantos anos, cujo único contato com a Grécia parecia ter sido as férias passadas lá. Não tinha sangue grego e não sabia falar uma só palavra do idioma, embora seu inglês fosse excelente. Trabalhava como advogada em horário integral no centro de Quito e cuidava da Grécia em sua casa luxuosa, onde o séquito de criados e secretárias atendia o telefone em sua ausência. Para Maria Clemencia de Leon, ser cônsul grega não era emprego, mas um acessório da moda na sociedade; usava o cargo diplomático como uma bolsa Gucci e ele lhe permitia participar de jantares importantes e apertar mãos bem perfumadas. Mas a pasta diplomática brilhante, fácil de usar e de pouca manutenção estava prestes a perder a graça, pois naquela mesma manhã Maria Clemencia de Leon estava no meio de uma limpeza de pele quando um dos criados a incomodou com a notícia trágica de que a única grega do Equador morrera. Para seu horror, isso significava algum trabalho.

Leo ainda vomitava na calçada quando o chofer, trajado de uniforme e chapéu, saiu detrás do volante do Rolls-Royce azul e, num movimento fluido e bem ensaiado, fez uma espiral para trás e abriu a porta traseira. Estendeu a mão enluvada, e quatro dedos manicurados e encharcados de ouro e diamantes surgiram em cima. Um pé esquerdo calçado de couro branco legítimo pousou na calçada. Leo ergueu os olhos por um momento; sob a porta aberta, avistou meias de seda castanhas e a borda de uma saia de linho cinzento cortada logo abaixo do joelho. Um pé direito uniu-se ao esquerdo, os músculos da panturrilha unidos e rijos, o chofer deu um leve puxão nos dedos e Maria Clemencia de Leon surgiu do carro; um tailleur sem rugas nem amassados, ajustado aos menores contornos do corpo, a bolsa combinando pendurada do ombro acolchoado. O cabelo erguido em torçais e cachos, puxado com tanta força para trás da testa que uma mulher menos alimentada sangraria. O rosto lustroso como uma mesa de carvalho recém-envernizada, com linhas e nós, mas liso e brilhante. Olhos apestanados, sobrancelhados e sombreados como uma flor de Van Gogh. A cônsul grega era tão incongruente quanto caviar no prato de um camponês.

Leo se contorcia miseravelmente de dor, não trocava de cueca havia três dias, não tomava banho havia dois. Estava suado e barbado com as calças jeans manchadas de sangue seco. Fedia como um negociante de camelos. Maria Clemencia de Leon não chegou a virar um poro em sua direção, mas contornou cuidadosamente a poça de vômito, deslizou por ele com todo o desdém de uma vida inteira de indiferença para com a pobreza e estendeu a mão a Celeste, que corria para ajudar Leo.

— Conversamos ao telefone, sou a cônsul grega, Maria Clemencia de Leon.

— É, é verdade, este é Leo — disse Celeste, apontando o moleque que agora limpava a boca na manga diante dela.

A cônsul virou-se para ele, colou um falso sorriso simpático nos lábios e disse, num inglês americano quase impecável:

— Prazer em conhecê-lo, sou a cônsul grega, Maria Clemencia de Leon. — Ela parecia gostar de dizer isso, mas desta vez não estendeu a mão. — Sinto muito por Eleni, minha secretária disse que ela era muito meiga. Posso lhe oferecer minhas condolências?

— Obrigado — disse Leo, arfando.

— Você está bem?

— Tudo bem agora, obrigado. Foi meio sórdido lá dentro.

— Entendo. Estou aqui para ajudá-lo a organizar o que for preciso. Deixarei meu motorista a seu serviço por alguns dias. Temos muitas coisas para resolver. Mas está tarde e eu ia convidá-lo a comer alguma coisa no meu apartamento... embora talvez você não esteja com tanta fome — disse ela, dando uma olhada no conteúdo do estômago de Leo esparramado na calçada.

— Não, estou com fome, sim, não comi nada hoje. E Eleni?

O sorriso da cônsul evaporou e ela parou, sem saber direito o que dizer, e acrescentou, com bastante desconforto:

— Acho que seria melhor ela ficar aqui.

Leo riu.

— Eu não estava pedindo que a senhora a convidasse para o chá. Queria saber se ela ainda está no anfiteatro.

Celeste tentou esconder um sorriso. Maria Clemencia fez uma careta.

— Ora, você vai ter de deixar que eles cuidem disso. Aqui é um lugar ótimo. — Ela começou a falar das providências para o funeral, mas Celeste começou com um riso abafado e incontrolável, o que fez Leo rir também, e nos próximos minutos ambos cambalearam à beira da histeria, sem saber por que riam, apenas que precisavam rir para manter a sanidade. Maria Clemencia de Leon ficou horrorizada com tanta vulgaridade. Tremeu com a ideia de Leo sujar os bancos do carro e emporcalhar o sofá. O rapaz deixaria atrás dele uma trilha de fluido, como um gastrópode pegajoso. Ela teria de desinfetar tudo que ele tocasse. Pior do que isso, teria de poluir-se com a companhia dele, a menos que conseguisse escapulir dos deveres consulares. Na verdade, por que ela deveria ajudar Leo? Ele era cidadão britânico, e não responsabilidade sua. Tudo que ela tinha de fazer era pagar o embalsamamento de Eleni e o traslado para a Grécia e depois pedir reembolso ao seguro de viagem de Eleni. Devia ter deixado que Leo se virasse. Mas agora era tarde demais.

A única opção era deixar Eleni no necrotério. Leo tinha de convencer-se de que não restava mais nada de Eleni naquele corpo.

— Vejo-o mais tarde, no hotel — disse Celeste, abraçando-o com força, e sumiu na noite, deixando Leo nas mãos relutantes de Maria Clemencia de Leon.

Assim que partiram, ela mandou o chofer abrir as janelas de trás do Rolls-Royce.

— Tem certeza, *señora*? — perguntou ele. — Não prefere que eu ligue o ar condicionado?

— Não, abra as janelas.

O chofer obedeceu, mas pouco à vontade. Nunca andavam de janelas abertas por medo de assaltos, ainda mais depois de escurecer. O carro por si só já atraía atenção suficiente, mas agora ele tinha medo de parar num sinal de trânsito, caso alguém enfiasse uma faca e roubasse um anel, talvez um dedo junto. Mas Maria Clemencia parecia mais contente de arriscar a vida do que de aguentar o fedor desse inglês imundo.

Cruzaram a cidade com velocidade apavorante. Ziguezagueando pela rua para evitar o trânsito parado e furando os sinais vermelhos. Em certo ponto, um policial foi atrás numa motocicleta, mas, quando viu a placa diplomática, freou repentinamente. Leo pediu ao motorista que fosse mais devagar, mas ele não deu atenção. Só recebia ordens da dama. Ela disse a Leo que não se preocupasse, mas ele começou a xingá-la, implorando que parasse o carro. "Estamos quase chegando", disse ela. Então, antes que ela percebesse, ele caiu em lágrimas. Ela estava lidando com uma criança emocionalmente perturbada, um delinquente. Leo começou a gritar, com a cabeça nas mãos, "Oh, meu Deus, foi culpa minha, foi culpa minha."

Maria Clemencia não entendeu do que ele falava, mas pôde ver que a atenção dele saíra da rua e que ele se perdera dentro de si.

Uma caverna na memória de Leo começara a encher-se e enviava ondas de choque pela psique. Ele se lembrou dos dois esperando na rodoviária, sentados nas mochilas. Tinham acabado de perder um ônibus e esperavam o seguinte, o malsinado. Estavam nervosos; os viajantes de fora sempre ficam nervosos nas rodoviárias da América do Sul. Leo e Eleni tinham ouvido histórias de pessoas roubadas enquanto levavam a mochila nas costas por ladrões que cortavam-nas a faca e deixavam o conteúdo cair numa bolsa. Em segundos, a bolsa trocava de mãos e sumia na multidão. Encontraram um homem que aceitara um doce de uma senhora, numa rodoviária, e acordara dois dias depois, na praça principal de Cali, na Colômbia, vestindo apenas as cuecas e as meias. Felizmente, escondera na meia uma nota de cem dólares. Alguns viajantes forravam as mochilas com tela de arame e punham ratoeiras nos bolsos. Leo costurara bolsos secretos em todas as calças. Levava os cartões de crédito nos tornozelos e usava um cinto de dinheiro escondido dentro da calça.

A rodoviária de Quito zumbia com tantos camelôs. Eleni estava com sede, mas recusava-se a comprar os refrescos feitos em casa que os camelôs vendiam em sacos plásticos com canudo, pois não havia garantia de que a água fosse limpa. Ela saiu marchando para procurar uma loja e voltou dali a minutos com duas garrafas d'água. Quando finalmente o ônibus chegou, eles eram os primeiros da fila. Eleni entrou primeiro e seguiu para o meio do ônibus, como sempre.

A imagem de Eleni andando para o centro do ônibus, andando para a segurança, repassa constantemente pela mente de Leo. O que acontece depois é doloroso demais para aguentar.

— Vamos sentar na frente — diz ele. — Não vamos muito longe, e essa mochila está tão grande e pesada que, se o ônibus encher, nunca vou conseguir sair.

Só estrangeiros levavam a bagagem consigo dentro dos ônibus. Todo mundo as punha no teto. Ele larga a mochila no lugar ao lado. Eleni vira-se, obediente, e volta pelo ônibus. Não há espaço para ela se sentar ao lado de Leo por causa da mochila dele, e ela se acomoda na cadeira da frente do outro lado do corredor, o lugar reservado para a morte.

— Vamos sentar na frente.

Ele a matara com essas quatro palavras. Leo a guiara para o lugar mais perigoso do ônibus. E por quê? Por causa de uma mochila pesada. E agora parecia que tudo levara inexoravelmente àquele momento. A ideia de escalar o Cotopaxi naquele dia, o desjejum dos deuses seguido do café langoroso, o ônibus perdido e Eleni andando para a sobrevivência no meio do ônibus.

— Vamos sentar na frente.

Ela não discutira; confiava na opinião dele, poria a vida nas mãos dele de boa vontade, porque quais mãos seriam mais seguras, mais amorosas que as dele? O único pensamento dela era ele, teve pena dele, que sempre levava a mochila mais pesada. Leo congelou o momento em que ela se virou. Havia piedade e amor em seus olhos escuros. Estava tão viva naquele momento que faiscava; era impossível relacionar seu andar saltitado e sua animação com o cadáver amarrotado em que se transformara. Não ocorrera a ela, como agora ocorria a Leo, que ele planejava levar aquela mochila montanha acima, mas ali se queixara de descer do ônibus com ela. Se ela tivesse indicado essa ironia e rido dele, com certeza ele a seguiria. Teria até abandonado a escalada, se ela insistisse. Talvez, lá no fundo, fosse isso o que realmente queria, mas fora orgulhoso demais para admitir o medo. Ele tinha fama de teimoso, mas ela sabia dobrá-lo.

Certa vez, estavam escalando uma montanha menor perto de Ottovalo, no norte. Tinham planejado almoçar no pico. Em pelo menos três ocasiões tinham alcançado o topo só para descobrir que era um pico falso e que ainda havia rolos de montanhas à frente. Continuaram até bem depois do almoço, com Leo recusando-se obstinado a parar até que chegassem lá. Finalmente, ela ficou tão irritada e faminta que simplesmente se sentou na encosta e disse:

— Vou comer aqui.

— Mas estamos a poucos metros do topo — protestara ele.

— Como sabe? Podemos estar a quilômetros de distância.

Leo não se queixara; ficara contente com a desculpa para parar. Passaram uma hora ali, cochilando e namorando. Quando partiram de novo, subiram só mais um minuto e viram-se no pico, com uma vista atordoante de 360 graus.

— Você estava certo — rira Eleni.

Mas desta vez ele errara, e teria de conviver com isso pelo resto da vida.

# 8

A CÔNSUL GREGA MORAVA NUMA RUA PARTICULAR no bairro diplomático de Quito. Seu "apartamento", como ela o chamava, ficava num antigo prédio colonial, com um pátio no meio. Em todo o Equador, esses prédios tinham uma beleza desmoronante, mas no bairro diplomático tinham sido magnificamente restaurados de volta à antiga grandiosidade. Eram emoldurados por laranjeiras e palmeiras e encimados pelas bandeiras dos vários países.

Leo estava amontoado num antigo sofá castelhano de veludo verde na sala de visitas. Escorregara para um torpor apático desde a recordação. Não tinha nada a dizer a Maria Clemencia de Leon; queria desesperadamente conversar com alguém, mas não conseguia se abrir com uma estranha. Ela ficara sentada com ele durante alguns minutos e, quando não aguentou mais sua presença carrancuda, levantou-se de repente e saiu da sala, dizendo:

— Tenho alguns assuntos a tratar, venho lhe avisar quando o jantar for servido.

Dali a vinte minutos, ela voltou e lhe pediu que fosse com ela à sala de jantar.

— Posso ligar para minha mãe e meu pai? — perguntou ele.

— É claro, depois do jantar.

— Não, agora — disse ele.

— Mas são três horas da manhã na Inglaterra.

— Acho que eles não vão se incomodar.

Ela estava claramente irritada com ele. Ficara ali sentado sem dizer nada durante meia hora e agora, bem quando o jantar estava pronto, queria telefonar. Ela deveria mandá-lo descer a rua até a embaixada britânica e lavar as mãos bem naquele momento, mas agora sentia-se obrigada a seguir com esse negócio desagradável até o fim. Apontou o telefone e saiu.

Quando ele finalmente foi para a sala de jantar, a comida estava fria. Maria Clemencia já terminara e batia os calcanhares nos tacos do chão com impaciência. Enquanto ele atacava o bife frio e engolia ansioso o molho de pimenta congelado, Maria Clemencia tratou das providências da viagem.

— Na quarta-feira, Eleni embarca para Frankfurt num avião cargueiro da Lufthansa. Lá será transferida para outro avião rumo a Atenas, e dali para Kitos. Chegará às duas da tarde, horário local, na quinta-feira, oito de abril. Você partirá na terça-feira...

— Não, espere, quero ir no mesmo avião — interrompeu Leo.

— Isso não é possível. Não fazem esse tipo de frete em voos internacionais de passageiros.

— Ela não é uma merda de frete — gritou Leo.

— Ora, ela também não é bagagem! Não é por Eleni, Leo, isso tem a ver com caixões hermeticamente fechados, drogas, bombas, América do Sul... Essas coisas. Mas as regras são diferentes nos voos internos da Grécia, e você pode ir com ela de Atenas para Kitos.

— Bom, nesse caso, vou depois dela. Não vou deixá-la aqui sozinha, assim pelo menos eu terei certeza de que ela está no avião e que...

— Leo, eu já cuidei de tudo isso — interrompeu Maria Clemencia, impaciente. — Por favor, confie em mim! Se partir na quinta-feira, perderá o enterro na sexta. Não se preocupe. Celeste e eu cuidaremos de tudo aqui.

Leo ficou em silêncio. Mais uma vez tinha de resignar-se a deixar a amada nas mãos de pessoas que mal conhecia. Amaldiçoou-se por não ter cuidado dela direito.

Era meia-noite quando o chofer de Maria Clemencia deixou-o no hotel de Celeste. Todos os hóspedes estavam reunidos em volta de Celeste, no bar. Ela estava explicando o que acontecera. Leo conseguiu sentir o clima sombrio assim que entrou. Onde estavam a música alta e as vozes? Passou arrastando os pés pelo bar; eles se calaram, fitaram-no e sentiram o apetite de aventuras murchar. O rosto devastado de Leo parecia levar todos os seus pesadelos. Ele

parou. Sentiu que esperavam que falasse, mas não sabia o que dizer. Era agora o ator principal de uma tragédia grega em andamento e o coro aguardava. E nenhum deles sabia o que dizer. Houve um impasse desconfortável; depois de um silêncio horroroso, Celeste disse:
— Quer beber alguma coisa?
— Não, obrigado. Se eu começar agora, não paro mais.
Bastou isso para desarrolhar os outros e todos murmuraram seus pêsames, um ecoando o outro. Ele agradeceu com a cabeça e sumiu pelas escadas, uma sombra triste e solitária de si mesmo.

As roupas de Eleni estavam penduradas no guarda-roupa aberto e os chinelos esperavam seus pezinhos junto à cama. Alguns cartões-postais em preto e branco, principalmente retratos de índios surrados pelo sol, estavam espalhados na mesa. No peitoril da janela havia uma coleção de pedras de cores estranhas que ela catara em seus passeios e a pequena cabeça masculina esculpida de inca que ele lhe dera na feira de Latacunga. Ele a pegou, sentiu sua frieza de mármore nas mãos e enfiou-a no bolso, para juntar-se à cabeça feminina que ele ainda levava consigo. Depois, foi até o guarda-roupa e pegou a blusa preferida dela: uma camiseta azul-clara de algodão, de mangas curtas, com flores bordadas no decote. Levou-a até as narinas e inspirou profundamente, e por um momento lá estava ela, com os braços em volta do pescoço dele, beijando-o. Estava apertada contra ele, o aroma rico do cabelo enchendo-lhe os pulmões; ele passava os dedos pelas costas miúdas, acariciando o retalho invisível de cabelo fino de bebê que só crescia na base da espinha. O mundo era Eleni. O mundo era doce. Quando a visão começou a desbotar, ele foi até a mochila dela, encontrou seu perfume e borrifou-o na blusa, para que pudesse prolongar sua presença por mais alguns segundos. Abriu uma gaveta e jogou a roupa de baixo e as meias dela na cama e borrifou tudo. Tirou a lã da mochila e borrifou-a também. O quarto estava denso de almíscar e flores, mas ela se fora. Leo desmoronou na cama e começou a rir entre as lágrimas. "Você não gostava muito desse perfume, não é?" Certa vez, alguém lhe dera de presente um vidro de Anaïs Anaïs. Ela só o usava porque não tinha dinheiro para comprar outro. Todos achavam que ela o adorava e tornou-se um presente fácil de comprar para ela. Ela não tinha coragem de dizer a ninguém que não era o seu favorito. Além disso, Leo gostava, e isso era tudo que importava.

A comoção despertara algumas moscas e mariposas e elas se reuniram sob a luz, querendo saber o que estava acontecendo. Um aroma maravilhoso de jardim entrara em seus sonhos, mas não havia flores à vista. Ainda assim, era uma boa desculpa para dançarem juntas. Leo observou as cabriolas dos insetos com fascinação. Eram iguaizinhos a ele, criaturinhas tentando entender aquilo tudo. Ele observou duas moscas se juntarem e mergulharem direto para o chão antes de se separarem, se juntarem outra vez e repetirem o jogo. Todos os animais não estavam numa jornada parecida com a dele? À procura de um parceiro, em busca de companhia? Talvez Eleni agora fosse uma mosca ou uma formiga.

Leo pensou no doutorado que esperava em casa para ser terminado. Depois de formado em biologia, respondeu a um anúncio de emprego no departamento para trabalhar como técnico de laboratório no Instituto de Zoologia, sob o comando do eminente professor Lionel Hodge, autoridade mundial em comportamento das formigas. Era apenas um emprego, mas logo virou obsessão: o mundo das formigas era tão organizado e complexo que ele decidiu fazer seu Ph.D. sobre ele. Agora perguntava-se se algum dia conseguiria voltar a estudar ou a ter algum tipo de normalidade. O cientista que havia nele murchava, e o pesar apresentava-o a um novo modo de relacionar-se com o mundo.

Caiu no sono e acordou pela manhã com todas as roupas e a luz ainda acesa. Eleni o visitara novamente à noite e ele dormira com facilidade, convencido de que ela ainda estava viva. Sonhou que cometera um erro extraordinário e que ela só morrera em pesadelo. Mas os sonhos enganam e, pela manhã, ela o deixara.

Tomou um banho e trocou de roupa, mais por hábito do que por vontade. Não tinha nada para fazer, nenhum lugar para ir, e passou o dia lendo o diário de Eleni. Isso o ajudou a recordar tudo, até poucos minutos antes do acidente. Mas ainda não sabia se estivera consciente logo depois do choque. Achou que talvez tivesse visto Eleni morrer e depois desmaiado. De que outra maneira saberia que ela estava morta quando despertou no hospital? Estava apavorado com a possibilidade de, em algum momento insuspeito, sua mente vomitar esse último horror e isso o arrasar. Não sabia o que seria pior: a lembrança ou o medo persistente de sua chegada prevista.

A segunda-feira chegou e Leo e Celeste percorreram devidamente o caminho de volta ao necrotério. Eleni foi puxada do arquivo cheio de cadáveres. O mesmo homem roxo jazia em sua gaveta quebrada no meio da sala. Vencera a batalha das vontades, porque o servente não se deu ao trabalho de empurrá-lo de volta.

Eleni foi levada até uma sala ao lado, onde Leo começou a vesti-la. Abriu a mochila dela e tirou a saia comprida e cinzenta de verão e a blusa de algodão azul que borrifara de perfume. Sentiu a pele congelada contra a sua pela última vez. A carne pálida dela parecia ter ganho suavidade e elasticidade com o embalsamamento. Por um longo momento, ele simplesmente a segurou e, depois, devagar e com todo o amor que restava em seu coração fraturado, manobrou-a como uma boneca dócil para dentro das roupas. Quando terminou, pediu a Celeste que maquiasse o rosto. Ele poderia fazê-lo, mas, como nunca maquiara ninguém, temia que não ficasse bom. Ela passou pó de arroz sobre o corte na bochecha de Eleni até ficar quase imperceptível e depois um pouco de ruge, para dar-lhe um rubor de vida. Aplicou uma linha de batom vermelho nos lábios e, delicadamente, um fio de delineador preto nos olhos fechados. Há vaidade até na morte: a necessidade de esconder o corpo retorcido, os cortes e o rosto contraído, congelado na dor, sob uma máscara de serenidade. Eleni nunca usara maquiagem em vida, mas na morte isso era obrigatório. Leo queria que ela ficasse o melhor possível.

Eleni foi transportada até uma funerária próxima, onde foi colocada num caixão metálico especial que Leo conferiu se atendia aos regulamentos da empresa aérea. Não havia nenhum lugar na loja em que pudessem soldar a tampa sem causar sujeira e incômodo, de modo que Eleni sofreu a nova indignidade de ser levada pela porta dos fundos até o estacionamento. Leo tirou do bolso as duas cabecinhas incas e colocou a masculina na mão fria dela, e enrolou os dedos em volta. A outra, pôs no bolso da camisa, do outro lado do coração. Beijou a testa dela: "Eleni, *karthiamou*, obrigado por me amar."

A aventura deles os separara, mas ela ainda prosseguia, viajando pelo mundo oculto, mais fundo do que ele poderia ir, uma guarda-florestal do desconhecido. Agora eram como o mar e a lua: muito distantes, mas ainda em harmonia. Quando a vida dele terminasse, o tempo deles voltaria, e, quando isso acontecesse, não haveria mais obstáculos entre os dois; dançariam para sempre como um só. O que é a vida senão umas férias sanduichadas pela eternidade?

Ele amaciou o rosto dela com as lágrimas e depois se afastou. Os funcionários da funerária pegaram a pesada tampa do caixão e, meio sem jeito, colocaram-na sobre ela. Levaram um ferro de soldar até a borda e Eleni foi fechada sem cerimônias no caixão, como uma sardinha numa lata.

# 9

ERAM TRÊS À ESPERA, CURVADOS E SOFRIDOS, NO aeroporto de Atenas, na manhã de quinta-feira. Leo chegara na véspera e agora estava com o pai e Alexandria no posto de recebimento de cargas. Queria que a mãe estivesse ali, mas, para fúria dela, não lhe tinham dado licença no banco onde trabalhava.

Os três não conversavam, cada um deles silenciado pelas próprias batidas trovejantes do coração. O voo de Frankfurt tinha acabado de piscar no quadro de chegadas, "no horário", dizia. Até aquele momento, Alexandria estivera atormentando Leo sobre detalhes do acidente. É impossível enlutar-se adequadamente se o mistério nubla a morte de um ente amado. Todo um negócio de interrogatórios, investigações, autópsias e processos na justiça foi construído em torno dessa única verdade. O fato da morte não basta, tem de haver certeza sobre a causa. Leo pacientemente conduziu Alexandria pelo que lhe tinham contado e pelo que recordava, omitindo apenas as quatro palavras que a tinham matado: "Vamos sentar na frente." Esse era o seu segredo, e a culpa ainda estava tão fresca quanto uma ferida aberta.

O avião pousou e esperaram em silêncio até que trouxessem o caixão, sua presença preta e pesarosa incongruente no hangar imenso. Observaram os caminhões empoeirados trovejarem, entrando e saindo dos portões enormes, sacos do correio carregados em picapes e vários caixotes e caixas grandes levados de um lado para o outro em empilhadeiras. O rugir dos motores, o bater das portas de metal, as pancadas da queda de caixotes não amados entupia o prédio. Finalmente o caixão surgiu na traseira de um carrinho elétrico de transporte de bagagem dirigido por um homem de macacão azul.

— Lá está ela — gritou Frank.

Alexandria soltou um grito de desalento. Era impensável que sua menininha de olhos castanhos pudesse estar dentro do caixote de metal brilhante que vinha rolando em sua direção. O coração dela se encheu de todas as Elenis que amara: o bebê que sugara seus seios e dormira em seus braços, a criancinha vacilante que a deliciara com a primeira palavra, a menina saltitante cuja mão segurara no caminho da escola, a adolescente apaixonada e temperamental que fora mandada para a Inglaterra e a mulher politicamente ativa com gosto por aventuras. Nem mesmo em seus pesadelos Alexandria imaginara que sua única filha seria ceifada tão jovem e devolvida à mãe numa caixa, como um cruel presente do Hades. Começou a tremer sem controle. Instintivamente, Leo pôs o braço em volta dela, mas ela o afastou com os ombros e caminhou para longe, para ficar sozinha. Estava absolutamente inconsolável.

Dali a uma hora estavam sentados no pequeno avião bimotor para Kitos, dolorosamente conscientes de que Eleni estava bem sob seus pés, no porão gelado do aparelho, na mesma situação das bagagens.

O vento aumentara o tempo todo durante o dia, e o céu normalmente claro mas enfumaçado sobre Atenas estava pesado, com nuvens de tempestade. O piloto fora aconselhado a não decolar, mas, como era natural das ilhas e Alexandria fora professora de seus filhos, não admitiria nenhum atraso.

Assim que decolaram, o avião ficou aos caprichos da tempestade. Virava de lado a lado, proporcionando-lhes visões anormais do mar abaixo deles. Foram golpeados por todas as direções, grandes trovoadas atingiam a cabine e os relâmpagos eram tão próximos que eles se encolhiam de terror. De repente, o avião atingiu um bolsão de ar e mergulhou momentaneamente em queda livre, erguendo-os, como se não tivessem peso, dos assentos antes de recolhê-los de novo com uma pancada dolorosa. Frank temeu pela vida, Alexandria quase vomitou no colo, mas Leo ficou contente de flertar com a morte. A tempestade era obra de Eleni, ela o chamava, e os céus explodiam por ordem dela. Conseguia sentir a raiva dela por ser separada dele. Agora toda a natureza era uma mensagem com a assinatura dela. Eleni estava em toda parte: mais presente do que nunca no coração de Leo. Há duas semanas, ele desdenharia tais pensamentos, considerando-os ridículos, diria que depois da morte só há carne podre. A inversão era total.

Kitos fremia de fofocas e boatos. Muitos suspeitavam que na morte de Eleni havia mais do que parecia, alguns estavam convencidos de que ela devia ter se envolvido com drogas, afinal por que mais alguém iria à Colômbia? Um homem chegou a afirmar que ela fora assassinada pelos cartéis. A sensação de expectativa na ilha chegara a tal clímax que, quando Leo, Frank e Alexandria desceram do avião, tudo que puderam ver foi uma muralha preta apertada contra as vidraças do aeroporto. Mal puseram os pés no saguão do desembarque e foram cercados por um surto de simpatizantes chorosos, abraçando-os e dando-lhes tapinhas e pêsames. Quando o caixão finalmente apareceu, houve um uivo coletivo de pesar. Depois, um cochicho febril se espalhou entre eles, que abriram espaço, e um homenzinho grisalho e minúsculo, de terno preto bem cortado, foi empurrado à frente. Leo perguntou-se se seria alguma autoridade local. A multidão ficou em silêncio. Alexandria fitou-o sem compreender.

— Georgios!

— Sinto muitíssimo, vim assim que soube.

— Agora você se esforça! É tarde demais, Georgios, é tarde demais mesmo.

Georgios mordeu o lábio e baixou a cabeça.

— Leve-me até ela — pediu, baixinho.

Alexandria não se mexeu.

— Por favor, Alexi.

Ela o levou pela multidão até o caixão, junto ao qual estava Frank. Georgios passou por ele sem dizer uma palavra e jogou-se sobre o caixão.

— Eu tenho de vê-la, eu tenho de ver minha menina — gritou, tentando abrir a tampa.

— Está selado, você não pode abrir — disse Alexandria. Ela pôs a mão de leve no ombro dele e tentou puxá-lo, mas Georgios parecia não ouvir e agarrava-se ferozmente à tampa, sem nada conseguir.

— Você está aí, *karthiamou*, você está mesmo aí? — A voz dele mal se ouvia. — Minha menininha, é você?

— Ele correu a mão pela caixa, como se, de algum modo, tentasse entrar em contato com ela. Quando finalmente se levantou, os olhos estavam vermelhos.

— Oh, Alexandria. O que foi que eu fiz?

Quando o cortejo fúnebre chegou à cidade, as pessoas se despejaram de dentro das casas para ir atrás do féretro, segurando casacos e chapéus contra o vento. Prosseguiram lentamente pelas ruas estreitas do bairro antigo e depois subiram o morro, até chegarem aos portões da minúscula capela de Hagia Sofia, onde o Papa Nikos, com sua grande barba branca e túnica preta esvoaçante, os esperava. Eleni foi colocada numa mesa comprida, na abside central, onde, segundo a tradição, passaria a noite enquanto a família ficava de vigília a seu lado.

A tempestade trouxe a chuva, um mês de chuva numa só noite martelando os telhados e chacoalhando as janelas. O túmulo, que há dois dias estava aberto, encheu-se d'água e desmoronou. Pela manhã, encontraram-no cheio de terra e lama. O coveiro teve de drená-lo e cavá-lo outra vez enquanto a missa por Eleni era rezada na capela. Estava entupida de gente, e Leo não entendeu uma palavra da cerimônia ortodoxa. Esgueirou-se pelos fundos e foi observar o coveiro suando no túmulo.

O céu não guardava lembranças da tempestade da noite anterior; o ar estava leve e fresco. Alexandria escolhera um lugar tranquilo. Leo e Eleni tinham caminhado muitas vezes até a capela, em suas visitas a Kitos, e depois desciam por caminhos de cabras entre as oliveiras até as praias vazias do outro lado. Paravam no alto para sentar-se no muro do pequeno cemitério, gozar o ar mais fresco e admirar a vista que mergulhava até o mar esmeralda. Uma vez na praia, se não houvesse ninguém lá, despiam-se e deitavam-se como lagartos na areia. Então, quando o sol ficava insuportável, corriam para o mar e brincavam feito crianças, mergulhando, espirrando água e se abraçando.

Agora Eleni poderia gozar o ar mais fresco e admirar a vista para sempre. Poderia cantar junto com os sinos das cabras.

O coveiro acabara de pousar a pá e limpar o suor da testa quando Papa Nikos surgiu da capela com o caixão e o séquito atrás. Leo ficou no fim do grupo. O caixão foi baixado na cova e todos fizeram uma oração. Houve então uma hesitação nos procedimentos, parecia haver alguma confusão, um homem fizera um comentário e todos em volta dele tinham concordado. Logo havia uma discussão em grande escala. Parecia haver algo errado. Então ele ouviu uma pancada forte e forçou o caminho pela multidão para ver que o coveiro pulara de volta na cova e tentava arrancar a tampa do caixão com o cabo da pá.

— O que está fazendo? — gritou Leo. — Não abra. Faz uma semana que ela morreu. — Ele tentou agarrar a pá, mas o pai segurou-lhe o braço.

— Leo, eles querem que a natureza faça seu trabalho. O caixão é de metal; eles têm de deixar o ar entrar.

Leo olhou Alexandria, que assentiu com a cabeça. Era isso que ela queria. A pá bateu novamente na tampa e ecoou para além dos muros.

— Pai, não deixe que façam isso... — implorou Leo.

— Eles precisam vê-la, Leo, como guardarão o luto sem vê-la? Sem isso, ela os perseguirá em todas as esquinas. Têm de ter certeza de que ela está lá dentro — disse Frank, enquanto o coveiro surrava o caixão com toda a força.

— É claro que ela está lá. Eu mesmo vi, pelo amor de Deus — protestou Leo.

— Isso não basta, Leo, eu deveria saber — insistiu Frank.

— O que quer dizer?

— Explico mais tarde, basta que acredite em mim — disse Frank, encerrando a conversa. Leo cedeu, mas não conseguiu olhar.

As pancadas eram cada vez mais desesperadas. A tampa não se mexia. Alguém foi buscar um pé de cabra e o pobre coveiro usou-o como alavanca no caixão. Leo virou-se de costas e afastou-se. Não queria ver a carne apodrecida de Eleni cheia de vermes. Não queria essa lembrança gravada a fogo na retina com todas as outras imagens horríveis que vira na última semana. Os golpes violentos no caixão destruíram toda a noção do que deveria ser um funeral. Os corações se aceleraram, as orações foram abandonadas e a solenidade foi substituída por medo e mau agouro. A tampa começou a ceder. Houve um raspar horrível de metal e um arfar dos presentes. O pé de cabra foi enfiado mais uma vez e a tampa se soltou. Por um segundo, houve silêncio total, enquanto a multidão enlutada fitava boquiaberta o caixão. Leo ficou paralisado; que horror irreconhecível os calara? Então houve um uivo guinchado que se rasgou pela sua espinha. Nunca na vida Leo escutara um som tão pavoroso. Apesar de si mesmo, deu meia-volta e viu Georgios de quatro, com a cabeça curvada para a cova, a espinha arqueada como a de um gato. Ele escancarou a boca e uivou outra vez e mais outra. Era um lamento estranho à cultura de Leo. Um lamento que exprimia toda a culpa e todo o arrependimento que a alma de um homem podia suportar. Alexandria parecia perder o equilíbrio, as pernas não lhe sustentavam o peso, e as irmãs correram para impedir que caísse. Leo deu um passo à frente e olhou a cova aberta. Lá estava Eleni, exatamente como ele a deixara, com os dedinhos em torno da cabeça inca, o rosto corado de maquiagem. Dormia docemente. Fora sua juventude e beleza que os silenciara. Sentiu-se atraído para a cova. Estava sob seu feitiço. Queria ser enterrado com ela. Mas algo o deteve, algum instinto antigo. Leo achou que era covardia.

Então ouviu a voz dela. "Viva", disse ela, "e viva lindamente."

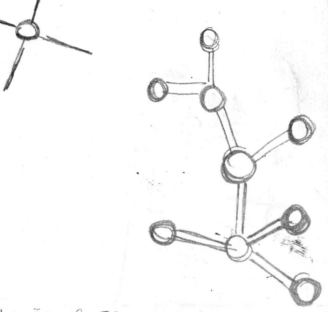

## Anotação nº 58

Essa divisão entre passado, presente e futuro não significa nada e, por mais tenaz que seja, só tem o valor de uma ilusão.

Einstein

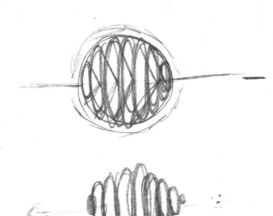

# 10

BOM, BOM, DEIXE A ÁGUA ALI... UM POUCO MAIS perto, para eu alcançar... obrigado. Sabe, talvez o médico tenha razão afinal de contas... talvez eu devesse descansar. Estou ficando com sono. Não? Quer que eu continue? Tudo bem, Fischel. Então está gostando, não é? Ah, entendo... ainda não fala, só escuta, certo? Ora, está ótimo, meu rapaz. Você escuta, mas lembre-se de que sua mãe se preocupa com você. Já se passaram três semanas desde a Kristallnacht. E sabe, filho, eu já estava doente antes que me levassem — tudo bem, eu voltei de cabeça raspada, com alguns machucados — talvez seja por isso que você não está falando, mas não deveria se preocupar, eles não podem nos matar. Lembre-se: acima das nuvens o sol ainda brilha... você não tem tanta certeza assim, não é? Entendo. Há muita coisa em que pensar. Fale quando estiver pronto. Posso continuar?

* * *

Quando tínhamos 8 anos, Jerzy Ingwer e eu decidimos que seria uma boa ideia arrancar todas as flores da frente da escola. É claro que nos pegaram e nos mandaram para a sala do diretor. Ficamos tão apavorados com o que fariam conosco que ficamos sentados do lado de fora da sala chorando como se fosse o fim do mundo. Agora lá estávamos de novo, sentados lado a lado, esperando apavorados. Quando Neidlein finalmente nos deu a ordem de largar o turno da noite e seguir para a linha de frente, um arrepio se arrastou pela minha espinha e me senti de novo como aquele garotinho. Só queria que minha mãe me pegasse no colo e me dissesse que tudo ficaria bem. Levei a carta de Lotte até o nariz e aspirei seu perfume mais uma vez antes de guardá-la no bolso do peito, junto da fotografia que você tem aí nas mãos.

— Venha, Daniecki — zombou Király com seu alemão desajeitado —, é grosseria deixar a morte esperando. — Peguei o fuzil e marchei com os outros pela curta distância entre as linhas de suprimento e a frente de batalha.

Recordei a batalha de Gnila Lipa muitas vezes, Fischel, não só em meus pesadelos como também nos livros de história. Como infantes, apenas obedecíamos e lutávamos pelo pedaço de capim onde estávamos. Não fazíamos ideia do quadro maior, mas agora sei que havia quase meio milhão de russos espalhados numa frente de cinquenta quilômetros a leste do rio. Éramos 175 homens. Estávamos condenados desde o princípio.

\* \* \*

Não houve tempo para fazer trincheiras adequadas. Tudo que tínhamos era um pequeno monte de terra da altura do joelho que só dava proteção se a gente se deitasse no chão. Estávamos a cinquenta metros do rio, num amontoado de árvores. À direita era campo aberto e à esquerda a floresta se adensava. O jeito do terreno era parecido do outro lado do rio: florestas, prados e morros ondulantes.

Lembro que o ar estava parado e silencioso e que eu estava tão cansado do trabalho noturno que meus olhos pendiam pesados nas pálpebras. Alcancei Jerzy e apertei seu braço.

— Boa sorte, amigo — cochichei.

— Temos de vencer, Moritz — disse ele —, não pelos austríacos, mas por Ulanow.

A ordem de atacar veio ao amanhecer. A artilharia soltou uma barragem de cortar os ouvidos, mas o que pareceu trovejante do nosso lado traduziu-se num leve polvilhar de nuvens de fumaça sobre as linhas russas, a mil metros dali. Foi um salpicado aleatório de granadas, dificilmente um golpe com volume para preparar o terreno para o ataque eficaz da infantaria. O bombardeio durou vinte minutos e os artilheiros suaram sobre os canhões, mas simplesmente não tínhamos canhões grandes suficientes para infligir danos graves. Então foi um choque quando o tenente Neidlein nos mandou avançar. "Avançar": a palavra me deixou com o coração na boca. Király virou para o austríaco comprido e desconjuntado e gritou:

— Avançar? Como assim, avançar? Mal encostamos a luva neles. Mais artilharia, homem, precisamos de mais artilharia.

— Isso é uma ordem Király, não uma discussão — retorquiu Neidlein zangado. — Agora levantem-se e lutem, e vão com Deus.

Erguemo-nos e fomos escalando as trincheiras com a baioneta em riste. Atrás de nós, os tamborileiros tocavam um ritmo estimulante para nos incentivar. Eu esperava que uma rajada instantânea de fogo chovesse sobre nossas cabeças, mas havia apenas um silêncio estranho e assustador. Saímos da cobertura das árvores e descemos até o rio. À minha direita, podia ver uma longa linha de homens correndo ombro a ombro, em três ou quatro filas. Os russos ainda estavam quietos. O que faziam? Talvez eu tivesse me enganado quanto à força da nossa artilharia. Estariam recuando? Quando chegamos ao rio, nossas granadas caíram outra vez, para nos dar cobertura durante a travessia. Nos pontos mais rasos, o rio estava coberto de tábuas que tinham sido colocadas à noite, mas muitos homens preferiram vadear segurando os fuzis acima da cabeça.

A margem inclinada do outro lado nos dava uma certa cobertura, mas nos disseram que não parássemos. À nossa frente estava o prado aberto, com arbustos e árvores aqui e ali. O capim estava alto e denso e em certos lugares chegava ao peito. E forçamos o avanço, uma muralha de baionetas faiscantes caindo sobre o inimigo. O capim espesso se enrolava em nossas botas, retardando-nos, querendo que parássemos. Estávamos a duzentos metros, ao alcance dos fuzis, mas as armas russas continuavam em silêncio. Mas não tinham recuado, pois agora eu conseguia perceber com clareza a silhueta dos homens contra o céu vermelho e fogoso da manhã, esperando solenemente como os guardiões do inferno. Meu sangue congelou e minhas pernas começaram a tremer. Estávamos avançando para uma armadilha. Só continuei correndo em frente porque a disparada austríaca me levava, mas meu instinto era me afundar na terra e comungar com as minhocas. A 150 metros, consegui ver os russos olhando pela mira dos fuzis, fazendo pontaria contra nós e aguardando a ordem de atirar. Nós também tínhamos erguido os fuzis ao ombro quando, de repente, houve um assovio acima das nossas cabeças. Joguei-me no chão e, no mesmo instante, houve uma explosão terrível em algum lugar próximo. A terra tremeu sob mim e, um segundo depois, outra granada caiu, depois mais outra. O ar vibrava estranhamente à minha volta enquanto granadas e granadas caíam sobre nós. A fumaça entupiu meus pulmões e queimou meus olhos. Algo bateu em minhas costas. Uma bala devia ter me atingido. Fiquei enraizado no lugar, paralisado de medo, tendo apenas o capim alto como proteção. Ia morrer naquele prado, tinha certeza. Estiquei a mão e tateei a ferida nas costas. Quando olhei a mão, estava coberta de sangue, mas não conseguia sentir dor. Então, vi uma bota ao meu lado, vazando escarlate no capim. O pé arrancado, esfacelado no tornozelo, ainda estava nela. Eu não fora atingido, somente chutado nas costelas. Procurei Jerzy à minha volta, mas ele não estava mais ao meu lado. Nossos homens ainda avançavam de forma suicida na direção dos russos. Dei adeus à minha família e disse a Lotte que a amava. Então, voltei a me pôr de pé e segui aos tropeços. Uma névoa marrom pendia sobre o campo de batalha. Agora voavam balas em ambos os sentidos e os homens caíam a toda volta. Uma granada explodiu na minha frente e três compatriotas meus se fizeram em pedacinhos. Tropecei num corpo escondido no capim e caí de cara no chão. Olhei para trás para ver se o soldado estava bem e vi Piotr Baryslaw. Ou o que restava dele. Fora cortado ao meio; faltava o lado esquerdo do rosto e do peito. O coração estava pendurado por uma veia perto da perna e um dos braços estava no capim, a alguns metros. Dei-lhe as costas. Agora as granadas estalavam a intervalos de segundos, lançando estilhaços em todas as direções, e o barulho era ensurdecedor. O tenente Neidlein caiu ao meu lado. Tremia.

— Venha comigo, vamos atacar os artilheiros — latiu ele. — Há uma posição de artilharia ali atrás.

Ele apontou um aglomerado de árvores, a uns cem metros. Consegui ver uma pilha de sacos de areia e um canhão aparecendo por cima.

— Temos de chegar mais perto. Vá se arrastando até podermos vê-los direito. Alguns homens estão se aproximando pelo outro lado.

Avançamos de barriga bem lentamente até atingirmos uma vala providencial. Rajadas de fogo de fuzil voavam em ambos os sentidos acima de nós. Os russos ainda não tinham abandonado a proteção para avançar e alguns homens nossos tinham atingido a trincheira deles e estavam em combate corpo a corpo; outros mantinham posição e disparavam do prado. Estávamos fragmentados; todas as estratégias de treinamento em terra de nada serviam ali. As ordens se perdiam no clamor do campo de batalha e era cada um por si. Exceto por mim: meu destino não era meu, tinha um oficial respirando na minha orelha, e ele me disse para erguer a cabeça acima do capim e ver se estávamos perto do alvo. Para mim isso parecia loucura, era um milagre ainda não termos sido atingidos. Se eu erguesse a cabeça dez centímetros acima daquela vala, ela explodiria. Hesitei.

— Ande, Daniecki, não seja um judeu tão covarde, vocês, seus patifes, vão fazer a gente perder essa guerra — sibilou o tenente Neidlein.

Era uma provocação que eu não podia aceitar.

— Nada disso! São vocês, seus austríacos estúpidos e teimosos, que vão perder essa guerra — gritei. — Vocês não passam de um país de confeiteiros valsantes. De onde tiraram a ideia de que podem vencer os russos? Olhe você, se é tão corajoso assim.

Estávamos deitados de barriga, lado a lado, com o rosto colado na terra, fitando-nos como um casal à beira do divórcio. O tenente Neidlein ficou indignado.

— Você será punido por isso, Daniecki — rugiu.

— Se eu estiver vivo no fim do dia, pode deixar que estarei esperando. — Achei que a probabilidade de nós dois sobrevivermos para representar a paródia da punição era desprezível.

— Daniecki, ordeno que olhe.

— Ora, vamos, tenente, por favor — implorei.

Neidlein sacou a pistola e a encostou na minha cabeça.

A vontade de viver é tão forte que, dada a opção entre duas mortes, a gente sempre escolhe a que nos dá mais tempo, mesmo que sejam segundos. As pessoas preferem pular para a morte de um prédio em chamas a queimar com ele. Pois naqueles poucos segundos de voo acelerado o deus que se recusou a salvá-las do fogo talvez estenda a mão do céu e as leve vivas até o chão. Machucadas, quebradas, talvez... mas vivas. A esperança desafia a razão.

Prendi a respiração e ergui a cabeça devagar, acima do capim alto. Uma torrente de balas rasgou o capim à minha volta e mergulhei de volta rapidamente. Deus retardara um pouco mais a minha morte. Neidlein riu.

— Ainda vivo, judeuzinho? O que viu?

— Estamos a menos de trinta metros do inimigo, tenente, mas bem na borda do capim alto. Não há mais cobertura. O que fazemos?

Neidlein esfregou o bigode, nervoso; repassava na cabeça as opções. Eram sinistras.

— Espere aqui — latiu, e deslizou de volta pelo capim. Pareceu passar um século antes que voltasse, embora talvez não tenham sido mais que alguns minutos.

— Tudo bem — disse, sem fôlego —, temos Hausmann e Kovak avançando trinta metros à nossa direita e Wodecki e Rolka além deles. Quando os russos terminarem uma salva, corremos para eles enquanto estiverem recarregando, os outros virão atrás; vamos ver se conseguimos atingi-los em seu covil. Então viramos o canhão para eles e tentamos conseguir alguma base. Esperamos o momento certo e então Neidlein me deu o sinal. Pusemo-nos de pé e corremos rumo à posição de artilharia, através de uma barragem de balas e granadas. Eu tinha vaga consciência de outros homens correndo a nosso lado, mas, quando Neidlein e eu chegamos, só Kovak ainda estava de pé. Apontamos nossos rifles bem em cima dos russos desprevenidos. Havia três deles e, quando ergueram os olhos, espantados, atiramos na cabeça deles, e, quando escalávamos os sacos de areia, Kovak foi atingido e caiu sem vida do outro lado. Não havia como mantermos a posição sozinhos, e Neidlein sabia disso. Disparou alguns tiros no mecanismo do canhão para deixá-lo inútil, demos meia-volta e voamos para uma moita de arbustos. O tenente Neidlein tropeçou numa raiz, mas antes de se recuperar foi atingido na perna. Eu devia ter parado para ajudá-lo, mas continuei correndo. Neidlein levantou-se e saiu mancando o mais depressa que podia. Cheguei à moita e mergulhei no chão. Neidlein agora mancava um pouco atrás de mim. Foi atingido de novo nas costas e inclinou-se à frente, mas, sabe-se lá como, conseguiu manter-se em pé e continuou avançando. Outra bala passou por ele e vi o sangue jorrar da barriga. Ele caiu de joelhos mas não morria, a lembrança da vida passando pelas veias que vazavam, e de olhos esbugalhados arrastou-se dolorosamente na minha direção. Estava a apenas dez metros quando um tiro pareceu perfurar-lhe a cabeça, e ele se espalhou no prado. As pernas continuaram a sacudir-se mecanicamente durante um minuto e depois ficou parado.

Durante duas horas fomos massacrados impiedosamente nos campos e bosques em toda a extensão do rio. Regimentos inteiros foram castrados e centenas de oficiais temerários sacrificaram a vida em troca de nada, comandando seus homens em posições indefensáveis. O prado estava coberto de buracos de granadas e retalhos de pano cinza-azulado. Dedos cortados agarravam tenazmente a coronha dos fuzis. Fragmentos de carne sangrenta manchavam o capim. Os gemidos dos mutilados aumentavam sem parar. Era umas dez da manhã quando a infantaria russa finalmente atacou, esmagando o XII Corpo que mantinha a linha à nossa esquerda. Finalmente alguém deu a ordem de recuar, que foi gritada de homem a homem. Aqueles dentre nós que podiam deram meia-volta e fugiram de qualquer jeito pelo campo, atravessando o rio e entrando na floresta, caçados o caminho todo pela artilharia russa. Passei por seis dos nossos tamborileiros, todos mortos em linha reta, com os tambores ainda no pescoço, olhos e bocas arregalados. Pareciam soldadinhos de brinquedo derrubados por uma criança petulante. Não sei o que os matou, mas os rostos pálidos tinham envelhecido de repente além da sua idade.

Continuamos correndo vários quilômetros como galinhas enlouquecidas até que conseguiram nos controlar e recebemos ordem de voltar à forma. No caos que se seguiu, trombei com Király, o húngaro. Ele se destacava das fileiras porque a farda estava limpa. Perguntei-lhe onde tinha se escondido. Ele só riu e piscou.

Encontramos o caminho de volta à nossa companhia e só então soubemos de toda a amplitude da devastação. Fizeram a contagem e, dos 260 de nós na companhia, só metade estava presente. Vinte mil homens morreram naquela manhã no Gnila Lipa.

E onde estava Jerzy Ingwer? Não consegui encontrá-lo em lugar nenhum. Corri de homem a homem, perguntando se alguém o vira, mas de nada adiantou. Fiquei arrasado. Depois de um único dia de luta, perdera meus dois amigos – Ingwer e Baryslaw – e assistira à morte do meu tenente. Mas meu pesar foi prematuro, porque dali a duas horas uma figura desolada surgiu das árvores. Carregava um corpo sobre os ombros e arrastava-se em nossa direção. Quando se aproximou, vi que era Jerzy com o tenente Neidlein nas costas. Corri até ele e ajudei-o a deitar Neidlein no chão. Então joguei meus braços em torno dele e o abracei bem apertado. Nem posso lhe dizer como fiquei feliz de vê-lo.

Espantosamente, Neidlein ainda estava vivo. Um duplo milagre. Foi levado para tratamento, mas não esperei vê-lo de novo. Jerzy foi condecorado por bravura. Quanto a mim, nunca recebi nada durante a guerra. Seu pai é sobrevivente, mas não herói.

Não havia tempo para descansar. Recebemos a notícia de que a cavalaria russa estava vindo. Pensar nos cossacos nos encheu de pavor. Não tivemos tempo de entrar em formação de combate e, por isso, foi dada nova ordem de retirada. Enquanto seguíamos para oeste, as estradas foram ficando cada vez mais movimentadas, com os soldados se misturando com camponeses e aldeões evacuados de seus lares. E como se esse miserável trânsito humano não bastasse, dividíamos a estrada com todos os tipos possíveis de veículos: canhões, caminhões hospitalares, cozinhas móveis e carroças sobrecarregadas com a mobília e as posses valiosas dos camponeses em fuga. E, com quase todas as famílias, vinha uma vaca e algumas galinhas. O avanço era lento e, às vezes, o grito "*Kosaken kommen*" vinha da retaguarda e fazia batalhões inteiros saírem correndo em pânico pelos campos. Ao anoitecer, tínhamos recuado uns trinta quilômetros e estávamos cansadíssimos e famintos. Quando foi dada ordem de parar, eu estava tão exausto que desabei ao lado da estrada e adormeci.

Marchamos dia e noite durante uma quinzena e, para aumentar nosso sofrimento, começou a chover. E depois que começou não parou mais. Todos os dias o céu se esvaziava sobre nossas cabeças. As estradas atolaram-se de lama e logo estávamos nela até os joelhos. As carroças da artilharia afundaram até os eixos e os cavalos puxavam-nas lentíssimos até caírem, mortos de exaustão. Em certos pontos, havia quatro carroças atoladas lado a lado na estrada. A cavalgada chegou a um impasse. Estrada e campo eram indistinguíveis. Estávamos num charco que se estendia para todos os horizontes. A única opção era desatrelar o resto dos cavalos e abandonar as carroças e seu conteúdo para o inimigo.

Cruzamos o rio Dneister e entregamos Lemberg. Em cada aldeia, víamos cena parecida: os judeus fugiam e os rutenos ficavam. Ele nos recebiam, nos davam comida e abrigavam os oficiais, mas não era possível ter confiança neles, porque estavam aguardando para saudar os compatriotas russos. Havia muitos boatos de que estavam entregando nossa posição ao inimigo. Às vezes, tínhamos a sorte de dormir num estábulo, mas em geral éramos deixados para dormir debaixo das árvores, com as roupas molhadas, na chuva. O único conforto eram as fogueiras que acendíamos com as cercas e portões que arrancávamos no caminho. Se algum camponês fazia objeção a essa prática, era surrado ali mesmo. Os judeus, cuja maioria era paupérrima, perambulavam pelos campos com seus trapos encharcados, às vezes se reunindo debaixo de uma árvore para orar junto de um dos famosos rabis. Os hassidim, que não cortavam as mechas da frente do cabelo, eram os que atraíam mais atenção dos soldados que passavam. Chamavam-nos de vermes e, no caso de Király, até cuspiam neles.

— Por que vocês raspam a cabeça das mulheres, Daniecki? É nojento — perguntou-me.

— Nem todos nós fazemos isso, só os hassidim.

— Tudo bem, então por que eles fazem isso?

— Porque há centenas de anos os cossacos atacam as aldeias judias e estupram as mulheres, então elas começaram a raspar a cabeça para ficar menos atraentes. Agora é costume. Um lembrete constante de que ainda existem bastardos como você que querem prejudicá-los — expliquei. Mas isso não impediu que Király os insultasse. Eu desprezava Király. Ele era puro veneno e, meu Deus, como reclamava. Reclamava a cada passo do caminho. Começava invariavelmente em húngaro e depois traduzia para mau alemão, porque, para ele, queixar-se não bastava; as queixas tinham de ser entendidas pelos infelizes que tinham o azar de estar perto dele.

— Maldita seja a vaca que produziu o bezerro que deu o couro para fazer essa maldita mochila que pesa uma tonelada e me esfola as costas — dizia ele. Ou então: — Maldito seja o rio que corre para o mar, que faz as nuvens que mijam na minha cabeça. — As queixas não prestavam se não fossem complicadas. Ele despejava desdém sobre toda a humanidade por sua ganância e estupidez. Era uma postura fácil de entender no contexto da guerra, mas Király seria igualmente corrosivo em qualquer lugar. Vivia para odiar, assim como eu vivia para Lotte.

Eu não me lavava nem trocava de roupa havia vinte dias. Os pés nunca estavam secos e a pele parecia podre até os ossos. Na época, nunca tinha sofrido tanto, mas Deus me preparava para agruras bem maiores que uma marcha de vinte dias na lama.

Em 16 de setembro de 1914, cruzamos o San. Jerzy e eu paramos na ponte e choramos. Ulanow estava perdida. Olhamos a água suja e marrom lá embaixo, que havia poucas horas tinha passado pela minha cidade, e nos perguntamos se veríamos de novo nossos entes queridos. Deixei duas pedras caírem no rio e prometi que, onde quer que Lotte estivesse, mesmo que estivesse nas mãos dos russos, eu a encontraria. Tínhamos balançado nossos pés naquela água e feito planos, o San era o nosso rio, corria pelos nossos sonhos. E, mesmo que os russos tivessem tomado o rio e a floresta, nunca poderiam tomar o sonho. Nem mesmo a morte pode roubar nossos sonhos, Fischel. Quando eu me for, o rio e a floresta virão me encontrar. Lotte estará lá, uma menina de novo, tomando sol no cabelo e lavando os dedos dos pés no San. E eu o verei lá também, Fischel, com Dovid e o pequeno Isaac correndo entre as árvores, caçando borboletas.

# 11

NA PRIMEIRA PARTE DA GUERRA, SOFREMOS UMA derrota atrás da outra. Depois de apenas seis semanas de guerra, tínhamos recuado até o rio Dunajetz. É um longo caminho... trezentos quilômetros, talvez. Não só Ulanow estava em mãos inimigas como também a maior parte da Galícia. É quase impossível imaginar a proporção da perda, mas, quando chegamos ao Dunajetz, mais ou menos meio milhão de homens tinham morrido só naquela frente. A maioria deles, nossos. Consegue entender a loucura que tomara conta da humanidade? E lembre-se, Fisch, são meio milhão de mortos em apenas seis semanas. A Galícia era um cemitério. A terra era carne e osso.

    Nessa época, eu sofria da mais pavorosa disenteria. Quando alguma doença aparece, seu pai é o primeiro a pegar. Nunca fui o primeiro em nada na escola, era sempre Jerzy, ele ganhava tudo. Quanto a mim? Bem, eu era bom em línguas, mas, fora isso, não era nem muito inteligente nem muito rápido, mas, se houvesse um resfriado no ar, eu era o primeiro a pegar. Ah, foi pavorosa, essa disenteria, devo ter adubado mil árvores. Agora posso rir, mas... ah... ui... eu não devia rir... dói muito. Graças a Deus tivemos tempo de nos reagrupar no Dunajetz. Ficamos lá algum tempo. O suficiente para restabelecer as linhas de suprimentos e para a cozinha se reabastecer de comida decente. Meu estômago se recuperou e, pouco a pouco, a multidão exausta começou a se parecer de novo com um exército. Os alemães tinham perdido a confiança em nós, o que na verdade não surpreende, e prometeram mandar reforços. Ficamos contentes com isso, precisávamos de toda ajuda possível, mas a melhor notícia foi que o correio voltara a funcionar e começaram a chegar cartas. Todo dia eu esperava o carteiro como um cão fiel. Quando não vinha nada, ia embora com o rabo entre as pernas. Nunca havia nada para mim. Onde estavam meus pais, meus irmãos e irmãs, e onde estava Lotte? Os russos os tinham engolido? Estavam na estrada para oeste? Sequer estariam vivos? Conforme o tempo passava, comecei a temer o pior. Finalmente, parei de esperar o carteiro porque não aguentava ver a empolgação no rosto dos meus amigos quando seus nomes eram chamados. Király, com quem tive o infortúnio de dividir a barraca, zombava de mim. Ele também não recebia correspondência, mas isso não parecia incomodá-lo. Disse que não amava ninguém e que ninguém o amava. A vida era mais simples assim. Não causava desapontamentos.

\* \* \*

Nos dois meses seguintes, avançamos e recuamos como ioiôs, mas, apesar de todo o esforço, nunca conseguimos cruzar o San. Poderia lhe contar muitas histórias, Fischel, sobre o que aprontei na guerra, mas no final todas iam parecer iguais, e por isso vou lhe poupar os detalhes. Basta dizer que, no final de novembro, estávamos de volta ao Dunajetz, os reforços alemães não apareceram, os russos estavam a doze quilômetros de Cracóvia e, pela primeira vez, tinham cruzado os Cárpatos, entrado na Hungria e tomado a cidade de Bartfeld. Assim, o inverno estava sobre nós e o império cambaleava. As hordas russas estavam prestes a disparar montanha abaixo rumo a Budapeste.

Agora, eu lhe contei de Przemyśl?... Não?... Devo ter esquecido. Przemyśl era uma cidade-fortaleza estratégica no San; tinha grande importância psicológica para o nosso comandante em chefe, o barão Conrad von Hötzendorf, porque fora seu quartel-general no começo da guerra. Conrad jurara nunca entregá-la e, assim, mesmo enquanto o resto de nós recuava, ele deixou 120 mil soldados lá, para defendê-la. Agora a cidade estava totalmente cercada e os homens encurralados. Mas Przemyśl era bem fortificada e tinha provisões que durariam até a primavera. Tudo que fizemos a partir daí visava forçar os russos de volta para o outro lado dos Cárpatos e recapturar a fortaleza antes que nossos homens morressem de fome. Perder Przemyśl com tantos homens lá seria a máxima humilhação, então o que Conrad fez em seu desespero? Concebeu o plano mais ridículo de toda a guerra.

Na virada de 1915, mandou o exército montanha acima no inverno.

No dia de nossa partida, Király veio até o bivaque carregando um grande embrulho de papel pardo.

— Então alguém o ama, afinal de contas — ri.

— Não, alguém ama você — disse ele, com amargura, e jogou o embrulho na minha cabeça.

Examinei-o com atenção antes de abri-lo. Fora postado em Viena e meu nome estava escrito na frente, com tinta preta forte. Atrás, com letras menores, estava o nome Lotte Steinberg e um endereço que eu não conhecia. Levei-o até o nariz e inalei profundamente. Havia um aroma leve de perfume misturado ao cheiro muito mais forte de couro. Király me fitava com inveja. Não havia a mínima possibilidade de eu dividir este momento com um camponês húngaro; saí da barraca e abri o embrulho lá fora. Dentro havia um colete de pele e luvas, tudo feito de grossa pele de urso marrom-dourado. Enfiada no bolso do colete havia uma carta. Foi a última carta que recebi de Lotte durante a guerra e, nos anos seguintes, li-a tantas vezes que praticamente a sei de cor. Fischel, abra a gaveta de cima da escrivaninha atrás de você... debaixo do peso de papel redondo há uns envelopes... sim, esses aí... pode trazê-los para mim? Obrigado. É este aqui.

*Meu querido Moritz,*
*Por favor perdoe-me por não escrever antes. Os últimos meses foram dificílimos. Fugimos de*

*Ulanow em setembro levando o que foi possível, e não foi muito. Meu pai escondeu o resto das peles e casacos debaixo das tábuas do assoalho da fábrica. Fomos para Rudnik pegar o trem para Cracóvia, mas todos os trens estavam lotados de feridos e equipamentos. Meu pai tentou subornar um dos oficiais. Infelizmente para nós, ele escolheu um homem honesto, que nos disse que não podia deixar civis embarcarem em trens sob nenhuma circunstância. Assim, voltamos à estrada, com os cavalos e carroças, e nos unimos ao êxodo para oeste. Nunca passei por tanto sofrimento e degradação. Dormíamos nas carroças, na chuva e, muito embora tivéssemos a sorte de estar cobertos de pele, nunca ficávamos secos. Em todas as aldeias tentávamos encontrar acomodações em tavernas ou hotéis, chegamos a oferecer boas quantias para ficar na casa de alguém, mas, aonde quer que fôssemos, o exército já requisitara tudo. Os melhores quartos eram ocupados pelos oficiais e havia tantos soldados que até os estábulos estavam cheios. Nós, judeus, éramos como uma praga de ratos percorrendo o campo. Tudo era lama, a barba do meu pai ficou dura e todos os vestidos da coitada da minha mãe estavam manchados e rasgados. Juntávamos a água da chuva nas panelas e usávamos metade na tentativa inútil de nos manter limpos, mas era só acabar de lavar e ficávamos imundos de novo. Vi homens e mulheres pararem para defecar ao lado da estrada diante de centenas de outros. Tinham perdido toda a noção de decência. A que estado mental alguém tem de chegar para fazer uma coisa dessas? Não deveríamos, com certeza, manter nossa dignidade mesmo em épocas de dificuldade? Porque sem ela não somos melhores que os animais.*

*Talvez a pior parte da viagem tenham sido os insultos e agressões que sofremos nas mãos dos polacos. Nas épocas melhores, os polacos nunca foram bons conosco, mas agora realmente se voltaram contra nós. Sabia que em algumas aldeias, assim que os judeus fazem as malas, os polacos já estão esperando na porta para invadir as casas? Será que fizeram isso em Ulanow? Fizemos tantas festas de verão e sempre tratamos bem os empregados; eles não se voltariam contra nós lá, será, Moritz?*

*Não tínhamos forragem suficiente para os cavalos e eles mal conseguiam puxar nossas carroças, pesadas com tantos casacos de pele. Os casacos estavam impedindo nosso avanço. Meu pai, sempre comerciante, viu a oportunidade de ganhar dinheiro.*

*— O dinheiro será muito mais útil para nós do que as peles — disse ele. Ficou em pé na carroça e gritou: — Liquidação de peles: coelho, raposa, mink! É só pedir que nós temos!*

*Dá para acreditar, Moritz? A gente riu a valer. E sabe o que mais? Uma pequena multi-*

dão se juntou em volta da carroça e começou a mexer nas peles com as mãos enlameadas, como se estivessem na feira. Viramos uma ilha de normalidade no meio do caos. Um bom negociante sabe dizer quanto o freguês pode pagar pelo corte do casaco, pela qualidade das unhas, pelo rubor do rosto, mas ali até os ricos pareciam pobres. Meu pai foi esperto; não ia distribuir suas mercadorias de graça, sabia que não havia nenhum homem, mulher nem criança naquela estrada encharcada que não sonhasse em se enrolar numa pele quente e macia; então, fez um leilão. "Quanto dão por este maravilhoso casaco tão branco, feito do melhor coelho da Galícia?", gritava ele, erguendo um casaco que agora estava tão branco quanto uma toalha manchada de sopa. Naquele momento, obviamente, as peles eram mais úteis do que dinheiro para as pessoas ali reunidas, porque os lances foram ferozes. Todo mundo vasculhou o fundo dos bolsos e bolsas esfarrapados e tirava punhados de notas sujas para nos mostrar. Vendemos trinta casacos e 23 chapéus em três horas, nenhum por menos da metade do preço. Meu pai ficou contentíssimo e disse que nunca vendera tantos casacos tão depressa em toda a sua vida.

  Fiquei com uma pele de urso para me cobrir, porque tinha o pelo mais quente e adorável de todas as que vendemos. Elas são raríssimas, *sabe, não temos muitas. Quando finalmente chegamos a Cracóvia, comecei a cortá-la e costurá-la para você. Agora estamos em Viena, na casa de um amigo do meu pai que tem uma loja de departamentos. Não podemos ficar aqui para sempre e meu pai quer voltar a Ulanow assim que a recuperarmos. Acha que vamos recuperá-la, Moritz? As notícias da frente de batalha são tão amargas. Parece que estamos perdendo horrivelmente, embora os alemães estejam indo bem melhor na Prússia. Seja como for, penso em você o tempo todo e me preocupo com você. Várias vezes fui verificar a lista de baixas da frente de batalha e estou horrorizada com o número dos que perdemos, mas sempre aliviada porque seu nome não está lá. Alguns rapazes de Ulanow morreram no primeiro mês; ouvimos as mães chorando nas ruas quando a notícia chegou. Por favor, tome cuidado, seja covarde se for preciso, prefiro me casar com um covarde do que chorar um herói morto.*

*Soube da sua família? Seu pai e sua mãe decidiram ficar em Ulanow, disseram que eram velhos demais para partir. Mas seus irmãos e irmãs partiram com o resto de nós. Eidel disse que iam para Berlim. Talvez seus irmãos mais velhos não tenham de servir como reservistas. Ou talvez prefiram lutar com os alemães, que parecem muito mais organizados do que nós.*

Temo que essa guerra dure muito mais do que disseram. Diziam que terminaria até o inverno e já estamos em janeiro, e quem diz que não vá durar até o próximo inverno, ou o seguinte? Fiz essas luvas para você e achei que um colete seria melhor que um casaco, porque você pode usá-lo debaixo da farda, se sentir frio. Já pensou em ir para a batalha usando um casaco de pele? Seria motivo de riso. Seja como for, essa pele deixaria um urso quente no inverno, logo deve servir para você. Lembre-se de que dormi debaixo dela durante um mês, então pense em mim quando usá-la.

Agora, escute, meu anjo, escreva-me sempre que puder. Suas cartas me dão esperança. Mande-as para Viena, por enquanto, mas, se o exército recuperar Ulanow, meu pai vai nos levar de volta para lá. Ele fica perdido sem a fábrica. A princípio, não tinha nada para fazer com o tempo livre senão convidar jovens pretendentes (e outros não tão jovens) para me conhecer. Foi uma coisa pavorosa; eu não conseguia nem olhar para eles. Pareciam tão limitados e rasos comparados ao meu menino do San. Finalmente, juntei coragem para dizer ao meu pai que, enquanto você estiver vivo, meu coração é seu. E, sabe, acho que a guerra amoleceu-o um pouco, porque ele parou na mesma hora de procurar pretendentes e disse que concordaria com tudo que me deixasse feliz.

*E aí, Moritz, não é uma boa notícia? Podemos nos casar assim que você voltar. Então, corra e vença os russos. Amo-o mais a cada dia.*
*Sua Lotte.*

Pronto... pode guardar na gaveta, Fischel... obrigado.
    Corri até a latrina, tirei o sobretudo e a gandola e experimentei o colete. Coube direitinho. Passei os dedos pela pele e imaginei o corpo adormecido de Lotte deitado embaixo dela. Era agradável ao toque e pude imediatamente sentir o seu calor. A gandola ficou meio apertada por cima, mas consegui abotoá-la. As luvas eram magníficas, mas tão grossas que pareciam luvas de forno. Os dedos ficaram grossos demais para disparar o fuzil. Enfiei-as no embornal, junto do cantil cinza-prateado, e corri para encontrar Jerzy e contar-lhe as notícias. Enquanto seguia para a cantina, fui detido no caminho por uma voz penetrante atrás de mim.
    — Daniecki, venha cá.
    Um raio correu pela minha espinha; reconheci aquela voz imediatamente. Será que ainda estava vivo? E, se estava vivo, o que fazia ali? Virei-me lentamente e vi a figura alta do tenente Neidlein. A Grande Salsicha Vienense voltara. Fora remendado e recondicionado e, meu Deus, estava assustador. O rosto ficara horrivelmente distorcido. A orelha direita não passava de um toco marcado de cicatrizes, a bochecha do mesmo lado afundara sob o buraco do olho e a boca torta se inclinava para encontrá-la num sorriso sórdido. Doía olhar a pele avermelhada, em carne viva, que cobria as feridas.

— Seja bem-vindo, tenente — tentei.

Neidlein me fitou atentamente. Não consegui ler sua expressão.

— É bom estar aqui, quase morri de tédio no hospital — disse, com voz arrastada. — Temos de travar uma guerra e vamos vencê-la. Mas antes tenho umas contas a acertar.

A partir daí, me fizeram sofrer.

Havia poucas estradas nos Cárpatos Ocidentais e somente três passos na montanha e, até onde me lembro, estavam sempre intransitáveis no inverno. Nossa tarefa nada invejável era defender o Passo Lupków, o do meio. O problema não era tanto a altura das montanhas, mas que são escarpadas e íngremes e a neve cai pesada nos passos. Labutamos feito escravos para levar armas e suprimentos pela encosta do sul acima. Do lado norte, os russos também planejavam uma ofensiva de inverno.

Perdi a conta do número de vezes que Neidlein me mandou subir e descer a montanha naqueles primeiros dias. Todos trabalhamos muito, mas as piores tarefas eram sempre minhas. Não havia falta de serviços difíceis e, enquanto eu carregava sem parar enormes caminhões cheios de munição ou equipamento pesado de cozinha, Jerzy se tornara o queridinho do tenente; prometeram-lhe uma promoção e ele era poupado do serviço mais duro.

Durante a primeira noite no alto da montanha, uma nevasca surrou a barraca. Ninguém conseguiu dormir com o vento violento que golpeava a lona. A corda dos tirantes gemia sob a tensão. Tínhamos um recruta novo, um polaco chamado Zubrisky que se achava comediante. Ainda não manchado pelo cinismo dos cansados de guerra, achou a coisa toda muito empolgante. Tinha um repertório inesgotável de piadas sujas que fez Jerzy e eu rolarmos de rir. Durante a noite toda ele nos divertiu com suas respostas engenhosas. Tentei traduzi-las para o alemão, para Király entender, mas eu não tinha talento ou o alemão dele não era bom o suficiente, porque não riu nenhuma vez e ficava dizendo: "Tá, e qual é a graça?"

Pela manhã, caíra meio metro de neve e tivemos de cavar para sair da barraca. A partir daquele dia, dormíamos com as pás dentro do bivaque. Passamos a amar a neve, porque quando nevava ficava quente, mas às vezes fazia frio demais para nevar e congelávamos. Nesses dias, o gatilho dos fuzis emperrava e só conseguíamos fazê-los funcionar segurando-os acima da fogueira; até a água dos cantis congelava. As rotas de abastecimento, que já eram longas demais, praticamente se interromperam quando os caminhos viraram gelo. Vi homens caírem para a morte quando perderam o pé lutando para subir a montanha sob sua carga. Quanto aos combates, Fischel, temo que eram apenas mais do mesmo. Atacamos em muitas ocasiões, mas nunca conseguimos capturar mais do que algumas centenas de metros de neve, e é claro que, no processo, perdemos milhares de homens.

Em algum lugar, num centro de comando aquecido a centenas de quilômetros do perigo, um punhado de generais sorvia porto, fumava charutos e se afundava nas poltronas de couro enquanto nos empurrava num mapa aberto na mesinha de centro de mogno. Milhões de vidas descartadas insensivelmente num jogo de xadrez em que todos os peões eram sacrificados para salvar o rei. Enquanto isso, os soldados de Przemyśl começavam a passar fome enquanto aguardavam que o impasse dos Cárpatos se rompesse.

Nas noites paradas, o silêncio das montanhas acolchoadas e cobertas de neve levava nossas vozes pelos picos e conseguíamos ouvir os russos conversando nas barracas deles. Eu estava cansado de odiá-los.

Não havia como fugir do frio: ele se esgueirava para dentro das botas e mordia os dedos dos pés, queimava as orelhas, amortecia os membros. Os dedos ficavam duros e quebradiços e as mentes obtusas. Ficamos apáticos e inertes. Ficávamos cambaleando em nossos postos, esfregando as mãos e estapeando as coxas para fazer o sangue circular. Estávamos envelhecendo mais depressa do que a natureza pretendia, arrastávamo-nos pelo campo de ombros caídos e cabeça baixa, grasnando em vez de falar e com dor no corpo todo. Os mais sortudos perderam congelados os dedos dos pés e das mãos ou pegaram pneumonia e foram levados montanha abaixo. Se eu não estivesse usando o colete de Lotte, teria sido o primeiro a sucumbir.

Não consigo lembrar há quanto tempo estávamos nos Cárpatos quando um vento siberiano gelado uivou pelo passo e nos gelou até a medula. Uma nevasca feroz nos fez correr para as barracas. Naquela noite, a temperatura despencou tanto que os termômetros quebraram. Tremíamos incontrolavelmente e ninguém, nem mesmo

Zubrisky, a matraca polonesa, falava enquanto travávamos nossas batalhas pessoais contra o frio. Comecei a perder a sensação nos dedos dos pés e a dormência me subia pelas pernas. Juntei os joelhos ao peito e tentei mexer os pés dentro dos coturnos. Minha cabeça rachava, o líquido do cérebro parecia coagular e meus pensamentos cambaleavam sem objetivo antes de perder o sentido e se dissolver em nada. Uma letargia terrível me dominou. Tudo que eu queria era dormir e silenciar a vozinha insistente que me dizia para ficar acordado. Pus a cabeça nas mãos e aqueci a respiração na pele. Deixei as pálpebras pesadas se fecharem, só por um instante, só para descansarem... então não consegui me lembrar por que tinha de mantê-las abertas. A luta me abandonara.

    Acordei de repente; algo me cutucava a cabeça. Abri meio olho e vi que Király estava sentado em cima de mim, tentando tirar minhas luvas. Eu estava gelado até os ossos e não tinha forças para tirá-lo dali.

    — Que diabos está fazendo? — grasnei.

    Ele pulou para trás, chocado.

    — Meu Deus, você ainda está vivo!

    Ele usava três sobretudos e tinha um cobertor enrolado na cabeça. Olhei em volta e vi que todos os homens dormiam sem cobertores nem casacos. Király tirara todos eles.

    — É claro que estou vivo, o que está fazendo? — Eu ainda combatia o sono.

    — Você é o único! Todos morreram congelados — respondeu ele, assustado.

Ergui-me nos cotovelos e olhei com mais atenção. Eu não notara que o rosto deles estava tingido de azul e os lábios estavam roxos. Arrastei-me até cada um deles e procurei o pulso. Kellman morto, Zubrisky morto, Polisensky morto, Schonnbrun morto, Landau morto. Finalmente cheguei a Jerzy Ingwer e pus o dedo em seu pulso.

— Ele ainda está vivo, Király, consigo sentir o pulso.

— Arranquei dois cobertores roubados da cama de Király e pus sobre Jerzy. — Então eles nem estavam mortos quando você tirou os cobertores.

— Esqueci de pedir — fungou Király com sarcasmo. — Não me impediram, então deviam estar mortos... ou quase.

Não adiantava falar com Király, ele estava além do desprezo. O rosto de Jerzy estava frio como pedra; sacudi-o para ver se conseguia acordá-lo, mas ele não se mexeu, então esfreguei-o com força, primeiro no peito, depois nas pernas e braços. Király, que se amontoara de volta na cama, ficou olhando, impassível. Dali a alguns minutos, disse:

— Acho que você o matou.

— O que quer dizer? — sibilei.

— Nunca esfregue um homem com hipotermia; vai provocar um ataque do coração. Quando o sangue das extremidades volta ao coração, está tão frio que provoca um choque no sistema — respondeu ele, despreocupado.

Procurei o pulso de Jerzy outra vez. Dessa vez não havia nada. Király estava certo: eu o matara.

— Seu canalha, por que não me disse antes?

— Porque agora nós dois matamos alguém e estamos quites. Não ia aguentar a ideia de você com o rei na barriga. Se eu não tivesse tirado aqueles cobertores, todos nós teríamos morrido, a não ser você, com esse maldito colete. Seria um desperdício horrível de vida, quando um de nós poderia viver para lhe fazer companhia. A questão era: quem seria? Ora, fiquei acordado mais tempo e, enquanto esperava os outros dormirem, percebi que, embora odeie essa vida miserável com todo o meu coração, odeio ainda mais a ideia de morrer. A gente precisa desse ódio para ficar vivo. Então é isso, Daniecki. Longa vida a Frantz Király. E não se culpe por causa de Ingwer, talvez ele não sobrevivesse mesmo. A gente nunca sabe.
— Despreocupadamente, Király estendeu a mão para o embornal de Ingwer e procurou no fundo os cigarros que sabia que estavam lá. Quando os encontrou, pôs um na boca e brigou com os fósforos na mão enluvada. Depois de acendê-lo, ofereceu-o a mim.

— Cigarro? — sorriu, provocador.

Foi então que o soquei. Ele só riu, catou o cigarro que caíra dos lábios, respirou fundo e disse:

— Foi o que pensei.

Quando saí na luz pálida da aurora, fui saudado por uma cena de total desolação. Os mortos estavam sendo arrastados de todas as barracas e alinhados em filas bem arrumadas, enquanto o tenente Neidlein marcava-os numa lista. Cavamos túmulos temporários na neve e empilhamos os cadáveres azuis e congelados dos amigos. Foi um ritual que repetiríamos muitas e muitas vezes.

Naquela noite, escrevi aos pais de Jerzy, que agora estavam em Cracóvia. Disse-lhes que seu menino fora o homem mais corajoso e popular da companhia e que todos sentiriam muita falta dele, contei como salvara a vida do tenente Neidlein quando eu já o tomara por morto e que estava prestes a ser promovido a cabo, mas não aguentei lhes explicar as circunstâncias da morte dele. Então lhes escrevi que morrera como herói, em ação. Era o meu amigo mais querido.

Sempre achei que, se não fosse tão estúpido, eu poderia ter salvado Jerzy Ingwer. Pelo menos poderia ter chamado o médico da divisão. Senti-me tão culpado que até hoje nunca contei a ninguém o que realmente aconteceu. Cometemos muitos erros na vida, Fischel, e a maioria deles podemos consertar. Mas alguns erros nunca podem ser consertados, e a culpa nos consome a alma. De todas as emoções que temos, aprendi que a culpa é a mais corrosiva. A raiva passa depressa e o ódio amolece com a idade e o aprendizado, mas a culpa dura.

Sabe qual foi a coisa mais doida da campanha dos Cárpatos? Nosso maior inimigo era o frio; era mais impiedoso que os russos. Chegavam substitutos de todos os cantos do império. Muitos não falavam alemão e mal tinham tempo suficiente para aprender as oitenta palavras de ordem que todos tínhamos de conhecer. Houve muitos mal-entendidos, o moral era inexistente e os homens se rendiam à menor ameaça. O tecido do exército começou a desfiar. Os tchecos, que nunca tinham sido muito leais aos Habsburgos, discutiam abertamente como podiam conquistar a independência, e alguns até propunham mudar de lado. Os romenos da Transilvânia queriam fazer parte de uma grande Romênia. Os rutenos simpatizavam com a Rússia e um número cada vez maior de poloneses também queria um Estado independente. Assim, em quem confiar no calor da batalha?

Para piorar, os russos lançaram um ataque feroz nos passos de Dukla e Lupków, e mais uma vez fomos massacrados. Então, quase no fim de março, houve o desastre: a guarnição de Przemyśl se rendeu e cada um dos últimos homens famintos e desesperados caiu em mãos russas. Que estupidez! Aqueles pobres homens nunca deviam ter sido deixados ali, para começar. Mas o que realmente me deixa zangado é que, na tentativa inútil de salvá-los, tínhamos perdido o serviço de mais oitocentos mil homens. Nem todos mortos pelos russos, Fischel. Não, a maioria deles, na verdade, foi incapacitada pelo clima frio: congelamento dos membros, pneumonia, esse tipo de coisa. Mas, apesar das baixas, Conrad von Hötzendorf não ordenou a retirada, nem sequer mudou de tática. Para nós, na linha de frente, era óbvio que esse cretino lutaria até o último homem. Primeiro esvaziaria de jovens o império e depois recorreria aos pais. Quando finalmente perdesse a guerra, as famílias reais da Europa, os tsares, os kaiseres, os imperadores e os reis, que afinal de contas eram todos parentes, almoçariam juntos, parabenizariam o vencedor e lhe dariam um pedacinho de terra.

No dia seguinte à queda de Przemyśl, as nuvens desceram sobre as montanhas e ficamos envoltos numa neblina espessa. Eu estava num pequeno grupo de trabalho, de volta depois de cavar trincheiras ao longo da nova linha, que agora cruzava a estrada que vinha do sul para o Passo Lupków. O clima do grupo era sombrio; estávamos exaustos e desanimados. Király fervilhava de fúria, como um vulcão antes de explodir. Os rapazes novos tinham perdido depressa a fome de guerra; sentiam-se enganados pela máquina de propaganda, que os sugara para esse inferno gelado prometendo-lhes honra e glória no campo de batalha. Tinham vindo salvar Przemyśl, mas nunca chegaram perto disso, tudo o que fizeram foi congelar nas barracas e cavar buracos na neve. Quando lutavam, suas granadas ricocheteavam no gelo e não explodiam, e os fuzis emperravam. Estávamos humilhados e impotentes. Os russos eram formidáveis, imbatíveis, seu avanço incansável. Não sabíamos que estavam ficando sem armas nem que os revolucionários se infiltravam no exército e minavam o moral. Não sabíamos que seus homens eram mais maltratados do que nós e que os oficiais usavam o violento comando prussiano, ortodoxia militar deixada pelas Guerras Napoleônicas que postulava que o soldado mais eficaz é o que tem mais medo dos oficiais do que do inimigo. Não sabíamos que dali a quatro meses os russos se retirariam da Galícia. Era inconcebível. Se perguntassem a qualquer austro-húngaro onde estaríamos em julho de 1915, ele diria "defendendo Budapeste". Assim, foi com total melancolia que viemos nos arrastando de volta, numa longa fila pela neve e pela névoa, rumo ao acampamento. O avanço era lento, a visibilidade, pouca. Eu estava de olho nas pegadas do homem à frente e seguia seus passos. Dali a pouco, Király, que estava dois homens à minha frente, parou.

— Eu os perdi — disse ele.

Éramos seis, perdidos numa brancura desorientadora que se estendia em todas as direções. Seguiu-se um debate sobre para que lado devíamos ir. Eu e mais três sentíamos instintivamente que devíamos ir para um lado, mas Király insistiu que o último homem que vira andava em outra direção. Assim, seguimos Király. Dali a meia hora de caminhada, vimos sombras assomando na neve. Quando nos aproximamos, pude perceber os sobretudos marrons típicos dos russos. Mas, antes que pudéssemos dar meia-volta e fugir, Király rendeu-se em nosso nome; ergueu o lenço branco e jogou o fuzil e a pá na neve. As armas russas estavam apontadas para nós. Seguimos o exemplo de Király e eu estaria mentindo se não dissesse que foi um alívio ver os fuzis caírem ao chão. Nossa guerra terminara. Dali a dois dias, o Passo Lupków estava em mãos inimigas. Das alturas dos Cárpatos, os russos fitavam a Hungria lá embaixo, com a primavera à espera deles. Tinham nos agarrado pela garganta.

Anotação nº 59.
―――――――――――

O universo pende de um beijo.
 Zalman Shneor

# 12

DURANTE TRÊS SEMANAS, LEO FICOU NA CASA dos pais, em Leeds, e esperou que o tempo o curasse. Todo dia se perguntava por que se sentia pior. As lembranças voltavam obsessivamente e sua mente estava em paralisia. Pelo menos naquela primeira semana depois da morte de Eleni houvera coisas a organizar, houvera um propósito a cada dia, mas agora que ela estava enterrada não havia nada a fazer além de sentar-se junto à janela do jardim e concentrar-se em seu infortúnio. Estava em estado criogênico, congelado em 2 de abril de 1992. Se o descongelassem e o fizessem reviver, o veriam balbuciar sobre aquele dia. Não conseguia ter esperanças no futuro, não conseguia nem existir no presente. A única coisa que distinguia um dia do outro era a lenta redução da luz em seus olhos. À noite batalhava contra o sono, mas, quando inevitavelmente perdia, era perseguido por pesadelos tão dolorosos que os pais muitas vezes foram acordados pelos gritos.

Primeiro, foi a raposa. Certa noite, bem tarde, no quintal dos fundos, pega na luz contra ladrões, a raposa parou em seu caminho, virou devagar para a janela e o fitou. Leo tremeu. Na manhã seguinte, veio o esquilo. Disparou árvore abaixo e correu para o jardim em busca de comida. Depois de procurar por um instante, foi direto para a grande porta do pátio, tentou à esquerda, tentou à direita, depois ficou de pé nas patas traseiras e fitou Leo, igualzinho à raposa. Finalmente foi a pomba que pousou no peitoril da janela diante de Leo. Jogou o pescoço para trás de surpresa e fitou-o atentamente.

— Eleni — ele ouviu-se dizer.

— Olá — disse a pomba, sacudindo o pescoço. Deu uma olhada para trás, na direção do jardim. — Sempre adorei o jardim dos seus pais — disse ela. A pomba deu meia-volta e olhou para ele, zombeteira. — Olhe só você, Leo, está tão sem vida que uma mosca poria ovos em você. Não fique sozinho.

— Mas estou sozinho, Eleni.

A pomba sacudiu as penas e caminhou pelo peitoril da janela, fazendo que sim com a cabeça para si mesma, em contemplação. Parou, olhou a distância e sacudiu a cabeça. Bateu as asas como se fosse partir e então pareceu mudar de ideia. Olhou-o nos olhos mais uma vez.

— Estou sozinha também, Leo, mas me sinto pior quando vejo você assim.

Enterrou a cabeça na asa por um momento e depois, de repente, seguiu para o céu e desapareceu por sobre a cerca.

Eleni estava por toda parte. Transformara-se em besouros, gatos, porcos-espinho e pardais. Quando um raio de sol solitário perfurava a cobertura de nuvens e pousava na antiga bétula, ele via o brilho dela. Era ela que corria nas lufadas aleatórias de vento que colhiam o lixo e o faziam regirar pela rua. Dançava nas pocinhas de água da chuva que se juntavam onde as lajotas afundavam. Ao anoitecer, murchava com as pétalas das ipomeias. Invadia todo pensamento e tingia toda visão. Ele não a afastaria. Ela não ia embora. Agarravam-se um ao outro por sobre a fronteira da morte, transcendendo magicamente tudo que é intangível, invisível, desconhecido.

O pesar flutuava pela casa como um poluente, sugando a espontaneidade dos pais, fazendo o estômago coalhar depois das refeições e tensionando as conversas. Eve pairava sobre Leo, mas não conseguia alcançá-lo. Conforme crescia a frustração, ela se voltava cada vez mais contra Frank, que se arrastava pela casa como um chinelo gasto, fingindo que estava tudo normal.

— Não há atalhos no luto — dizia ele, com ineficácia.

Certa noite, Eve explodiu.

— Por que *você* nem tenta conversar com ele? Ele é *seu* filho também, pelo amor de Deus. Pare de evitá-lo. Como consegue ser tão egoísta? Logo você, Frank, que devia saber como ele está se sentindo. Conte-lhe a verdade. Não consegue ver que ele precisa de você?

— O que aconteceu comigo foi diferente. Eu era muito mais novo — disse ele, pétreo.

— Exatamente do que você tem medo?

Frank ergueu os braços de raiva.

— O que quer que eu faça, Eve? Contar-lhe que passei todos os dias da minha infância chorando pelos meus pais? Falar-lhe daquela carta miserável da Cruz Vermelha? E como isso vai ajudá-lo? Como é que saber que seu pai também era um pobre coitado vai ajudá-lo? Eu amava Eleni e fico de coração partido vendo Leo perdê-la. Mas agora nada vai fazê-lo sentir-se melhor.

Eve atingira um nervo exposto; era raro ele levantar a voz e ela sabia que ele não queria que a conversa avançasse. Havia muito mais coisa no passado de Frank do que ele se dispunha a discutir. Ela levara vários anos, depois que se conheceram, para lhe arrancar a verdade, mas ele ainda não contara nada a Leo. Sempre tinham dito ao filho que os avós paternos tinham morrido quando seu pai era bebê. Ele também sabia que o pai fora adotado, embora não conhecesse a família que o adotara. Só com 10 anos é que perguntara como e quando os avós tinham morrido. Frank abrira a boca e as primeiras palavras que saíram foram "na guerra", o que era meia verdade, seguidas de "na blitz", o que não era. E a mentira foi completada com "uma parede caiu em cima deles".

Frank convencera-se de que Leo era pequeno demais para saber a verdade. Eve discordava terminantemente e fizera-o jurar que contaria tudo quando Leo fosse mais velho. Mas, com o tempo, a mentira lançou raízes e Frank viu-se a repeti-la. Logo assumiu o manto da verdade e Frank teve medo de retirá-lo e, apesar de toda a sua irritação, Eve nunca ousou forçá-lo. A paz de espírito dele parecia descansar na opção de não discutir o passado.

— Desculpe, Frank — disse ela, mudando de rumo. — Não queria revolver nada. Você pode ter sido um pobre coitado, mas já superou. Talvez nisso haja algo para ele. Com certeza ele já tem idade suficiente.

Frank suspirou; não podia mais fugir. Vinha querendo contar a Leo havia algum tempo, mas a oportunidade nunca surgira e, além disso, a ideia fazia com que se sentisse mal.

— Tudo bem, vou conversar com ele.

No dia seguinte, pai e filho sentaram-se lado a lado, fitando o jardim, ambos em silêncio. Frank não conseguia pensar em nada para dizer. Ou melhor, não sabia como começar a dizer o que tinha de dizer. Como um adolescente no primeiro encontro, encenou na mente uma série de falas de abertura e rejeitou-as todas por essa ou aquela razão. Era melhor não falar do que dizer a coisa errada. Dali a pouco, Frank quis levantar-se e ir embora, mas então sentiu que o silêncio exigia ser quebrado; seria pior se afastar sem dizer nada. Finalmente, pôs a mão no ombro de Leo e apertou. Leo virou e olhou o pai, pesaroso, e Frank recordou o filho de 4 anos, de cabelos dourados, correndo nu na areia da baía de Rhossilli, gritando quando o mar gelado lhe pegava os dedinhos dos pés. Como é que aquele menino despreocupado se transformara nesse rapaz desgastado? Fale, Frank, fale, disse a si mesmo. Diga algo, algo paternal, algo sábio e consolador. Conte-lhe a verdade, abra a boca e deixe as palavras saírem. Diga-lhe o quanto o ama, diga-lhe que o pegará no colo e o levará nos ombros como quando era pequeno, diga-lhe que vai abraçá-lo até a dor passar e ele conseguir andar sozinho de novo. Nenhuma palavra chegou-lhe aos lábios.

Leo fitou o pai com expectativa.

— Está tudo bem, pai?

Houve outro longo silêncio. Então, finalmente:

— Ouça, Leo, quero conversar sobre algo muito importante. Talvez o ajude a se sentir melhor.

— E o que é, pai?

— Bom... como posso começar... sabe, é sobre a sua herança.

— Minha herança?

— É... bom, foi essa a palavra que seu avô usou antes de morrer — disse Frank.

— Pai, não dou a mínima para heranças agora. Por que está falando nisso? Não tem importância para mim.

— Não, claro que não, Leo. Desculpe, conversaremos sobre isso outra hora. Desculpe.

Frank pegou a cadeira, colocou-a de volta na cozinha e sumiu escada acima, numa nuvem de arrependimento.

## Anotação nº 68

Os elefantes se parecem um pouco conosco. Vivem até os setenta anos, tornam-se adultos aos vinte e socializam em grupos. Hoje fui ao Instituto procurar os indícios que temos do luto dos elefantes. Eis o que descobri. Quando um elefante morre em liberdade, os outros membros da manada ficam dias em pé junto ao cadáver, chorando o morto. Certa vez, mais de cem elefantes guardaram vigília junto a um elefante morto. Um deles tentou levantá-lo e pô-lo em pé quase sessenta vezes antes de acabar desistindo. Às vezes, cobrem o corpo com folhas e galhos. Finalmente, com sinais visíveis de angústia, separam-se do cadáver, mas costumam voltar nos dias seguintes para prestar suas homenagens. Uma elefanta foi observada quando abandonou a manada e caminhou quase cinquenta quilômetros para visitar os ossos do companheiro que partira havia pouco tempo. Sempre que os elefantes passam pelo lugar onde outro elefante morreu, param e ficam em silêncio por longos períodos. Podem pegar afetuosamente os ossos e abraçá-los como se chorassem a perda.

Num zoológico da Índia, uma elefanta viu a colega de jaula morrer durante o parto de um filhote natimorto. Ficou em pé, parada, por um tempo enorme, até que as pernas acabaram cedendo. Durante três semanas ficou deitada no mesmo lugar, com o tronco encolhido, as orelhas caídas e os olhos úmidos. Por mais que tentassem, os guardadores não conseguiram convencê-la a comer. Viram-na morrer lentamente de fome.

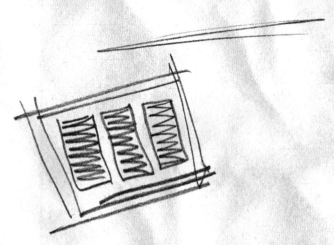

# 13

— Vou sair — disse Leo certa tarde. Um som vindo do nada. A mãe ergueu os olhos do jornal que não lia. Passara a sentar-se perto dele, fingindo ler. Não queria que ele se sentisse sozinho nem que se sentisse vigiado. Assim, ficava sentada em silêncio, na esperança de que logo ele precisasse falar e ela estivesse ali para ajudá-lo.

— Quer companhia? — perguntou Eve.

— Não.

— Podíamos dar um bom passeio — ofereceu-se a mãe.

— Não.

— Não, então está bem, divirta-se... Aonde pretende ir? Quer levar o carro?

— Não, obrigado, só preciso sair um pouco daqui. — Levantou-se, bocejou, foi até o armário debaixo da escada, pegou o tênis, forçou os pés a entrar neles sem desfazer o laço dos cadarços e saiu pela porta da frente.

Caminhou sem objetivo pelas casas de subúrbio do bairro dos pais, passou por lojas e parques até uma parte da cidade que mal conhecia. Deu pouca atenção às casas arruinadas e armazéns decrépitos que agora o cercavam e tentou usar cada passo para suprimir a sensação crescente de pânico que tomara conta dele desde a manhã. Acordara com o medo doído de que a dormência que corroía sua alma aos poucos nunca o deixasse e que o tempo nada curasse. Quanto mais esperava pelo tempo, mais se exasperava. Estava apodrecendo, como faz toda matéria viva; toda aparência de ordem desfazia-se em caos. O tempo, o alardeado curador, tornara-se seu inimigo.

Estava escuro. Fora atacado pelo crepúsculo sem perceber. E agora se perdera. Sentiu uma pontada no joelho; o inchaço sumira, só restara uma cicatriz. Estava contente com ela: era o último lembrete físico de suas viagens com Eleni e a usava como uma insígnia de honra. Continuou andando, procurando algum marco familiar. No fim da rua, encontrou um bar de aparência lúgubre e percebeu como estava com sede. Esperava que fosse um daqueles barezinhos tranquilos com um par de operários bêbados cambaleando. O tipo de lugar que nunca dá um centavo ao taberneiro, o tipo de lugar que normalmente evitaria, mas agora combinava com seu estado de espírito. Não conseguia ver lá dentro por causa das grossas cortinas roxas que cobriam as vitrines. Empurrou a porta e foi atingido por uma parede de fumaça de cigarro e o som vulgar e barulhento de homens que deixaram as mulheres em casa. O lugar estava tão cheio que mal conseguiu passar da porta. Os homens estavam de costas para ele, bebida na mão, espichando os pescoços avermelhados, tentando espiar alguma coisa.

— Chegou bem na hora, colega, o espetáculo vai começar — gritou em seu ouvido um homem junto à porta. — Se conseguir chegar até o balcão, quero uma Guinness!

Leo abriu caminho entre os corpos. Os homens começaram a bater os pés e gritar. Leo seguiu-lhes os olhos e viu uma moça de casaco de pele falsa andar num palquinho. Então a vida é assim, pensou Leo.

A mulher parou no meio do palco, virou as costas para o público e fez uma pose com as mãos nos quadris e as pernas bem abertas. Durante uns bons vinte segundos ficou absolutamente parada, enquanto a multidão assoviava e batia palmas. Então ergueu ambas as mãos, estalou os dedos e a voz de Marilyn Monroe cantando "I want to be loved by you" encheu o bar enfumaçado. O casaco caiu no chão, um virar rápido da cabeça e um muxoxo por sobre o ombro. Uma velha fórmula que fez efeito, pois num instante o lugar ficou em silêncio enquanto os homens devoravam a moça com os olhos. Agora, de combinação de renda preta, ligas e salto alto, ela virou para encará-los. Não podia ter mais de vinte anos.

Finalmente Leo estava no balcão do bar, suava e os olhos ardiam com a fumaça.

— Eis vinte libras — disse ele ao barman corpulento. — Quero ficar bêbado.

— Ora, eis um desafio. O que prefere: cerveja, vinho, uísque?

— Não sei... cerveja e uísque.

— Que tal cinco canecas e cinco doses?

— Ótimo, qualquer coisa. Você escolhe.

Enquanto observava a stripper, Leo sentiu Eleni flutuar em silêncio acima dele. "Vá embora, pare de me julgar. Aqui é o meu lugar agora. Sinto-me bem aqui." Engoliu duas bebidas para afastá-la da mente, mas, mesmo assim, também começou a se perguntar o que fazia ali. Talvez este seja eu, o novo eu. Se vou levar a vida sem amor, então por que não me entregar a prazeres mais vis?

A moça estava só de sutiã, calcinha e salto alto. Agora fora até a frente do palco, convidando um grupo de seis ou sete rapazes barrigudos de cerveja a pôr dinheiro em seu sutiã. Eles gritaram, assoviaram e cutucaram-se, empolgados e envergonhados ao mesmo tempo. Devia ser a primeira vez deles. Entreolharam-se para ver qual era o mais corajoso, todos procurando permissão, sem saber o que fazer. De mão no bolso para ver se tinham alguma nota. O mais baixo dos rapazes, um garoto de rosto vermelho e sardento e cabelo liso, aproveitando a oportunidade de subir de posição, puxou uma nota de cinco e foi empurrado à frente pelos colegas. Ergueu a nota hesitante na direção dela. A moça agarrou-lhe a mão e empurrou-a para dentro do sutiã. Os outros deram vivas e, em segundos, todos estavam com dinheiro na mão, brigando para chegar mais perto do palco. Quando ela recolheu todo o dinheiro, eles viraram para um deles, ergueram-no e rolaram-no sobre o palco, aos pés dela.

— Está fazendo 18 anos hoje — clamaram. — Ande, dê a ele um presente especial.

Estimulado pela bebida e por hormônios adolescentes, o pobre rapaz se pôs de pé e ergueu os punhos como em vitória. O público reagiu cantando "Parabéns pra você". O jovem superexcitado voltou-se para a stripper e começou a girar os quadris num tipo de dança erótica desamparada. Ela o agarrou pela camisa, puxou-o para perto e fixou-lhe os olhos. O garoto congelou; seus joelhos tremiam. Ela enrolou a perna direita nas costas dele, empurrou seu quadril para junto do dele e jogou o cabelo para trás com prazer simulado. O rapaz tentou beijar-lhe o pescoço, mas isso ela não deixaria. Afastou-se e fez um círculo lentíssimo em torno dele, olhando-o de cima a baixo e balançando a cabeça como se dissesse que ele não estava à altura. Então, virou-o para o público e o fez erguer as mãos acima da cabeça. Pôs o dedo nos lábios dele e lentamente deslizou-o pelo peito até o cós das calças. A multidão vibrou. Leo assoviou e gritou de prazer. Eleni desaparecera na fumaça.

Ela levantou a camisa do rapaz, revelando a barriga pelada e bulbosa, e caminhou com os dedos descendo por dentro do cós das calças. Instintivamente, os braços do garoto despencaram para proteger sua masculinidade. Ela retirou a mão e novamente empurrou os braços dele na direção do teto. O público riu. Dessa vez, ela foi até o cinto, desafivelou-o provocantemente e puxou-o lentamente pelos passadores da calça até ficar com ele nas mãos. Segurou os braços dele, baixou-os atrás das costas e amarrou-os com o cinto. O rapaz não sabia o que fazer; meio ansioso e com desejo, meio aterrorizado, ria nervosamente. Era ao mesmo tempo herói e vítima. Sua torturadora baixou o zíper das calças e deixou-as cair nos tornozelos. O público explodiu. Leo olhou os rostos avermelhados em torno dele, ladrando como lobos na caçada. Gostou do que viu. Esses homens eram simples, honestos, em contato com seu âmago zangado e sem amor-próprio. O homem como fodedor e assassino, sem dever nada a ninguém, com todas as camadas grudentas de cultura e civilização arrancadas. Ele bateu os punhos no balcão. Vá, faça tudo, foda com ele. Anda, vai, vai. É, agora ele começava a se encontrar, a verdade arrastava-se de joelhos até a superfície. Ele não merecia amor, não merecia nada além de piranhas e putas.

Era culpado de assassinato, e essa era a punição. "Vamos sentar na frente." Com essas palavras, levara Eleni à morte. Queria ser rasgado e sentir o sal nas feridas, porque merecia. Sua humanidade morrera com Eleni; agora era um animal. A partir de hoje, viverei o resto da vida como um bicho, pensou, e, para encorajar-se nessa nova jornada, terminou de tomar o restante das bebidas sem parar entre elas.

A stripper estava no comando: deslizou a unha pintada de vermelho por dentro da borda da cueca preta do aniversariante. Não houve um homem na multidão que não sentisse aquele dedo contra a própria pele. Pouco a pouco a mão inteira afundou dentro da cueca do garoto, até que ela lhe agarrou o pênis. Todos puderam sentir em si a mão dela. Cem pênis incharam e suaram. Mas não o do garoto; ele estava nervoso demais. Estava mole, e a stripper impiedosa puxou-lhe as cuecas para que se unissem às calças e expôs à multidão a humilhação flácida. Ela o empurrou aos pulos e tropeços de volta aos amigos; ele caiu de joelhos e rolou para fora do palco e foi resgatado pelos colegas entre zombarias.

Leo seguiu para o banheiro. Sentia-se um lixo. Abriu caminho até depois do palco, onde a stripper já tirara o sutiã, e passou por uma porta do outro lado do salão. Estava num corredor e inclinou-se com todo o peso na parede, por um instante, enquanto limpava o suor da testa. Uma onda de náusea subiu do estômago, ele se dobrou e seguiu para o que pensou que fosse a porta do banheiro. Encontrou-se num camarim às escuras. Fechou a porta atrás de si e encostou nela as costas. Aprumou-se, respirou fundo e lutou contra a ânsia de vômito. Quando finalmente se controlou de novo, foi tateando pela parede até encontrar o interruptor e ligá-lo. Havia um grande espelho ladeado de lâmpadas numa das pontas. Diante do espelho havia uma mesa cheia de batons e maquiagem e uma cadeira com um par de jeans pendurado no espaldar. Leo sentou-se e fitou o espelho. Os olhos estavam apáticos e o rosto parecia frouxo. A carne pendia do papo em pálidas pregas informes. Pele grande demais para os ossos. A testa parecia corrugada, recém-sulcada. Não conseguia ver nenhum traço redentor; ele perdera a juventude. Estava claro demais e o espelho era cruel demais. Lá no bar houve uma aclamação barulhenta e uma rodada de aplausos.

Leo cambaleou até a rua e, ao respirar o ar fresco, a cabeça regirou e o estômago esvaziou-se na calçada. Caiu com as costas contra um muro e soltou uma praga. Estava zangadíssimo e, de repente, ficou óbvio a quem devia odiar, pois notara um caminhão branco se aproximando do outro lado da rua. Os motoristas de caminhão eram responsáveis. Como raça, eram coletivamente culpados. Ele se levantou vacilante e disparou para a rua.

> — *O caminhão vai bater na gente — gritara Eleni. O caminhão se desviara para o lado errado da estrada. Leo viu o rosto assustado do motorista equatoriano que tentava recuperar o controle do veículo. Conseguiu escutar Eleni gritar e outra voz sem corpo, que deve ter sido a sua.*

— Seu assassino — falou com voz arrastada quando o caminhão branco veio sobre ele. — Quero que vocês todos morram...

O caminhão se desviou para evitá-lo, subiu na calçada e patinou até parar. O motorista pulou da cabine, correu até Leo, puxou-o pela camisa até a calçada e começou a estrangulá-lo.

— Seu idiota filho da puta! Que merda você acha que está fazendo? — gritou na cara de Leo.

— Você matou Eleni... você matou Eleni — retorquiu Leo.

— O quê? Bêbado, é? Eu devia ter atropelado você. Um idiota a menos para criar problemas — disse o homem, sacudindo Leo com força.

— Não, você estava bêbado — contestou Leo — ... o médico me disse que você estava bêbado... foi por isso que aconteceu... agora veja... o que fez comigo... você arruinou minha vida. — Uma onda de ódio cresceu dentro dele e ele arranjou forças para empurrar o motorista e lançar-se contra ele de punho fechado. O motorista reagiu, chutando-o e socando-o até que caiu no chão. Um grupo observava de longe, mas ninguém ousou intervir.

Leo acordou numa cela da delegacia, perplexo e machucado. Assim que recuperou os sentidos, foi levado por um lance de escada da cela até uma sala toda branca, onde foi examinado por um médico da Polícia, fez o teste do bafômetro e foi interrogado. Às seis da manhã, foi informado de que um certo Sr. Frank Deakin registrara seu desaparecimento e teve permissão de ligar para casa. Às oito, disseram-lhe que não havia acusações contra ele e que podia ir embora. Os pais o esperavam na recepção.

— Achamos que você tinha se matado — disse Eve, enquanto levavam Leo para o carro.

Mais tarde, amontoado na mesa da cozinha, Leo percebeu vagamente que o pai se demorava atrás dele.

— Quer que lhe faça um chá? — perguntou Frank dali a pouco.

— Não, só queria um pouco d'água.

— Com gelo?

— Pelo amor de Deus, só me dê essa droga de água — explodiu Leo.

— Desculpe — disse Frank, dócil, e lhe entregou o copo.

Leo tomou-o de uma vez e estendeu o copo, pedindo mais. Obediente, Frank encheu-o e o devolveu.

— Que tal umas torradas?

— Posso cuidar de mim mesmo, obrigado — sibilou Leo.

Fez-se silêncio enquanto Leo terminava o segundo copo d'água.

— Sua mãe quer que eu tenha uma conversa com você — começou Frank, e imediatamente arrependeu-se de ter envolvido Eve. Deveria ter dito "quero ter uma conversa com você". — Ela quer que eu lhe conte o que já vivi. Ela acha que pode ajudá-lo. Sabe, eu... Eu sei como está se sentindo porque... Perdi meus pais quando era pequeno e...

Mas Leo não escutava; ainda se sentia bêbado e passara a noite toda sem dormir. Seus pensamentos estavam longe. Sentia-se chocado com o que fizera na noite passada. Nunca se embebedara daquele jeito na vida, podia ter morrido. Seria uma ironia soturna se também fosse morto por um caminhão. Sabia que Eleni ficaria furiosa com ele por sua estupidez. Envergonhava-se de si mesmo e sabia que teria de tomar alguma providência para não escorregar para a autoindulgência. Agir. Era isso! A ação era a verdadeira cura, não o tempo. Esse seria o seu remédio.

Ele notou o pai hesitando junto à mesa.

— Pai, o senhor não devia estar trabalhando?

— Tudo bem, posso ir mais tarde, se quiser conversar.

— Agora não, estou exausto, vou para a cama — disse Leo, e saiu da cozinha.

Frank observou-o ir, depois tirou o coração da manga, dobrou-o com cuidado e o escondeu. Naquela noite, subiu até o sótão e desenterrou uma velha pasta de couro. Tirou-lhe o pó e levou-a para o escritório. Há cinquenta anos não olhava o conteúdo daquela pasta. Lá dentro estava a herança, mas havia muito trabalho a fazer antes que pudesse dá-la a Leo.

## Anotação nº 6

Ontem eu li sobre um garoto de 15 anos de Brisbane, na Austrália, que, em 1989, como parte de um trabalho de escola, jogou uma garrafa no mar. Dentro da garrafa havia uma carta com seu nome, endereço, alguns detalhes da vida e um pedido para quem a encontrasse lhe escrever. Três anos depois, em abril de 1992, na mesma época em que eu voltava a Kitos com o caixão de Eleni, a garrafa foi parar no litoral do País de Gales. Quem a encontrou foi uma moça que imediatamente escreveu para dizer que recebera a mensagem. Na época em que ela escreveu, o rapaz viajava pela Europa e os pais lhe telefonaram para contar que ela escrevera. O rapaz decidiu fazer à moça uma visita de surpresa. Foi ao País de Gales e bateu à porta dela. Não demorou para começarem a namorar e ela voltou a Brisbane com ele. Ela não conseguia parar de contar a todo mundo que, certo dia, encontrou o amor na areia de uma praia ventosa na península de Gower.

# 14

—FINALMENTE. NEM CONSIGO ACREDITAR. SÓ liguei mil vezes. E você só levou um mês para ligar de volta. Eu devia estar danada, mas sei lá por que me sinto honrada, porque sei que de fato você não ligou para mais ninguém.

Hannah foi uma das primeiras pessoas que Leo conheceu na universidade. Ele estava no alojamento, na fila do refeitório, no primeiro dia de aula, e por acaso ela estava atrás dele na fila. Uma moça magra de cabelo castanho embaçado, com maçãs do rosto impossíveis de tão altas e um sorriso dentuço natural. Naqueles primeiros dias, todos os alunos ficavam um pouco grudentos e desesperados; passavam o primeiro período fazendo amizade com toda e qualquer pessoa e o segundo período tentando se afastar delas. Mas Hannah tornou-se uma amiga duradoura. Quando Leo e Eleni saíram da casinha de dois quartos em Camden e partiram para a América do Sul, foi Hannah quem se mudou para lá.

— Então, o que aconteceu, achou o caderninho de telefones de repente?
— Sonhei com você ontem à noite.
— Rapaz sortudo... Sonho erótico?
Leo riu.
— Não, o sonho era sobre você, mas você não aparecia.
— Que interessante, todo mundo estava fofocando sobre mim de novo? Sou tema de muitas fofocas, sabe. Outro dia eu estava no banheiro, no trabalho, quando Janet e Lilly entraram. E lá estava eu limpando a bunda quando Janet disse a Lilly que eu estava transando com Mark, aquele cara que vende sanduíche fortão. Não, não é bem isso. Ele não vende sanduíche fortão, na verdade o sanduíche é bem magro; não, quis dizer que ele era, que ele é fortão, faz academia, essas coisas. O tipo de cara que depila o que não gosta, sabe, aqueles tufos rebeldes que vocês homens têm nas costas e nos braços. Todas adoram Mark, aquela turma, falam o tempo todo em arrancar a roupa dele e pôr a mão na linguiça dele e outras atividades perversas das quais sou inocente. Mas ele não faz meu tipo. Juro por Deus, Leo, eu nem encostei nele.

Que alívio conversar sobre nada. Hannah era a única pessoa que Leo conhecia capaz de transformar trivialidades em arma contra o sofrimento.

— Tudo bem, Hannah, você não precisa me convencer. Até na faculdade todo mundo sempre achava que você estava com quem não estava.

— É mesmo? Quem? Quero nomes. Quem eles achavam que eu estava comendo?

— Tinha aquele professor de antropologia, Jack Dunphy. Alguém disse que viu você debaixo da mesa da sala dele, com ele sentado na cadeira com um sorriso enorme.

— Eu deixei a caneta cair, pelo amor de Deus. Ele estava rindo porque agi que nem uma idiota. Meu Deus, o povo pensou mesmo que eu chupei o Dunphy? Que doideira. O que eles acham que eu sou? Por que acreditam nessas mentiras indecentes, Leo?

— Talvez porque você sorri para estranhos. Ou talvez porque um monte de homens anda a fim de você. Não sei.

— A verdade é que não acerto com os homens — fungou Hannah. — Não posso dizer que tive muitos, e o relacionamento mais longo que tive durou cinco meses. É um lixo, né? Sabe, a gente costumava olhar você e Eleni e dizer que eram o casal perfeito. Eu estava tão acostumada a dizer os nomes de vocês dois de um fôlego só. Sempre que alguém falava de amor, citávamos vocês dois como prova de que o amor existe. Sinto muito, Leo.

Houve um silêncio antes que ela continuasse.

— Seja como for, e o sonho que você teve? O que diziam sobre mim?

Leo respirou fundo.

— Tenho tido muitos sonhos com Eleni ultimamente, em que ela aparece perto de mim e começa a fazer as coisas de Eleni, como aquela dança puladinha maluca dela, ou cantar na bicicleta. Ela entra no sonho e acho que está viva e aí ela me dá tchauzinho e aí sei que está morta. Na noite passada, ela voltou outra vez, mas só ficou lá sentada me olhando e disse "Hannah", e aí sumiu.

— É só isso? — riu Hannah. — Ela só disse "Hannah"? Não disse "Hannah transou com o arcebispo de Canterbury"? Só "Hannah". Que estranho. O que você acha que isso quer dizer?

— Primeiro achei que devia ser alguma coisa importantíssima, pelo jeito que ela falou, mas agora que você atendeu ao telefone acho que ela só estava dizendo "Hannah vai alegrar você". E estava certa. Você me alegrou.

— Ah, ótimo, então não sou completamente inútil. Então me diga, quando vai voltar a Londres, Leo?

— Amanhã — respondeu ele por impulso.

No dia seguinte, ele subiu a escada até o antigo apartamento, carregando a mesma mochila que levara noutra vida, quando ele e Eleni tinham descido aqueles degraus pulando de entusiasmo e embarcaram na aventura que os separaria para sempre. Seu coração encheu-se de apreensão. Como se sentia abjeto por voltar para casa sem ela! Havia um pequeno comitê incômodo de boas-vindas esperando por ele junto à porta. Preferia ter entrado no apartamento sozinho e passado um momento de silêncio com as lembranças que começavam a lhe inundar os sentidos. No caso, Charlie saudou-o primeiro, jogando-se nos braços de Leo e abraçando-o com tanta força que ficou difícil para Leo respirar. Depois vieram Stacey e Karen, as melhores amigas de Eleni, e finalmente Hannah, que declinou de beijá-lo e preferiu socá-lo com força no alto do braço.

— Isso é por não ter ligado antes — disse ela.

Ao segui-los pelo corredor que dava na cozinha, Leo notou duas pilhas de caixas. Ainda ali, pensou ele, intocadas. A lembrança do conteúdo o fez tremer. Toda a sua vida com Eleni estava embalada naquelas caixas marrons de aparência inócua. Lembranças de amor, cartas, roupas, fotografias e livros. Três anos de amor agora reduzidos a coisinhas em caixas. Sentiu uma certa ambivalência para com elas. Não gostava da ideia de vasculhá-las, tarefa que sabia que logo teria de cumprir. Havia decisões a tomar sobre o que fazer com aquilo e fora muito difícil, no Equador, até olhar as roupas que Eleni usara ou tocar os objetos que já segurara. Ainda assim, mal podia esperar para reler as cartas, vasculhar as fotos esquecidas e redescobrir a parafernália acumulada que lhe permitiria viajar de volta pela vida dos dois juntos, pulando de lembrança em lembrança como uma criança pode pular de pedra em pedra ao cruzar um riacho.

Ao passar pelo antigo quarto, não pôde evitar uma olhada. Hannah empurrara a cama, que costumava ficar no meio, para junto da parede mais distante sob a janela. Ela se oferecera para deixá-lo mudar-se de volta para lá, mas ele não conseguia imaginar-se dormindo naquela cama sem Eleni. Havia um tapete novo sobre o carpete puído e uma coleção de cabeças e estatuetas de budas asiáticos sobre a lareira sem uso. As portas do grande armário embutido branco estavam abertas. Leo viu Eleni ali de pé, nua, pensando em que roupa vestir. Era o suave arco côncavo da parte de baixo das costas, os ombros redondos e a amplidão da bunda que estavam gravados em sua mente. Ela tinha o formato de uma deusa de Botticelli, nem gorda nem magra, mas agradavelmente carnuda. Um instantâneo incomum, pensou. De todas as coisas que aconteceram naquele quarto, por que esse momento tranquilo e aparentemente insignificante veio à frente? A imagem estava paralisada. Tentou fazê-la virar e sorrir para ele, mas ela não virou.

Na cozinha, Leo ficou surpreso ao ver um homem em pé junto à mesa. Parecia ter uns 25 anos, o cabelo preto como carvão e o rosto bonito.

— Leo, este é Roberto. Roberto Panconesi, adoro dizer isso. Pan-co-nesi. Soa como uma sobremesa italiana exótica. É o meu novo colega de apartamento — disse Hannah.

Leo estendeu a mão. Roberto apertou-a caloroso.

— Prazer em conhecê-lo — entoou Roberto, com um leve vestígio de sotaque.

— Leo está fazendo o Ph.D. sobre formigas — explicou Hannah, fazendo-se de anfitriã.

— É mesmo? — Roberto ergueu a sobrancelha.

— É — continuou Hannah —, ele passa a maior parte do tempo vendo-as foder no microscópio, como um tarado. Não é isso, Leo?

— Eu as observo fazendo todo tipo de coisas, não só copulando — disse Leo em sua defesa.

— Ah, isso é só um nome bonito para a mesma coisa... Quanto a Roberto, ele é professor de filosofia da física, o que significa que ele fala besteiras incompreensíveis o dia todo. Por isso acho que vocês dois vão se entender.

— Ela vive implicando comigo — protestou Roberto.

— Eu? Ah, desculpe, então vou dizer uma coisa legal sobre você. Roberto é um gênio. É o mais jovem do departamento. Os alunos não largam dele, brigam para assistir às aulas. Até quem não está estudando física quer assistir, e não é só por causa da sua beleza, embora isso ajude, mas porque ele tem umas teorias doidas e é perigosamente anticonvencional. Que tal assim? Melhor?

— Marginalmente, mas obrigado por tentar — riu Roberto.

— Bom, tudo isso soa... Quero dizer, você soa... fascinante — disse Leo, de forma pouco convincente, e sentiu os músculos do rosto forçarem um sorriso. Não queria conversa fiada com um estranho.

Sentou-se e olhou em volta. Nada mudara na cozinha; era dominada por um grande armário cheio de vários pratos e vasilhas, todos descombinados. A proprietária e um desfile de inquilinos os tinham deixado para trás. Havia a varandinha que dava para uma área nos fundos, o estranho teto roxo e a mesa redonda de pinho, agora cheia de saladas e pastinhas.

Hannah tentou ao máximo mostrar-se alegre, agitando-se pela cozinha e pondo Leo em dia com as fofocas e politicagens, o poderoso e o insignificante com igual peso; mas os outros estavam mais sombrios, e a conversa inevitavelmente voltava ao que acontecera no Equador. Leo explicou com paciência o pouco de que se lembrava, omitindo apenas a razão pela qual estavam sentados na frente do ônibus. Não conseguia forçar-se a divulgar esse detalhe específico.

Quando Hannah serviu a sobremesa, a atmosfera já se aliviara. Ela começara a bater uma musse de chocolate à tarde, mas depois de algum tempo a mão doeu e ela se entediou e abandonou-a na geladeira, na esperança de que se arrumasse sozinha. Mas, quando a tirou de lá, a musse se condensara numa lama encaroçada.

— Céus — disse ela —, fiz cocô para a sobremesa. Quem quer cocô?

Mais tarde, foram para a sala e afundaram-se nos sofás. A conversa morrera; o sangue fora sugado dos cérebros para o estômago. O suco gástrico chafurdava em chocolate, às vezes gorgolejava e depois abandonava seu objetivo. Eles se derretiam no tecido macio da mobília. Leo sentiu-se enjoado.

— Chame uma ambulância — gemeu Karen. — Juro que vou morrer.

— Ora, você não tinha de comer aquilo. Isso vai lhe ensinar a não ser tão educada — grunhiu Hannah.

— Não consigo me mexer — lamentou-se Stacey.

— Na verdade, Stacey, talvez você não perceba, mas está se mexendo rapidíssimo. — Era a primeira vez que Roberto falava desde que cumprimentara Leo. Todos o fitaram, levemente perplexos com essa estranha interjeição.

— Estou? — perguntou Stacey.

— Sim, você está viajando a 29 quilômetros por segundo, ou seja, a 10.460 quilômetros por hora em torno do sol. Mas o sol também está se movendo numa velocidade terrível, assim como a galáxia. Quando a gente leva tudo isso em conta, estamos, na verdade, viajando a 370 quilômetros por segundo, que são... — ele fez uma pausa —... 1.332.000 quilômetros por hora. — Olhou o relógio. — Calculo que já percorremos mais de um milhão e meio de quilômetros desde que comemos aquela musse.

Os outros refletiram sobre esse fato em silêncio pensativo. A explosão de Roberto pareceu mudar tudo, pois agora se sentiam como seis manchas enjoadas amontoadas em sofás numa sala que disparava pelo espaço com velocidade aterrorizante.

— Acho que preciso de cinto de segurança — acabou dizendo Charlie.

Mas, de todos eles, a investida verbal de Roberto pelo cosmo teve mais impacto sobre Stacey, que estava procurando uma desculpa para se apaixonar pelo italiano misterioso desde que lhe pusera os olhos pela primeira vez.

Não demorou para Stacey e Roberto fazerem uma saída discreta para que ele pudesse explicar, na privacidade do quarto de dormir, a filosofia da física e, naturalmente, como todos os melhores cientistas, fazer um pouco de trabalho experimental de sondagem. Com a partida dos dois, o grupo decaiu numa confusão de comentários indecentes que, afinal, minguaram por completo. Leo sobrevivera à primeira noite de volta a Londres; não só sobrevivera como até gostara.

Naquela noite, Leo foi para o apartamento de Charlie, que ficava em cima de uma loja 24 horas na Upper Street, em Islington. Seria um arranjo temporário até que Leo se aprumasse, mas Charlie deixara claro que Leo poderia ficar o tempo que quisesse. Converteram apressadamente a sala num segundo quarto abrindo o sofá-cama. Empurraram a poltrona e a televisão para o corredor e as puseram nos únicos lugares onde cabiam: a cadeira perto da porta da frente e a TV meio que fechando a entrada da cozinha. O novo quarto de Leo tinha uma janela que ia do chão ao teto e dava para uma parada de ônibus na rua principal. Enquanto retirava as coisas da mochila, um ônibus freou com barulho e Leo surpreendeu-se ao ver, a apenas poucos metros, o rosto comprido e tenso dos cansadíssimos passageiros do andar de cima fitando-o de modo ausente. Com pressa, puxou as cortinas.

A cama era miseravelmente desconfortável. O colchão era velho e fino e, quando se deitou, descobriu que a cabeça estava mais baixa que os pés. Mas, quando se deitou ao contrário, sentiu as molas nas costelas. Fechou os olhos, mas os ouvidos ficaram teimosamente abertos para a sinfonia de sons desconhecidos que enchiam a sala. Havia a fala e a música indistinta do rádio da loja, a conversa bêbada de um par de mendigos acampados diante da porta e o guincho dos freios dos ônibus noturnos.

Durante a noite toda caçou o sono, mas, toda vez que conseguia agarrar as asas macias e sentia-se escorregar para o abraço emplumado, era acordado por uma mudança súbita do som. A cada tentativa, o desejo de dormir ficava mais forte e mais desesperado. Pela manhã, sentia-se como um perseguidor cujo amor tivesse sido cruelmente rejeitado. Despencar no sofá dos amigos era uma volta à vida antes de Eleni. Na época fora divertido, mas agora sentia-se como se tivesse caído de um ninho quente e jazesse solitário na lama.

## Anotação nº 2

Antes da morte de Eleni, eu não tinha medo de nada e fazia o que queria, agora tenho medo de:

* 1) viajar para o exterior
* 2) sentar na parte da frente do ônibus
* 3) caminhões
* 4) começar novos relacionamentos
* 5) ficar sofrendo pelo resto da vida
* 6) conversar com quem não sabe o que me aconteceu
* 7) não ver significado na vida.

# 15

O QUE SE PODE FAZER ALÉM DO QUE FIZ?, pensou Leo ao embarcar no 73 diante do apartamento de Charlie, tomando o cuidado de se sentar no meio do ônibus que o levaria ao University College. Não tinha nenhum desejo profundo de voltar aos estudos — e nenhum de não voltar. Só buscava um arcabouço, como um cabide, onde pudesse pendurar a vida. Pelo menos, então, talvez se parecesse com uma vida pronta para ser habitada, em vez de uma roupa amontoada no chão.

Abriu a bolsa a tiracolo e tirou o pequeno álbum vermelho que comprara naquela manhã depois de buscar as fotos da América Latina. Enquanto as folheava para decidir quais iriam para o álbum, uma imagem lhe atraiu a atenção. Era a foto que Eleni tirara dos dois na praia, na Colômbia, na véspera de Ano-Novo. As cabeças estavam grudadas pela orelha e os rostos sorridentes enchiam inteiramente a foto; como eram serenamente belos naquela época. Ele se fundiu à imagem por um instante e emergiu com a sensação de ter Eleni ao lado e um sorriso nos lábios. Enfiou a foto na primeira página do álbum e continuou a passar as fotografias, escolhendo apenas fotos de Eleni para colocar nele. Quando chegou à última foto, o coração quase parou. Lá estava Eleni no ônibus com o furador de gelo na mão, fazendo uma careta engraçada como se fosse a morte. Leo estudou os detalhes. Estava sentada na primeira poltrona, à direita do corredor. Diante das pernas, havia um painel de aglomerado e acima uma barra de aço horizontal presa a outra vertical usada pelos passageiros para embarcar. Atrás de Eleni, conseguia distinguir o elevado platô andino. A fotografia deve ter sido tirada apenas meia hora antes de ela morrer. Algo lhe retornava: a conversa que precedeu a fotografia. Estavam brincando sobre as 101 coisas que se podem fazer com um furador de gelo. Ele rira na época, mas agora parecia uma piada de mau gosto e Leo não pôde evitar sentir que a morte realmente os visitara naquele dia e revelara-se rapidamente na brincadeira como preparativo para a façanha mais adiante.

Na universidade, Leo abriu caminho pelos corredores familiares até o departamento de zoologia, onde verificou seu escaninho de correspondência. Havia um convite vencido para uma convenção em Boston, três circulares do departamento e a carta de um professor da Universidade de Zurique a quem escrevera para obter esclarecimentos sobre um aspecto do comportamento das formigas para seu doutorado. Vacilava entre ir até o café para ler a carta ou apresentar-se ao orientador quando foi varrido por uma maré enchente de alunos entusiasmados que seguiam para o anfiteatro. Entreouviu o nome de Roberto Panconesi e, recordando a descrição efusiva que Hannah fizera de suas aulas, decidiu segui-los.

Sentou-se na última fila, perto da porta, para que pudesse sair discretamente dali a alguns minutos. O anfiteatro, que acomodava uns duzentos alunos e descia em degraus íngremes até um pequeno palco, já se enchera quando Roberto chegou. Estava vestido informalmente, de jeans e camisa azul-celeste de colarinho abotoado. Pôs a pasta na mesa, ligou o microfone e, de forma impressionante, passou a falar sem nenhuma anotação.

— Em primeiro lugar, quero agradecer a todos por virem a esta primeira aula da série do semestre de verão; duvido que vá haver tantos assim de vocês no final — e riu. — A física é meramente uma descrição da realidade, mas quanto mais profundamente olhamos as coisas mais a realidade parece extraordinária. No nível quântico acontecem coisas tão estranhas que desafiam a maneira como vemos o mundo. No fim deste curso, não só vocês estarão repensando o mundo mas também a maneira conforme agem nele como indivíduos. Para mim, as ramificações da física quântica estendem-se não só à filosofia como também à religião e à política. São um tipo de poesia. São também um vício. Meu objetivo é converter à sua beleza aqueles de vocês que ainda não se converteram.

Era a declaração inicial mais ousada e arrogante que Leo já escutara. Roberto estava jogando a luva e, ao mesmo tempo, subindo as apostas. Com certeza atraíra o interesse de todos, mas Leo perguntou-se como é que conseguiria estar à altura de afirmativas tão robustas.

— Desde que Newton coçou o saco — uma gargalhada soou no público jovem — os cientistas têm se considerado observadores externos e objetivos. Quando Newton observou bolas a se chocar, conseguiu calcular todas as forças que agiam sobre elas e prever exatamente o que aconteceria. Para ele não havia surpresas; ele afirmava que o universo funcionava como uma máquina, consistindo em milhões de entidades separadas que interagiam entre si de maneira previsível. A mecânica newtoniana contribuiu para um mundo muito seguro e determinista, no qual nada estava interligado.

"Ah, como ele estava errado. As descobertas científicas mais recentes provaram, sem sombra de dúvida, que no nível quântico tudo está sutilmente interligado. Até o cientista participa do seu experimento, porque cada escolha que faz muda o resultado. Agora podemos provar cientificamente aquilo que os criadores de algumas das maiores religiões do mundo sabiam instintivamente: que vivemos num universo holístico.

"Mas ficamos tanto tempo cativos dos semelhantes de Newton e de Descartes que isso contaminou nossa razão e nossa política. Ainda administramos o mundo como se fôssemos separados dele, como se não fizéssemos parte dele. O holismo ainda não lançou raízes, mas lançará. Para chegar a algum lugar na filosofia da física, é preciso se comprometer pessoalmente com a noção de holismo. Quero que sintam isso nos ossos, e não só como teoria conceitual..." De repente, Roberto parou. Percebera Leo sentado no fundo do anfiteatro.

— Ah, oi, Leo — disse ele, informalmente. Leo corou de vergonha. — Senhoras e senhores, permitam-me apresentar-lhes Leo Deakin. — Duzentas cabeças viraram e alfinetaram Leo na cadeira; agora não havia como escapar. — Leo está fazendo o Ph.D. sobre comportamento das formigas. Acho que talvez possamos aprender algo com sua experiência. — Leo encolheu-se de horror; preferia afogar-se em ácido a falar sobre Eleni nessa arena. E agora Roberto subia o corredor em sua direção como o apresentador de um programa de entrevistas. — Diga-me, Leo, você passa muito tempo observando formigas. Quero lhe fazer uma pergunta muito simples. Você é uma formiga?

Leo riu, aliviado porque a pergunta era sobre formigas.

— Não.

— Então você é uma entidade separada das formigas que observa?

— Sou.

— Como sabe? Qual a diferença entre você e uma formiga?

— O tamanho, para começar — disse Leo, tentando adivinhar onde isso tudo ia parar.

— Interessante. Então, de que tamanho você se sente perto de uma formiga?

— Enorme.

— Então, perto de uma formiga, Leo Deakin é enorme. Mas agora me diga: de que tamanho você se sente em relação àquele carvalho que podemos ver ali, pela janela?

— Bem pequeno.

Roberto voltou ao palco.

— Então tenho uma pergunta para todos, senhoras e senhores. Leo Deakin é enorme ou bem pequeno?

— Depende de com quem ele está — gritou uma voz na frente.

— Exatamente. Então podemos concluir daí que, num universo onde nos vemos separados da formiga, um universo newtoniano, se quiserem, tendemos a definir quem somos comparando-nos às coisas à nossa volta. Assim, por exemplo, sei que não sou formiga porque olho a formiga e digo: não sou uma dessas. Sei que sou do sexo masculino porque olho uma mulher e digo: não sou uma dessas. Sei que sou alto porque, em relação a outros, sou mais alto que a maioria. Sei que não sou bom no futebol porque vejo outros que jogam melhor do que eu. Em cada nível, defino-me em relação às coisas à minha volta. E, quando olho o mundo, faço o mesmo. Tenho uma noção do que são as coisas comparando-as e contrastando-as com o resto. Nossa própria separação está no âmago da nossa identidade. Estamos de acordo?

Houve gestos de assentimento na plateia.

— Mas, e se todas essas coisas em relação às quais nos medimos não existissem? Será que nos sentiríamos altos?

Fez-se silêncio.

— Tudo bem. Vamos fazer uma experiência de pensamento. Quero que todos fechem os olhos. — Leo deixou seus olhos se fecharem enquanto Roberto continuava, baixinho. — Imaginem que estão flutuando num vácuo absoluto e que todas as lembranças da vida na Terra se foram. Aqui não há conceitos de espaço nem tempo. Vocês são apenas seres humanos nus suspensos no nada.

Leo imaginou-se pendendo na escuridão.

— Agora, peguem todos os "Eu sou" com que vocês se definem e vejam como se comportam nesse vácuo. Sou inglês, sou alto, sou jovem e assim por diante. Sejam implacáveis, sejam honestos ao expor a imagem que têm de si mesmos. Uma a uma, deixem essas noções desfilarem diante de vocês, como participantes num concurso de beleza, e as examinem com novos olhos.

Leo saiu nadando em seu vácuo armado de uma longa lista de adjetivos que usaria para descrever-se. Como Roberto pedira, Leo tentou imaginar que não tinha lembranças da Terra. Mas, sem nada com que se comparar, sem árvore para ficar embaixo, achou impossível dizer quem era ou como era. Ser inglês num vácuo não fazia sentido. Como teria certeza de ser jovem se não havia ninguém mais velho com quem se comparar? Nem sequer sabia que era homem.

Toda a sua autopercepção era ilusória. Não tinha nada a ver com a essência de estar vivo. A única coisa que sobrevivia no vácuo eram os sentidos, pois, quando tocou o rosto, ainda conseguia sentir, e ouviu o pânico na própria respiração. Leo abriu os olhos e viu Roberto sorrindo como um buda para os alunos.

— Quando faço a experiência do vácuo, percebo o homem como ilimitado — disse o italiano —, livre daquilo que o algema a ideias, lugares, coisas e tempo. Livre da trivialidade. O homem se torna um organismo sem idade, sem tamanho, sem posses, sem identidade racial, nacional nem religiosa, um receptáculo para emoções e ideias mais elevadas, um senhor dos sentidos. Torna-se um gigante de possibilidades. Como isso lhes parece?

— Apavorante — gritou um rapaz.

— É claro, esse é o problema que nós, físicos, temos ao explicar essas coisas — ponderou Roberto, como um pregador alertando os convertidos para as dificuldades que os aguardam. — Todo mundo se sente muito desconfortável com o infinito e o eterno, ainda mais quando aplicados a si mesmo. Somos uma raça tribal e mesquinha. Ficamos mais à vontade se nos definimos pelo emprego, pela classe social e pela religião do que pelo potencial ilimitado. A pessoa comum fica mais contente dizendo que pertence a um clube de badminton do que à raça humana, que dirá do universo. Mas aonde leva toda essa mesquinhez? Quem pertence a um clube quer vencer o clube vizinho. Quando nos consideramos parte da raça humana, não há outros humanos para vencer, mas ainda podemos subjugar o planeta. Mas, quando nos vemos como parte vital de um universo holístico, toda batalha será, em última análise, contra nós mesmos.

Leo fitou Roberto, perplexo.

— Não entendem, amigos? Se vocês fazem parte da unidade, o que há para combater? Leo só é diferente da formiga da mesma maneira que seu braço é diferente da perna. Não questionamos que o braço e a perna fazem parte da mesma entidade. É tão difícil assim imaginar que Leo, a formiga e, na verdade, todos nós somos partes pequenas de um todo maior? Somos como personagens de uma pintura que não sabem que a pintura existe, e que tudo o que vemos faz parte do mesmo quadro e foi pintado com o mesmo pincel. Cada um de nós é um pedacinho do infinito e, de um jeito ou de outro, viveremos pela eternidade. A teoria quântica prova que o mundo não é fragmentado nem dividido.

Conforme Roberto expandia o tema do universo holístico feito de ligações ocultas, caos e incerteza, Leo começou a sentir-se confortado. Havia partículas que nunca morriam. Havia a magia da luz, na qual os fótons viajam tão depressa que o tempo se retarda até uma parada virtual, e um lindo momento pode durar para sempre. (Ah, se o tempo tivesse parado na véspera de Ano-Novo de 1991 na Colômbia, quando Eleni tirara aquela foto da felicidade dos dois!) Havia a noção de que existe um número infinito de universos que correm paralelos mas invisíveis para o nosso, e que em cada um desses universos acontecia um resultado alternativo para toda situação concebível. Assim, Leo flutuou para universos paralelos onde ele e Eleni perderam o ônibus, onde não havia acidentes, onde ainda estavam juntos. Estariam agora no Peru, como tinham planejado, examinando as ruínas incas de Machu Picchu. Pelo menos em algum lugar havia um mundo onde ele era feliz, mesmo que não pudesse alcançá-lo.

— Para terminar essa aula — concluiu Roberto com ironia —, gostaria de começar pelo começo. No começo havia um... — e parou. — Não, estou enganando vocês. O começo não existe; é indefinível e indefinido. Só podemos falar de onde começa o nosso conhecimento. É *um* começo, não *o* começo. Em *um* começo, nossos grandes cientistas nos dizem que havia uma enorme bola de fogo e, nessa bola de fogo, trilhões de elétrons e outras partículas se acotovelavam numa sublime dança cósmica. Então houve uma grande explosão e esses elétrons foram espalhados, formando o universo. Alguns desses elétrons se juntaram para formar estrelas. Com o tempo, algumas dessas estrelas explodiram e depositaram uma mortalha de pó de carbono na atmosfera. Camadas de pó de carbono depositaram-se na Terra. Como sabem, carbono é vida. Toda célula viva, seja em plantas, seja em animais, seja em seres humanos, contém carbono. Assim, meus amigos, quando forem embora hoje, consolem-se com esta ideia: vocês são literalmente feitos de pó de estrela e, não importa o que lhes acontecer, as partículas das quais são feitos estão por aí desde a aurora do tempo e continuarão a viver para sempre. Vocês são inseparáveis do universo, já fizeram parte dele, continuam a fazer parte dele, sempre farão parte dele. Vejo vocês na quarta. Obrigado.

Houve uma longa salva de palmas e um zunzunzum empolgado na sala quando os alunos juntaram suas coisas e saíram. Leo trotava pelos degraus para agradecer a Roberto quando viu Stacey.

— Ei, o que está fazendo aqui? Não devia estar trabalhando? — perguntou Leo.
— Matei. Queria ouvir Roberto. E você?
— Estava passando e segui a multidão.
— Ele não é demais? — Tinha o corado de uma mulher que se apaixonou depressa demais. — Vamos tomar um café. Quer vir conosco?
— Adoraria — disse Leo.

Leo conhecia muitos cientistas, mas nenhum era como Roberto. Não era seco nem tímido e tinha em si algo de missionário, capaz até de usar sua fé na física para dar ideias, consolo e conselhos. Era a arrogância e a certeza da juventude, somada ao intelecto abrasador, que lhe davam o tipo de posição simbólica que os jovens revolucionários da época comunista deviam ter ocupado. Conquistara na universidade a fama de pisar nos calos dos acadêmicos mais importantes, muitos dos quais desdenhavam seu estilo populista, e por ser o queridinho dos alunos que o viam como inspiração. Era uma fama que ele fazia tudo ao seu alcance para cultivar, jantando na cantina dos alunos e aceitando convites para eventos estudantis. Estava sempre ensinando, falando a grupos nas festas, provocando e lisonjeando os alunos. Quanto a Leo, estava tão vulnerável quanto um besouro de costas; buscava respostas a grandes perguntas e, em Roberto, reconheceu um homem disposto a dá-las.

— Pensei muito em Eleni durante sua aula e sobre a natureza da morte — disse Leo, tomando café.

— Fico pensando se os mortos morrem mesmo — refletiu Roberto — ou se só evoluem para outra coisa. No nível quântico, tudo é feito de minúsculas partículas subatômicas. Imagine, então, o universo como um mar de elétrons eternos que se estendem até o infinito. O que é um ser humano nesse mar? Um ser humano é meramente um lindo saco de partículas. Não há muito que nos distinga do ambiente, além de forma e cor. Mas, quando morremos, nossos pequenos elétrons continuam vivendo e se fundem a árvores, flores, céu e animais. Os que perdemos ficam conosco para sempre, a apenas um sussurro de distância, com nova forma e nova cor. É um tipo de vida após a morte. Eleni não está em lugar nenhum e em todos os lugares.

Era um paradoxo esclarecedor para Leo, porque, embora Eleni tivesse ido embora, estava sempre presente. Desse momento em diante, ficou preso ao evangelho segundo Roberto. No decorrer das semanas seguintes, Leo mergulhou em livros introdutórios de física e assistiu a mais aulas de Roberto, das quais sempre saía com alto astral, levando nas costas uma Eleni imaginária que ria e gritava.

Roberto encorajava os alunos a levar consigo um caderno o tempo todo, no qual deviam escrever todas as ideias inspiradoras. Fazia parte da cruzada para fazer os alunos pensarem mais sobre o mundo em que viviam. Dizia-lhes para não se limitar à física, mas para anotar tudo que os inspirasse, fossem ideias geradas por eles mesmos, citações de livros e até fotos de revistas. Obediente, Leo comprou um caderno, mas no princípio lutou para encontrar o que escrever nele.

## Anotação nº 37

A fêmea do caranguejo tem uma carapaça impenetrável; é muito dura por fora, mas bem mole por dentro. Não há ponto de acesso possível. O caranguejo macho tem de esperar um ano inteiro até a fêmea decidir sair da carapaça para formar uma nova. E é só nesse momento de vulnerabilidade que o paciente caranguejo consegue triunfar em seu amor.

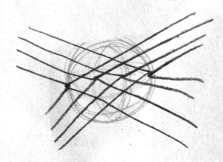

# 16

— TOME CUIDADO COM ROBERTO — AVISOU Hannah certa noite, quando estavam na ex-sala de estar de Charlie. — Ele costuma achar que tem todas as respostas. É o porta-voz da física e ninguém consegue desligá-lo. Passa a vida inteira provando que está certo. Pode ser um grande pensador, mas não é muito bom com os sentimentos.

— E quanto a você? — perguntou Leo.

— Sou um lixo como pensadora e um lixo com os sentimentos; na verdade, sou um lixo completo, o que tem suas vantagens, porque quem fica algum tempo comigo vai se achar o máximo — disse ela.

— E quanto a mim?

— Você pensa demais e sente demais. Você é intenso em tudo.

— Então não tenho virtudes? — riu Leo.

— Eu não disse isso. A intensidade tem suas virtudes quando aplicada a certas coisas!
— Como...?
— Amor. Paixão. Romance. Nós, mulheres, tínhamos a maior inveja da dedicação que você tinha pela Eleni. Provavelmente basta essa virtude para compensar todos os seus pontos fracos pavorosos — disse ela.
— Você acha que é muito esperta, não é? — disse Leo, cutucando-lhe as costelas.
— É, eu sou o oráculo. — Ela riu. — Faça uma pergunta e terá sua resposta.
— Tudo bem, seu problema é que você não pensa em nada.
— Correto — disse ela, com voz grave e monótona —, mas isso não é uma pergunta. O oráculo só responde a perguntas.
— Oh, oráculo sábio e onisciente, dizei-me, por favor, o que há de errado em pensar?
— É perda de tempo e é chato — ribombou Hannah.
— Oh, grandioso, o que fazer com o tempo livre?
— Fazer.
— Fazer?
— A louça nunca será lavada se ficar pensando nela. E, quando a louça estiver lavada, faça outra coisa para impedir que a cabeça pense.
— Então a ação é melhor que o pensamento?
— Nem pense nisso!
— Obrigado, oráculo, por me esclarecer com o poder ofuscante da vossa ignorância.

— Foi um prazer, Leo. Podemos ir? — perguntou Hannah, impaciente.

— O oráculo pode fazer perguntas?

— O oráculo pode fazer a merda que quiser, espertinho. Calce os sapatos, senão perderemos a peça.

Hannah comprara duas entradas para ver *Conto de inverno* no Teatro Barbican. Foi uma montagem sem nada de especial até o último ato, quando Leontes está diante de uma estátua da esposa Hermione, que morreu há dezesseis anos. Ele a fita, espantado com a semelhança. Aproxima-se.

*Há um ar que dela vem. Que cinzel perfeito*
*Conseguiria esculpir o hálito? Que homem*
*nenhum zombe de mim,*
*Pois vou beijá-la.*

Leo, que nunca vira nem lera a peça, sentiu um raio no coração. Imediatamente transportou-se de volta para o lado de Eleni, no hospital do Equador, quando, desesperado, tentou ressuscitá-la. Como o fôlego rascante dela simulara a vida por um instante e o alegrara! Paulina puxa Leontes para trás: "Ides arruiná-la se a beijardes." Oferece-se para cobrir a estátua, mas Leontes não quer deixá-la, não consegue sair do seu lado. Paulina bate palmas: "Não sê mais pedra; aproxima-te." Lentamente, Hermione volta à vida; seus olhos mortos despertam e miram Leontes. Por um longo momento, ele não consegue se mexer e fica ali espantado. Finalmente, ergue o braço com descrença e toca-lhe o rosto.

*Oh, está quente!*
*Se é magia, que seja uma arte*
*Tão legal quanto comer.*

Ele ofega com tanta saudade e tanta ternura que na mesma hora Leo cai em prantos. Representara essa cena toda noite desde a morte de Eleni. Instintivamente, agarrou o braço de Hannah e pendurou-se ali como um alpinista que perdeu o pé. A peça acabou.
— Me desculpe, sou mesmo uma idiota. Nem pensei... — desculpou-se Hannah.
Leo inspirou fundo, na tentativa de controlar-se.
— Tudo bem. Foi bom para mim.
Um jovem lanterninha interrompeu e pediu-lhes que saíssem da plateia.
Caminharam em silêncio de volta à casa de Charlie. Hannah recordou que, quando criança, encontrara um filhote de passarinho de asa quebrada debaixo de uma árvore no jardim. Piava desoladamente. Ela o recolhera com todo cuidado; que coisinha mais indefesa. O coraçãozinho disparara e, pela primeira vez, ela sentira a fragilidade da vida nas mãos, como agora conseguia senti-la em Leo. Levara o passarinho para a mãe, que lhe entalou a asa e, durante duas semanas, cuidaram dele até que sarasse. Mais tarde, quando a mãe descobriu que estava com câncer, Hannah fez tudo que uma menina de 10 anos

podia fazer para ajudar. Arrumara suas coisas, cuidara do irmãozinho Ed, levara o café da manhã na cama para a mãe, segurara a mão dela no hospital, mas não havia nada que pudesse fazer para que ela voltasse a voar. A mãe piorou rapidamente, até que, um dia, o pai saiu do quarto e contou a Hannah que a mãe morrera. No fim da peça, quando Hermione abraçou a filha Perdita há tanto tempo desaparecida, Hannah derretera na poltrona como se estivesse nos braços de sua mãe.

De volta à casa de Charlie, Leo achou um pedaço de bolo de gengibre na geladeira e fez chá. Hannah sentou-se com ele na cama enquanto ele lhe mostrava todas as fotos da América do Sul e contava as aventuras com Eleni. Hannah sabia ser boa ouvinte quando necessário. Com paciência, ela o deixou remar tristemente de volta pela história, muito embora fosse a segunda vez que a ouvia, e, quando ele finalmente acabou, houve um longo silêncio. Fitaram-se por um momento.

A noite provocara uma maré inesperada de nostalgia. Hannah olhou o bolo de gengibre intocado. Duas semanas depois de terem soltado o passarinho, Hannah voltara da escola e encontrara na mesa um bolo imenso, em forma de borboleta. Ela ficou se perguntando qual seria a ocasião. A mãe a mandara sentar e servira-lhe uma fatia. "Preciso conversar com você, querida", dissera em voz baixa quando lhe entregou o bolo. Hannah não tinha almoçado e estava faminta. Voraz, engolira o bolo enquanto a mãe revelava que estava com câncer. A única resposta de Hannah fora:

"Posso comer outro pedaço, mãe?" Desde então, os bolos tinham perdido a doçura, pois agora não conseguia dissociá-los da morte.

O rosto de Hannah corou; ela precisava ficar sozinha. Agarrou o casaco, levantou-se e saiu de repente. Alguns segundos de silêncio, o rosto corado e a partida apressada. Poderia ter sido o mais insignificante dos eventos numa amizade, mas Leo pôs no microscópio aqueles poucos segundos e imaginou toda uma cultura de significados ocultos.

Por que ela não rompera aquele silêncio com palavras? O que estava em seus lábios que ela não fora capaz de dizer em voz alta? O que quer que fosse, devia ser embaraçoso, senão por que coraria? E depois, é claro, ela baixou os olhos. Não, espere, foi o contrário, ela baixou os olhos e depois corou; então fitá-lo deve ter sido a fonte da vergonha, e ela teve de desviar os olhos. E a partida dela sem lhe dar nem um beijinho? Ela sempre o beijava ao se despedir. Será que o beijo de repente assumira nova importância? Estaria ela alimentando uma afeição secreta por ele? E, se estivesse, ousaria admitir? Eleni morrera havia apenas três meses. Hannah e Eleni tinham sido amigas. Hannah ousaria passar sobre o túmulo e declarar seu amor? Leo achava que não, o que explicava o silêncio. Então era isso. Ela se apaixonara por ele.

Pela primeira vez desde a morte de Eleni, ele se permitiu pensar em como seria ficar com outra pessoa. Hannah era linda, inteligente e bondosa, mas não conseguia imaginar um relacionamento com ela. Eram pessoas muito diferentes, ela mesma dissera isso: ele era intenso e ela irreverente. Além disso, não havia espaço em seu coração para mais ninguém. Embora estivesse faminto por amor e ternura, tomava cuidado para não confundir fome com afeição. Se fosse começar um relacionamento agora, seria por todas as razões erradas.

Convenceu-se de que não podia amá-la de jeito nenhum, mas não tirava da mente inquieta a ideia de que Hannah estava apaixonada por ele. Toda vez que se encontravam, ele tingia de suspeitas as palavras dela. Ela se entregava com os abraços frequentes, as piadas inadequadas e a disposição aparente de passar longas horas escutando o transbordamento da alma torturada dele. Ela nunca falava de seus sentimentos, mas isso Leo também interpretou como sinal incontestável. Começou até a sentir pena dela; o amor que não pode declarar-se é um fardo difícil de carregar.

Essas ideias começaram a contaminar seu raciocínio. A confusão tomou conta dele. Começou a comparar com o seu o amor não correspondido dela. Leo era tão inatingível para Hannah quanto Eleni fora para ele. Sei pelo que ela está passando, pensou ele com seus botões; talvez possa ajudá-la a lidar com isso.

Ele a convidou para jantar e pediu a Charlie que saísse. Arrumou o apartamento, transformou a cama de volta em sofá e levou a mesa da cozinha para a sala, onde havia mais espaço. Comprou flores e velas para deixar o lugar menos horroroso. Na véspera, pusera para marinar alguns peitos de frango e agora retirou a marinada da geladeira, acrescentou hortaliças para fazer um tajine e deixou cozinhar em fogo lento numa panela de barro. Quando Hannah chegou, ele já tomara alguns copos de vinho.

— Uau, Leo! — disse ela ao entrar. — Eu estava esperando iscas de peixe na cozinha, como sempre. É seu aniversário? Eu esqueci?

— Não, Hannah, só queria lhe agradecer por ser tão boa amiga. — Leo pôde ver que ela ficou comovida. Ofereceu-lhe vinho, mas ela recusou, e ele se serviu de mais um copo. A refeição balançou de uma conversa desajeitada a outra. Hannah estava menos engraçada do que de costume; parecia pouco à vontade e recusou-se a beber, mesmo quando Leo abriu a segunda garrafa e proclamou-a um vinho excelente. O nervosismo de Hannah não preocupou Leo, fazia parte do desafio. Estava lutando com o que sentia por ele, procurando o momento certo de se abrir. Ele lhe perguntou várias vezes se havia alguma coisa sobre a qual quisesse conversar; chegou a perguntar-lhe se encontrara recentemente alguém de quem gostava. Ela não se deixou atrair. Mostrava-se um osso duro de roer. Decidira não confessar de jeito nenhum. Leo teria de adotar uma estratégia mais direta.

O café estava na mesa quando Leo rompeu o impasse insuportável.

— Hannah, você está a fim de mim?

— O quê?

— Quero que saiba que, se está a fim, tudo bem. Quero dizer, sei que há muitas razões para você não dizer nada, por estar tão perto da morte de Eleni e por ela ser sua amiga... mas são só convenções. Quero dizer, as emoções não são convenientes, a gente não pode controlá-las só porque é preciso... elas... elas surgem nas horas mais estranhas e exigem ser ouvidas... aí achei que você devia saber que posso aguentar e estou pronto... podemos, há, sabe, discutir o que você quiser, Hannah.

— Mas eu não estou.

— Não está o quê, Hannah?

— Não estou a fim de você, Leo.

— Sabe, não me importo se estiver. É verdade, está tudo bem, Hannah. Não vou me irritar. Sabe, talvez... olhe, eu amo Eleni, mas posso gostar de você também...

Hannah riu.

— Você nunca vai conseguir nada com frases assim.

— Não estou tentando conseguir nada. Só queria que você soubesse que podemos falar de tudo abertamente... que não faz sentido esconder coisas um do outro. Seremos mais fortes assim.

— De onde é que você tirou essa ideia de que estou a fim de você, Leo?

— Ora, Hannah, não me obrigue a explicar, você sabe por quê. Você deixou tudo tão óbvio...

— Não sei do que você está falando.

— Você corou naquela noite e saiu correndo de repente. Ora, Hannah, sem essa. Eu lhe disse que não me importo. Viu, você está fazendo de novo!

— O quê?

— Você está corando de novo.

— Estou? É porque fiquei sem graça, Leo.

— Ah, graças a Deus, finalmente está disposta a admitir.

— Não, você não entendeu. Estou sem graça porque você entendeu tudo errado. Se corei naquele dia foi porque pensei na minha mãe... na época em que ela morreu. A última coisa que eu queria era chorar no seu ombro, quando eu devia ajudar você a cuidar da sua tristeza. Aí guardei tudo aqui dentro, mas foi demais. Tive de ir embora antes que explodisse.

Leo ficou arrasado.

— Ora, então por que não disse isso na época? — queixou-se.

— Já disse, não achei que fosse adequado — respondeu ela.

— Mas abri meu coração com você e o mínimo que você poderia fazer era abrir o seu em troca... Você estava me protegendo. Devíamos ser iguais. Dei tanto tempo, tanta coisa minha a você, e você não me dá nada em troca.

Hannah estremeceu.

— Como pode dizer isso? Passei horas escutando você, dando apoio... Não sei o que quer de mim... Você está bêbado... conversamos amanhã.

— Quero que você seja honesta pra caralho comigo, como sou com você — gritou Leo.

— Sinto muito mesmo. Já vou indo. Obrigada pelo maravilhoso jantar — disse ela, levantando-se e estendendo a mão para o casaco.

Leo não queria parar.

— Lá vai você outra vez... me protegendo... Não foi maravilhoso, foi uma merda total, cada minuto foi horroroso. Você detestou desde o princípio. Por que não admite? Por que não pode ser honesta pelo menos uma vez na vida?

— Leo...

— Não, não vou parar. Seu problema, Hannah, é que você é só sorriso e petulância. É tudo de mentira. Você nunca deixa ninguém saber em que está pensando. Todo mundo gosta de você, mas ninguém a conhece. É por isso que você não segura os namorados... é porque você se caga de medo de que venham a conhecê-la... e isso não pode, não é, Hannah? É por isso que você sempre sai com panacas que você sabe que vai chutar em poucos meses. Você nunca sairia com alguém que pudesse mesmo amar você e fazer você se abrir, porque tem medo demais. Admita... vamos, admita — Leo tinha se levantado da cadeira, arengando com ela até a porta. Ela chorava, mas ele nem notou.

— Falo com você amanhã — foi tudo que ela disse quando saiu do apartamento. Desceu a escada com Leo gritando atrás dela.

— Se você tivesse sido honesta comigo eu poderia ajudá-la, Hannah. Poderia amar você. Poderia lhe mostrar... se você deixasse. Mas você não ousaria, não é? — Leo chutou a parede.

Hannah se fora. Passou-se algum tempo até que a visse de novo.

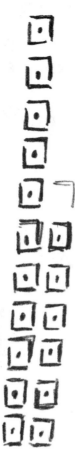

## Anotação nº 70

Examine cada caminho atenta
e deliberadamente.
Experimente-o quantas vezes
achar necessário.
Então faça-se uma pergunta...
esse caminho tem coração?
Se tiver, o caminho é bom;
caso contrário, não serve
para nada.

Carlos Castaneda

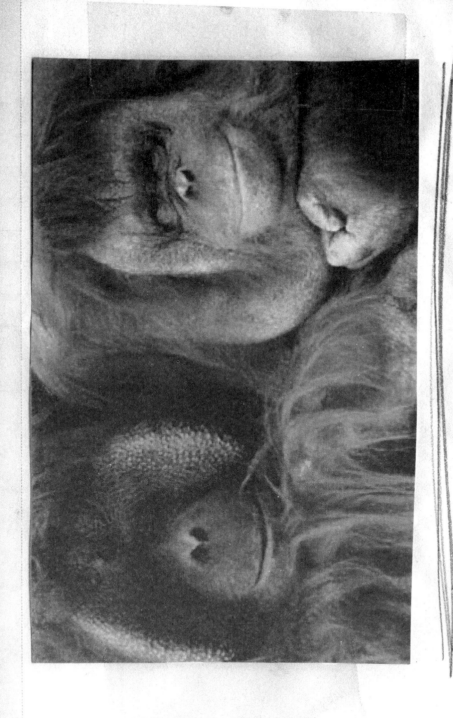

# 17

EU ESTAVA ESTRANHAMENTE EMPOLGADO POR TER sido capturado; minhas cartas a Lotte na época estavam cheias de esperança. Pode parecer estranho, Fischel, mas, na verdade, a captura aumentou imensamente minhas chances de sobrevivência. Pela primeira vez desde o começo da guerra, acreditei que poderia voltar vivo para casa. Havia regras sobre os prisioneiros de guerra. Tínhamos de ser alimentados, abrigados e tratados humanamente. Queria que Lotte soubesse que eu estaria mais seguro atrás das linhas inimigas do que na frente de batalha, e que só teríamos de esperar a guerra acabar e nos casaríamos.

Ainda bem que eu falava russo fluentemente, porque isso inspirou respeito e muitas vezes fui usado como tradutor. Um oficial russo me disse que guardasse minhas cartas até chegar ao meu destino. Lá, seriam aplicados os procedimentos normais para a correspondência de prisioneiros de guerra.

Esses primeiros sentimentos de júbilo logo se frustraram. Os russos ficaram estupefatos com nosso número. Simplesmente não podiam cuidar de nós na zona de combate nem nos transportar rapidamente para a retaguarda. Estávamos entupindo as rotas de suprimento deles e consumindo recursos preciosos, e assim nos fizeram marchar apressadamente pela Galícia e nos deram miseráveis 25 copeques por dia para comprar comida dos aldeões que encontrássemos pelo caminho. Mal era suficiente para sobreviver.

Levamos doze dias para chegar a Lemberg e fui seguido por Király a cada passo do caminho. Não éramos mais obrigados pelas regras da companhia a marchar juntos, mas ainda assim ele me seguia como um cão perdido. A princípio, achei irritante a presença dele, mas o tédio cotidiano desgastou minha resistência e começamos a conversar. Király era um homem que precisava de uma parede para chutar, precisava ouvir-se gritando e se queixando para saber que estava vivo. Se pusessem Király numa praia com uma cerveja e um cigarro, mesmo assim reclamaria. Esse era o jeito dele; quanto mais provocador, mais feliz ficava. Forçava e forçava até fazer a gente se irritar, e aí ria de prazer com a vitória. Aprendi a fazer-lhe a vontade e até a gostar de suas explosões ofensivas. Se argumentasse com ele, ele se cansava de mim, mas, se o insultasse, ele esfregava as mãos e me mostrava os dentes empenados num sorriso torto. Eu não gostava de nada do que ele representava, e ele me desprezava pelas minhas "patéticas tendências românticas", como dizia. Assim cresceu a amizade, nascida do ódio mútuo.

Em Lemberg havia um entroncamento da ferrovia de Kiev e fomos levados no trem de carga até uma enorme estação de prisioneiros de guerra perto da cidade, onde os tchecos, eslovacos e eslavos do sul foram separados e transportados para campos próximos. O resto de nós fomos levados como gado para vagões de carga e mandados mais para leste. Esses *teplushka*, como eram conhecidos, tinham sido equipados com algumas tarimbas, um fogão e um solitário balde-latrina. Éramos quarenta em cada vagão, feridos e não feridos misturados. Ficamos semanas nesse trem, amontoados como galinhas, cozendo no fedor dos nossos excrementos. Todos os insetos imundos, picantes, rastejantes e voadores da Rússia pareciam farejar o caminho do nosso *teplushka*. As paredes eram um desfile de baratas e moscas. Havia piolhos, carrapatos e varejeiras que se precipitavam para dentro e para fora do balde da latrina e espalhavam partículas invisíveis de excremento sobre todos nós, causando doenças e enfermidades. Meu corpo ficou coberto de feridas e coceiras misteriosas e, como sempre, fui o primeiro a ter diarreia e vômitos, o que, naturalmente, tornou mais intolerável o nosso inferno íntimo. Pensei na carta de Lotte em que ela escrevera sobre a necessidade de manter a dignidade. No *teplushka*, a coisa mais digna que um homem podia fazer era manter o bom humor e o moral pelo bem dos outros.

Assim, cantávamos, contávamos piadas e trocávamos anedotas sobre nossos desastres em campanha. Estas últimas costumavam ser contadas com uma despreocupação que mascarava o horror dos fatos.

Às vezes ficávamos dias parados em desvios sem nada para comer, imaginando que tínhamos sido deixados para morrer. Então, sem aviso nenhum, as portas se abriam, um guarda jogava um pouco de pão preto lá dentro, rolávamos um ou dois cadáveres em troca, esvaziávamos o balde supurado e o trem voltava a sacudir-se em frente. A viagem para o leste foi interrompida por várias paradas, nas quais éramos colocados em alguma cervejaria ou teatro adaptado enquanto os pequenos burocratas martirizavam-se sem saber o que fazer conosco. Inevitavelmente, dali a mais ou menos um mês estávamos de volta à ferrovia transiberiana. Certo dia, em novembro, o trem deu uma parada guinchante e definitiva, e pude ouvir vozes gritando pela plataforma. As portas se abriram, uma lufada de ar frio entrou e mais uma vez saímos de cambulhada para a desacostumada luz do dia.

— Onde estamos? Já chegamos? — perguntávamos uns aos outros. Olhei em volta e vi o nome Sretensk escrito em cirílico numa placa da estação. Nunca ouvira falar, mas tinha certeza de que estávamos em algum lugar da Sibéria. Passaram-se vários dias até percebermos que estávamos no triângulo onde o nordeste da Mongólia, a China e a Rússia se encontram, na província de Chita, uns sete mil quilômetros a leste de Moscou. Eu estava a meio mundo de Lotte.

\* \* \*

O campo de prisioneiros de guerra de Sretensk era um acampamento de verão sem uso projetado para algumas centenas de soldados, mas logo seria o lar de dez mil austro-húngaros. O acampamento tinha duas partes: o quartel militar na cidade propriamente dita e uma série de prédios decrépitos de madeira e tijolo na margem oposta do rio Shilka. Fui levado para esta última, e o mais espantoso de nossa chegada ali foi que o lugar estava vazio. Éramos os primeiros a chegar e, pela aparência do chão empoeirado e não varrido, ninguém estivera ali havia muito tempo. As instalações também não eram lá essas coisas: as cozinhas não tinham equipamento suficiente e não havia camas para todos nós. A única fonte de água era o rio congelado, por onde se ia descendo a margem íngreme e escorregadia com um martelo e um balde. A situação dos banheiros não era melhor que a do trem. Parecia que não tinham feito nenhum preparativo para nós; nem os guardas conheciam direito o lugar.

Para dormir, havia duas longas plataformas de madeira, uma acima da outra, correndo pelas paredes. Essas plataformas eram nossa cama, com algumas escadas dando acesso à tarimba de cima. O dormitório também era a sala de jantar e de visitas. Deitei-me com Király na tarimba de baixo e o espaço era tão pouco que todos tínhamos de dormir de lado, como colheres numa gaveta, os joelhos enfiados sob o traseiro do vizinho. Estávamos loucos de sede naquela primeira noite depois da longa viagem, mas, sem água, algum almofadinha esperto teve a ideia de quebrar pedaços de gelo das janelas e lá ficamos, lambendo pirulitos de água feito crianças crescidas, e houve muita alegria e música. Mas a realidade logo nos atingiu e as agruras da sobrevivência diária nos roubaram o bom humor.

Às vezes recebíamos ordens de trazer água do rio ou cortar troncos, ambas tarefas exaustivas na temperatura abaixo de zero. Fora isso, ficávamos sem ter muito que fazer além de fumar e esmagar os piolhos que entravam pelas roupas e jogá-los no chão. O fedor vil de mingau de trigo sarraceno, fumo velho, roupa molhada e homens imundos impregnava tudo. Mas, quando abri a janela para limpar o ar, uma lufada de vento gelado siberiano percorreu o prédio e condensou-se imediatamente num vapor enevoado que se instalou sobre a roupa de cama e a deixou molhada. Os homens ficaram furiosos comigo e a janela nunca voltou a ser aberta, e assim passamos o inverno todo adubados em nossos sucos rançosos.

Tinha esperanças de conseguir no mínimo me manter limpo, mas a casa de banhos era controlada por um guardinha russo chamado Spansky que não deixava ninguém entrar sem lhe dar uma gorjeta. Alguns soldados, principalmente os cabos e sargentos, podiam pagar todos os dias, mas a maioria de nós só ia de vez em quando, alguns nunca. Quando ficava desesperado, eu derramava chá numa flanela e me limpava com ela.

Na Rússia, corrupção e suborno eram meio de vida, e o campo de prisioneiros não era diferente. Quem tivesse dinheiro conseguia comprar até manteiga e açúcar dos guardas. Custou-me metade do soldo semanal subornar o carteiro para que fizesse seu serviço e mandasse uma carta para mim. Escrevi mais cartas do que tinha dinheiro para mandar. Pelo menos, enquanto escrevia essas cartas desperdiçadas, sentia-me ligado a meus entes queridos, ainda que na verdade isso fosse ficção. Todo mês eu escolhia uma carta para mandar e guardava as outras, caso houvesse oportunidade de mandá-las depois. Nem o suborno garantia a entrega; o correio era sabidamente ruim e todas as cartas eram censuradas. Os pacotes que chegavam vinham sempre abertos, sem metade do conteúdo. Durante todo o tempo que passei em Sretensk, só recebi uma carta, e veio dos meus pais. Diziam que a vida sob o controle dos russos era muito difícil e que os judeus velhos que ficaram eram tratados como espiões e, com frequência, linchados. Que os camponeses poloneses tinham se mudado para as propriedades judias vazias e que, até que os austríacos retomassem a Galícia e os judeus voltassem, esses camponeses recusavam-se a ir embora. Que havia processos em andamento na justiça, mas que agora o clima de intimidação e hostilidade dilacerava a comunidade. As acusações de traição e roubo voavam em todas as direções. A pior parte disso tudo foi que, durante a ocupação, a mansão Steinberg se tornou alojamento de oficiais russos e, em maio, puseram fogo nela antes de recuar. Os Steinberg tinham voltado e encontrado a casa em ruínas e todas as suas posses desaparecidas. Agora moravam na fábrica, enquanto o Sr. Steinberg tentava reconstruir a empresa. Meus pais disseram que não se sentiam mais seguros, mas que tinham algumas notícias boas, que todos os meus irmãos e irmãs estavam sãos e salvos em Berlim. Disseram que tinham me mandado roupas quentes e bombons Sarotti, que devem ter sido roubados no caminho, pois o pacote estava vazio.

    O tempo foi desacelerando até arrastar-se, e caí cada vez mais fundo na depressão. O dia e a noite se fundiram num ciclo de tédio interminável. Não havia nada que distinguisse um dia do outro. Comecei a duvidar que um dia voltaria a ver Lotte. Ulanow podia ter retornado às mãos austríacas, mas não havia sinais de rendição. Minha mente grudou-se em Lotte como um afogado se agarra à jangada. Revivi todos os momentos que passei com ela, refiz todos os passos de todos os passeios ao longo do San, recordei todas as conversas repetidamente até a cabeça doer e as lembranças se fundirem umas às outras. Agarrei-me a suas cartas e li-as e reli-as, cavando cada vez mais fundo cada palavra para ver o que havia atrás dela. Tentei imaginar onde estaria sentada quando escreveu aquelas palavras, a posição das pernas, a curva do corpo, o ângulo das mãos com o papel, a queda do cabelo. Vivi suas cartas até o ponto-final. Fiz as malas com ela e carreguei a carroça quando partiu de Ulanow, e avancei pela lama a seu lado, preocupando-me com ela quando escorregou. Ri com ela quando o pai vendeu as peles da carroça. Deitei-me com ela sob o couro de urso e me afundei em sua pele de aroma doce. Ela impregnava meus sonhos.

Então comecei a ter estranhos efeitos colaterais físicos. Achei cada vez mais difícil engolir. Meu estômago dilatou-se e eu não conseguia defecar. Logo comecei a balbuciar e ter febre alta. Parei de me levantar da cama pela manhã. Quando finalmente acordei com o torso coberto de pontos vermelhos, soube que estava com tifo. Minha grande sorte foi que, como sempre, fui um dos primeiros a ser atingido pela epidemia, pois pelo menos me deram um leito adequado. Os que pegaram a doença depois não tiveram tanta sorte. Vi-me no prédio do hospital. Não sei como fui parar lá, porque nessa época já estava delirante e obcecado. Lotte voava e regirava diante de mim. Às vezes estava dentro de mim, às vezes estava morta; numa hora comia minhas entranhas como um cão raivoso, noutra me acariciava. Tive um ou outro momento de lucidez, em que via os outros pacientes deitados no chão ou encostados na parede perto da minha cama esperando que eu morresse, porque, na verdade, eu declinava lentamente. Certa noite, um fogo ardeu dentro de mim e vi Lotte em chamas, um calor tremendo passou queimando por mim e meus pulmões se obstruíram de fumaça. Mal conseguia respirar; tinha de fugir. Todos os meus poros ansiavam por água e frio. Devo ter rolado da cama e me arrastado até a porta, ofegando pelo vento siberiano gelado para me resfriar, pois num relâmpago percebi que estava na entrada do prédio e o hospital estava em chamas. Um servente me achou e me levou para um lugar seguro. Havia grande clamor e gritos e o campo acordou de seu sono. Usaram todo o suprimento de água para combater o fogo, mas não foi suficiente para extingui-lo. Os homens correram até o rio e quebraram a camada de gelo que se formara durante a noite. Içaram água de balde em balde, passando-os de mão em mão até o hospital. Mas, quando chegaram lá, nosso hospital já fora totalmente arrasado. Nunca foi reconstruído.

No dia seguinte, me puseram numa enfermaria improvisada que tinham preparado em alguns cômodos. O novo leito ficava junto a uma janela que dava para o morro atrás do campo. Vi um homem puxando um trenó rumo a uma cabana de madeira afastada, morro acima. A princípio, foi difícil perceber exatamente o que havia no trenó porque a camada de gelo na janela era tão grossa que deixava tudo borrado, mas, quando o homem chegou à porta, inclinou-se e, com grande esforço, arrastou a carga pela neve e rolou-a para dentro da cabana. Pelo peso e pelo formato, percebi que era um corpo. Mais acima, no morro, uma fogueira queimava dia e noite. No dia seguinte, chegaram mais trenós na cabaninha e mais corpos foram empilhados lá dentro. O trânsito aumentava sem parar e aí, dali a mais ou menos uma semana, um grupo de homens levando pás marchou morro acima, até onde o fogo ainda ardia. O chão congelado tinha derretido o bastante para que enfiassem as pás no solo. Assim, apagaram o fogo, abriram uma vala comum e, sem cerimônia, esvaziaram nela os cadáveres agora rígidos da casinha.

Eu estava tão perto da morte que os serventes já tinham vasculhado meus bolsos para ver o que valia a pena roubar e Király veio me prestar suas homenagens. Era uma coisa temerária a fazer — ninguém em sanidade perfeita visitaria a enfermaria de tifo por medo de pegar a doença

—, e o aparecimento de Király foi muito comovente. Pela primeira vez na vida, chamou-me pelo primeiro nome.

— Moritz, seu imbecil estúpido — disse ele —, maldito seja o dia miserável em que tive o infortúnio de conhecê-lo. Você sempre foi um bosta inútil e agora vai ser um bosta inútil e morto. Vão enfiar você naquela fossa no morro com o resto dos seus compatriotas de tripa podre e não vou ficar triste porque você se foi. Não, Moritz, não vou sentir sua falta nem um minuto. Ainda assim, vim lhe dizer adeus e foda-se... Então, você não tem nada para dizer, seu canalha, ou vai simplesmente ir embora sem nem uma palavrinha?

Eu tremia incontrolavelmente e algo que parecia uma faca se apertava contra os meus rins. Não conseguia falar, mas consegui erguer a mão e lhe mostrar o dedo médio levantado. Király ficou felicíssimo.

— É esse o espírito, Moritz! — rugiu, e saiu rindo da enfermaria...

Ah, céus... falar nisso traz de volta os sintomas... Fischel, por favor, me alcance a escarradeira... obrigado, meu rapaz... urgh... olhe para o outro lado... Desculpe. Talvez você pudesse me trazer um balde e um pano. Estou suado, preciso me resfriar... obrigado. Ah, Fischel, você poderia trazer Dovid e Isaac? Gostaria de vê-los.

## Anotação nº 25

A enguia é arrastada, contra a vontade, do seu lugar de nascimento no Mar dos Sargaços, perto das Bermudas, por uma grande corrente marinha. Acaba chegando à Europa, a milhares de quilômetros de distância, onde amadurece na água doce dos rios, às vezes subindo até o alto dos Alpes ou chegando ao Mar Negro. Mas, vários anos depois, a ânsia de voltar para casa e reproduzir-se fica insuperável. Usando algum sistema de navegação desconhecido, as enguias saem dos lagos e ondulam pelos campos, se for preciso, até encontrar um rio que as leve até o mar. Lá param de se alimentar e nadam o mais depressa possível. Em seis meses estão de volta ao Mar dos Sargaços. Finalmente se reproduzem e, depois, talvez porque a obra de sua vida se realizou ou por causa da exaustão, morrem.

# 18

Ah, meus três meninos, fico contente de estarem todos aqui. Venha, Fisch, passe-me Izzy. Lá vem você, pequenino. Deite-se aqui. Sempre dormindo, com tanta rapidez. Menino de sorte... Dovid, pode brincar com seu trenzinho ali no canto, se quiser. Vocês dois pequeninos não entenderão nada além de que são amados, mas você, Fischel, precisa prestar atenção e explicar aos seus irmãos quando forem mais velhos e, com o tempo, a seus próprios filhos. Então, onde eu estava? Não consigo me lembrar. Ah, sim, Sretensk. Deitado naquela cama em Sretensk, nunca estive tão longe de Lotte e tão perto da morte. Os cadáveres se empilhavam junto à minha janela, havia moribundos no chão, ao lado da minha cama, até debaixo dela, esperando que eu fosse jogado no monte para que tivessem a última sensação de um colchão antes de se unirem a mim. A guerra ainda fervia, sem fim à vista. Havia muitos que achavam que não terminaria antes de morrerem e que passariam o resto da vida na Sibéria. Eu fitava o túnel da morte e ele não me parecia sem atrativos. A dor que sentia era tão forte que estava disposto a dar a vida para fazê-la parar. Caí num estranho estado de inconsciência que não era coma nem sono. Senti-me subindo pelo espaço, a dor se fora e lá de cima conseguia me ver deitado no leito. À minha frente havia uma luz brilhante, tão brilhante, na verdade, que era impossível olhar para ela. Senti que estava me acelerando naquela direção, deixando meu corpo bem para trás.

Sabe, já ouvi falar de pessoas que chegaram perto da morte e que viram a vida toda passar diante delas, mas para mim foi diferente. Vi crianças, dúzias delas. Estavam nuas, os olhos tão límpidos quanto a água da montanha, e sua beleza era indescritível. Primeiro achei que eram os anjos e querubins do céu, mas aí começaram a me chamar "Papai, Vovô, Bisavô", e entendi que essas crianças eram meus filhos e meus netos e os filhos dos meus netos. Não pareciam ser como hoje sei que vocês são, mas entre elas havia um Fischel, um Dovid e um Isaac. Essas crianças, vocês, eram o meu futuro, e eu sabia que precisavam de mim. Tentei estender os braços e abraçá-los, mas, embora me movesse em sua direção e vocês estivessem em pé, parados, não consegui tocá-los. Percebi que nunca os alcançaria dessa maneira. Eu tinha de voltar. Tinha de viver.

Às vezes o futuro nos visita e nos diz o que deveríamos ser. Achamos que temos o controle do nosso destino, que caminhamos rumo a ele. Achamos que seguimos nossa ambição, mas talvez seja ao contrário e nosso futuro esteja nos içando como um peixe na ponta da vara. Com certeza é assim que me parece e agradeço a vocês por isso. Quando recuperei os sentidos, não havia dúvida em minha mente de que sobreviveria. Eu saíra do buraco e estava cheio de energia. Não esperaria que a guerra acabasse; fugiria e encontraria o caminho de casa. Partiria assim que tivesse forças.

Com a chegada da primavera, uma nova perspectiva de vida surgiu no campo. Os homens tinham se resignado à estada prolongada. As notícias da frente de batalha falavam de impasse. No oeste, tinham cavado trincheiras e os franceses e britânicos travavam batalhas imensas com os alemães por poucos metros de território. No leste, os russos tinham sido expulsos da Polônia, mas os alemães não tinham recursos para avançar.

Tínhamos tanto tempo nas mãos que um tipo de universidade surgiu em Sretensk. Praticamente tudo se ensinava ali, de história a engenharia. Ensinei russo aos alemães, os alemães ensinaram alemão aos húngaros, mas ninguém queria aprender húngaro. Aprendi a esculpir madeira e a fazer armários com um marceneiro vienense. Fiz essa cadeira em que você está sentado, Fischel, e aquele guarda-louças ali; na verdade, tudo que faço na oficina aprendi em Sretensk. Os livros inundavam os campos de prisioneiros vindos das várias agências da Cruz Vermelha e pudemos organizar uma pequena biblioteca. À noite, ouvíamos o coral do campo ou assistíamos a peças de teatro, coisa que eu nunca vira antes.

Tínhamos debates políticos e jogávamos todos os jogos de cartas e de tabuleiro conhecidos da humanidade.

Eu ainda estava fraco e não conseguia fazer nenhum trabalho duro, mas, em maio, quando veio o degelo, Király e muitos outros foram mandados para construir estradas ou trabalhar em fazendas. Esses homens mantiveram viva a economia siberiana na ausência dos trabalhadores russos que ainda estavam na frente de batalha. Também mantiveram as mulheres felizes. Király voltava de suas estadas na fazenda com histórias chocantes das camponesas que deflorara nas medas de feno... Ah, você acha engraçado, não é, Fischel? Você também entenderá esses prazeres bem depressa; embora vá ter de se afastar alguns quilômetros de Berlim para encontrar uma meda de feno. Király dizia que alguém tinha de fazer isso enquanto os rapazes russos estavam na guerra. Parece que as mulheres siberianas eram muito menos pudicas que as europeias, afirmativa confirmada por muitos homens, em especial uma certa raça de macho húngaro que se orgulhava de ser um conquistador voraz. Király insistia que nenhum homem era homem a menos que exercesse sua função sexual. Eu achava as histórias dele divertidas e educativas, pois nunca seduzira uma mulher e Király tinha muito prazer em divulgar os detalhes.

    O alemão de Király melhorou muito em Sretensk; era incomum que camponeses húngaros falassem alemão e mais raro ainda que fossem fluentes. Fiquei me perguntando onde é que ele aprendera. Descobri que a mãe era austríaca, daí o nome Frantz. O pai era um homem cruel que o surrava até desmaiar quando criança, antes de trocar sua mãe por outra mulher quando Frantz tinha 12 anos. A mãe tornara-se alcoólatra, eles ficaram sobrecarregados de dívidas e a casa caiu no abandono. Ele entrara para o exército assim que pôde.

Eu me preparava, ficando mais forte a cada dia. Trabalhava na cozinha fazendo kasha, que era a base da nossa dieta. É uma sopa de trigo sarraceno enriquecida com gordura de porco. Não fique tão chocado, Fischel, todos os judeus comiam; o homem faminto tem de comer. Eu comia até os restos, porque tudo que queria era ficar forte. Fiz isso por Lotte. Fiz tudo por Lotte. Não era saudável, mas me mantinha vivo. Eu ainda escrevia dezenas de cartas, que nunca eram enviadas. Estava guardando dinheiro para a fuga; além disso, o serviço postal russo praticamente desmoronara e eu não tinha o endereço dela depois que a casa pegou fogo. As cartas eram ainda mais saudosas e apaixonadas, já que eu sabia que ela nunca as leria.

*Querida Lotte,*
*Durante uma semana inteira pensei apenas na curva de sua bochecha e na abundância de seus lábios...*

*Querida Lotte,*
*Lembra-se daquela vez em que a neve ficou tão funda que os Kaminsky não conseguiram abrir a porta da frente e passamos horas jogando bola morro abaixo?*

*Queridíssima Lotte,*
*Por favor, espere por mim, por Deus, espere por mim. Estou louco por você. Não vá com outro homem, por favor, eu morreria se você fosse.*

*Querida Lotte,*
*Na noite passada enterrei o nariz na pele macia do seu colete onde seu corpo já se deitou, e respirei-a...*

Estava ensinando Király a jogar xadrez e passávamos muitas horas jogando e discutindo. Eu sempre vencia as partidas, mas quase sempre perdia a discussão. Quase nunca conseguia entender as razões de Király, e aí o desafiava durante o xadrez.

Certa vez lhe perguntei:

— O que você pensa no momento mais silencioso do meio da noite? No último momento antes de dormir?

— O quê? Do que você está falando? — Ele ponderava a próxima jogada.

— Sabe, aquela ideia que suporta todas as outras, aquela da qual a gente nunca escapa. Aquela que é você — sondei.

Király ergueu os olhos do tabuleiro por um instante e refletiu.

— Penso na morte. Vejo a morte no rosto dos homens, vejo-a na neve e vejo-a nos campos de batalha rubros de sangue da Europa. Até eu sou morte. Estou vivo, mas sou morte, minha vida é inútil, um desperdício. Cavalo come peão.

— Então, por que viver? Para quê? — perguntei.

— Ah, é só um mau hábito que tenho — respondeu ele. — Jogue, você está perdendo. — A posição dele era muito mais fraca do que ele pensava, e o pus em xeque. — Hum... — ponderou — ... não vi isso. — Depois, virou-se para mim, como eu sabia que faria. — E quanto a você, nem precisa me contar, o campo todo sabe, é essa sua maldita Lotte. Escrevendo cartas para a neve. Perda de tempo. E, se um dia voltar para casa, o que o faz pensar que ela não se casou com outro? Provavelmente está fodendo com alguém bem agora, igualzinha a essas mocinhas russas.

Desculpe minha linguagem, Fischel, foi tão chocante para mim na época quanto é para você agora. Não consegui esconder minha fúria.

— Meu Deus, Frantz, você é um porco mesmo! — gritei. — É verdade que vivo de esperança. Por que não? Todo dia vejo a beleza dela, enquanto você apodrece no inferno. Você vai me dizer que estou iludido, mas todos estamos iludidos de um modo ou de outro. A questão é saber qual é a melhor ilusão.

— Ho, ho — zombou Király. — Moritz, o sonhador. Um dia o vento abandonará suas velas e você verá o mundo tal qual ele é.

— Talvez, mas não estarei aqui quando acontecer. Tenho de encontrar Lotte antes que meu coração se parta.

Eu nunca deveria ter dito tal coisa diante de Király: foi combustível para o fogo dele. Ele soltou uma gargalhada.

— E o que você vai fazer? Fugir? Da Sibéria? Está maluco. Vai morrer na nevasca, como todos os outros sonhadores antes de você. Não vê? Os guardas nem vão persegui-lo; você será apenas um a menos para dar trabalho. Moritz, você não pode fazer isso porque é impossível.

Ele baixou os olhos para o tabuleiro e percebeu que estava perdido, mas ganhara a discussão. Estava certo: era impossível.

Havia duas maneiras de fugir: para o sul, rumo à China, ou para oeste, cruzando a Rússia. Fôramos avisados por nosso próprio governo para não tentar ir para a China, porque seríamos capturados e muito mais maltratados do que pelos russos. Os boatos diziam que os buriates da Mongólia eram tão impiedosos que nos matariam por um botão de prata. Não podíamos saber se era verdade ou não, mas com certeza seria fácil identificar um branco na China. A maioria das tentativas de fuga até agora tinham sido para oeste e, no verão de 1916, nenhuma fora bem-sucedida. Os que partiram no inverno foram encontrados congelados a poucos dias de caminhada do campo. Os que fugiram depois do degelo foram roubados pelos cossacos e trazidos de volta ou capturados por policiais subornados por aldeões russos hostis às potências centrais. Eu só tinha uma vantagem sobre todos os que fracassaram, que era falar russo. Eu me prepararia e esperaria a hora certa.

Enquanto o inverno se aproximava, houve uma sensação de inquietude entre os guardas da prisão. A inflação era tão alta que o soldo perdia o valor. Os produtores de trigo da Sibéria começaram a guardar o grão porque não era mais lucrativo vendê-lo e, em consequência, a Rússia europeia, que dependia deles, começou a passar fome. Quando as coisas começaram a ir mal em Moscou e Petrogrado, puseram a culpa no tsar. Até o exército perdia a fé nele. Os soldados da linha de frente estavam desmoralizados e mal equipados. Imagine, Fisch, alguns deles lutavam descalços.

Agora recebíamos propaganda bolchevique escrita em alemão e húngaro e dirigida especificamente aos prisioneiros de guerra. Viam-nos como aliados naturais na luta contra a nobreza da Europa. Nossos debates políticos durante os longos meses de inverno ficaram muito acalorados. Muitos prisioneiros e guardas eram simpáticos à causa do bolchevismo. Começaram a se organizar e a falar de revolução. Era apenas entusiasmo vazio; nunca aconteceria, no que me dizia respeito. O tédio da vida no campo costumava levar o debate a extremos. Eu concordava com a crença bolchevique de que o trabalhador virara um brinquedinho da aristocracia dona de terras, mas achava que o povo da Europa estava enjoadíssimo da guerra e não tinha estômago para travar também uma guerra civil.

Como eu estava errado! Em março de 1917, estávamos no dormitório comendo *kasha* quando um prisioneiro austríaco ativista entrou correndo. Vinha da cidade e estava sem fôlego de tanta empolgação.

— Camaradas — anunciou —, a revolução está no ar. Acabei de saber que o tsar abdicou. — A sala explodiu em gritos de júbilo; vieram outros homens correndo dos outros dormitórios até o nosso ficar cheio até o teto. Todos queriam saber se isso significava que a guerra acabara. O austríaco impôs ordem à sala com um aceno de mão.

— Não — disse ele. — Foi declarado um governo provisório, mas vejam quem são os novos ministros: príncipe Lvov, Miliukov, Gutchkov e Kerenski. Todos membros da duma do tsar e ávidos de poder. Mas quem são eles, na verdade, senão títeres da classe dominante? Isso não é revolução, mas sim um golpe palaciano burguês. Não haverá reforma agrária. Kerenski pode intitular-se líder do partido socialista revolucionário, mas na verdade não é melhor do que o tsar, porque também pretende continuar essa guerra inútil, também promete usar os trabalhadores como bucha de canhão. A guerra ainda ferve. Milhões estão mortos. Nossa única esperança são os bolcheviques. Agora é só questão de tempo antes que assumam o controle. A cada dia os bolcheviques conseguem mais apoio. Estão conclamando todos os soldados russos a pararem de lutar e a se unirem aos operários na grande luta. Os oficiais e os proprietários de terra são inimigos de classe, não se deve obedecer às suas ordens. Quando os bolcheviques tomarem o poder, prometeram libertar todos os prisioneiros de guerra, para que também possamos nos unir à revolução. Só os bolcheviques darão fim a essa guerra inútil. Chegou a hora de eliminar as classes dominantes da Europa, que transformaram nossa vida numa miséria tão grande há tanto tempo.

Um prisioneiro no fundo da sala gritou:

— Longa vida aos bolcheviques, longa vida à revolução! — E uma multidão de vozes repetiu o grito. Nisso, os guardas já tinham sido alertados e estavam à porta, sem serem notados.

Frantz Király estava em pé.

— Propaganda. Bobagem — berrou. — Os bolcheviques terão sorte se tomarem Moscou, mas vão levar anos para chegar à Sibéria. E ficaremos aqui para sempre.

— Não deem ouvidos a esse idiota. Vamos para Moscou. Quem está comigo? — retorquiu o austríaco.

Houve um alvoroço enquanto os homens discutiam.

Um alemão tomou a frente.

— Por que nos uniríamos ao operário russo, quando ele é nosso inimigo? Não, o que devemos fazer agora é atacar de surpresa e assumir o controle do campo. O regime russo está se enfraquecendo; imaginem se todos os campos da Sibéria fossem derrubados: estaríamos fazendo um serviço à pátria. Poderíamos ser um exército de um milhão de homens. Isso apressaria o fim da guerra.

Houve um clamor de aprovação. Os guardas não nos entendiam, mas o clima estava ficando quente demais para eles, que forçaram a entrada e um deles atirou para o ar. A sala ficou em silêncio. O guarda falou em voz tranquila e firme. Ninguém o entendeu, mas a sensação de ameaça era clara.

O austríaco perguntou se alguém sabia traduzir e Király me empurrou à frente.

— Ele disse: tentem fugir se quiserem e, se não forem atingidos por nós, morrerão na neve. Ninguém jamais sobreviveu lá fora.

Com o passar do dia, assistimos a discussões entre os guardas. Alguns não recebiam havia semanas e simplesmente foram para casa. Havia muitos boatos, e o velho coronel, totalmente tsarista, mandou reunir os homens e ordenou-lhes que permanecessem leais ao antigo regime. Houve tamanha confusão que nenhum dos guardas cumpriu o serviço normal. Era a chance que eu esperava. Naquela noite, enquanto os prisioneiros dormiam, preparei minha mochila. Conseguira roupas civis com a Cruz Vermelha e roubara dois grandes salames e um pouco de *kasha* na cozinha.

Király me viu e cochichou:

— O que está fazendo?

— Vou embora. Vou sair andando direto pelo portão da frente. Não há ninguém lá — falei, entusiasmado.

— Não seja bobo, Moritz, aonde diabos pretende ir? Estamos em março. Ainda está gelado e estamos a quilômetros de algum lugar. Só um doido sonharia em fugir. Você ouviu o que o guarda disse. Você vai morrer lá fora. Aqui pelo menos há um teto sobre a sua cabeça.

— Prefiro morrer lá fora tentando voltar para casa a apodrecer aqui esperando que os bolcheviques nos libertem, porque pode nunca acontecer. Agora é a hora de ir; o lugar está uma bagunça, ninguém sabe o que está acontecendo nem a quem ser leal. Não vão se preocupar com um fujão nos próximos dias — argumentei.

— Não deixe a esperança cegá-lo — rogou Király. Mas eu não ia lhe dar mais ouvidos. Peguei a mochila e saí. Frantz veio aos trambolhões atrás de mim e me agarrou o braço. — Espere, Moritz... você não pode partir sem mim — implorou.

Fiquei espantado.

— O que quer dizer?

— Vou com você — disse ele.

— Não estou lhe pedindo que venha, Frantz. Além disso, você acha a ideia estúpida.

— Por favor, Moritz, por favor, deixe-me ir. — Ele puxava o meu casaco.

Era extraordinário ver aquele homem grande e imbecil reduzido a se arrastar feito criança. Ele não fazia isso desde que o pai o abandonara quando era menino. Os olhos se suavizaram, a rispidez abandonou a voz.

— Vou enlouquecer aqui sem você — disse, desamparado. — Não tenho amigos, Moritz, você é o único. Estou morto sem você. Levo o tabuleiro de xadrez, tenho de vencê-lo pelo menos uma vez na vida.

Pensei em todas as razões para Király ser uma terrível desvantagem. Não sabia russo, era agressivo e se queixava o tempo todo. Mas eu estava assustado e não queria ir sozinho, então cedi.

— Tudo bem — concordei. — Pegue suas coisas.

Ele ficou tão contente que pôs os braços em torno de mim e me abraçou, como um menininho. Então, disparou de volta ao dormitório, furtou o que pôde dos homens adormecidos, encheu a mochila e voltou a mim com um enorme sorriso no rosto. Nunca o tinha visto tão feliz.

Seguimos nosso caminho pela entrada sem guardas do campo e escapulimos pela noite branca da Sibéria. A partir daí, cada passo me levaria para mais perto de Lotte. Meu coração dançava.

## Anotação nº 19

Os pinguins-imperadores caminham juntos terra adentro e percorrem quilômetros da terra desértica e congelada da Antártica. Então, nalgum lugar desolado, copulam, e os machos têm de carregar entre as pernas os preciosos ovos enquanto as fêmeas vão procurar comida. Quando a temperatura cai, os machos se aglomeram para compartilhar o calor do corpo e se revezam para enfrentar o vento gelado e a noite sem fim do inverno.

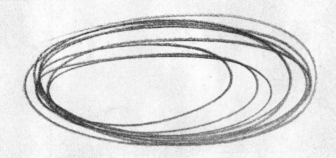

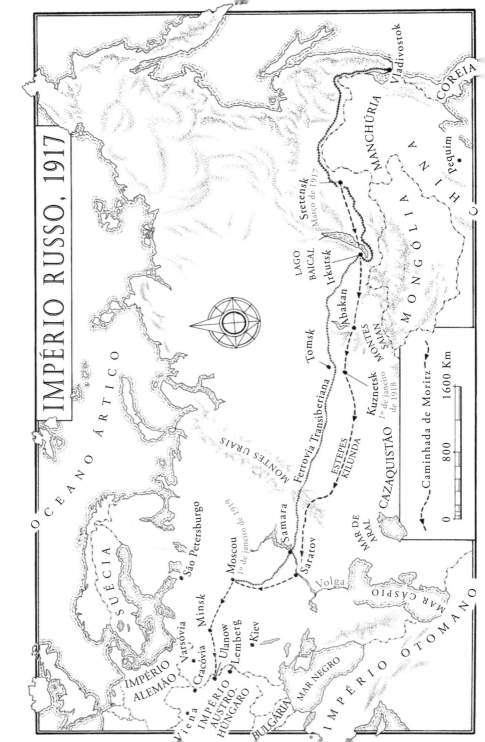

# 19

AGORA, FILHO, PEGUE O MAPA DA RÚSSIA. BOM menino. Procure o lago Baical, é fácil de ver... uma meia-lua azul acima da Mongólia. Agora meu plano era chegar à cidade de Irkutsk, a oeste, e a maneira mais rápida era cruzar o Baical enquanto ainda estivesse congelado. Senão, teríamos de andar mais trezentos quilômetros para dar a volta. Acredite ou não, ele só descongelava em maio e ainda tínhamos dois meses para chegar lá. Em março, quando partimos, a temperatura ainda podia cair até 20 graus negativos, embora um siberiano dissesse que estava esquentando, porque em janeiro chegava a 40 graus negativos. O pior já passara, mas o frio ainda era uma grande ameaça. Olhando para trás, eu diria que a época da fuga foi propícia, porque, dias depois de escaparmos, o governo provisório ordenou o cruel endurecimento da segurança nos campos de prisioneiros de guerra e deu início a uma violenta campanha contra os alemães. Os boatos diziam que os prisioneiros fugidos seriam mortos ou, pelo menos, torturados. Se nos ouvissem falando alemão, seria o nosso fim.

Não fazia dez minutos que tínhamos partido e Király sugeriu que passássemos a noite em Sretensk. Tinha algumas contas a acertar com a jovem esposa de um cúlaque cuja safra colhera na ausência do marido. Eu já me arrependia da presença dele. Mal tínhamos saído do alcance do campo e já estávamos brigando e discutindo.

— Foi essa a verdadeira razão para você querer vir? Para se divertir com uma camponesa russa? Estaremos de volta aqui pela manhã se formos à cidade. O lugar está apinhado de soldados — berrei.

— Você não entende, seu polonês estúpido, judeu, filho de um sapateiro preguiçoso? Ela vai nos dar comida. Até onde conseguiremos chegar com duas linguiças de bosta e um cantil de *kasha*?

— Não é comida que você quer, seu pilantra mentiroso, são os encantos femininos, e está disposto a pôr minha vida em risco para obtê-los, porque não dá a mínima para ninguém, só para si mesmo. Eu já devia saber disso quando você me viu matar Jerzy Ingwer. O que eu tinha na cabeça quando deixei você fugir comigo? Você me mataria para roubar meu colete. Para mim, você é pior do que o inimigo — praguejei.

— Admito, Moritz, quero dar isso a ela. Assim como você também quer dar isso a Lotte. É claro que quero. O que há de errado nisso? A única diferença é que você vai ter de andar dez mil quilômetros para afogar seu ganso e eu posso afogar o meu bem aqui. E, meu Deus, vou satisfazê-la direitinho e a lembrança vai me fazer continuar até a Hungria — zombou ele.

— Hungria? Não me faça rir, você não vai nem atravessar o Amur. Você não passa de um estorvo e eu lavo minhas mãos. Vá a Sretensk se quiser, mas vá sozinho. Vamos nos separar aqui. Adeus, Frantz. — E saí pisando forte.

Király veio correndo atrás de mim.

— Nada disso, não tão depressa, Moritz. Pense um minutinho só. Não temos de atravessar a cidade para chegar à casa dela. Ela tem um sítio de bom tamanho na periferia. É rica pelo padrão local e a despensa está cheia de comida. Se conseguirmos um trenó com ela e comida para um mês talvez cheguemos a Irkutsk. De que outro jeito vamos chegar lá sem parar em todas as aldeias? Vale a pena correr o risco. Vamos lá, Moritz.

Hesitei. Agora ele falava com bom senso. Mas entendeu mal o meu silêncio.

— Ah, está com inveja! Tudo bem, podemos dividi-la, se é o que quer. Ela não vai se importar. Agora, me diga se a oferta não é boa. Comida, sexo e um teto sobre a cabeça.

— Você é um animal, Király, não se esqueça disso. Você é um animal e eu sou um ser humano. Nunca confunda. Não quero a sua puta, mas concordo que, se conseguirmos comida, teremos mais chance de sobreviver. Então, vamos.

Király vencera outra vez.

* * *

A mulher ouviu as pedras na janela, viu Király e foi até a porta, de camisola, toda excitada. Era uma mulher bonita, de ombros largos e cabelo fino, louro e comprido. Ela nos recebeu e tagarelou com Király em russo. Estava pensando nele e queria agradecer-lhe mais uma vez por salvar a safra. Ele era melhor do que dez russos, era tão grande e forte e mais e mais, e nada disso me dei ao trabalho de traduzir. Provavelmente era bom que não se entendessem. Ela só sabia que ele trabalhara duro por ela e a salvara de passar privações. Todos os dias vira as mãos dele sujas de terra e sentira o cheiro do suor nas costas dele e soube que homem nenhum trabalharia mais por ela. Király era um genuíno trabalhador agrícola, e não um prisioneiro de guerra barrigudo que fora professor ou mascate, daqueles que se arrastavam pelo campo como uma porca grávida. É claro que, se ela fosse uma velha solteirona, ele não teria se esforçado nem a metade.

Király recebeu a devida recompensa e insistiu que ficássemos mais um dia. Devo admitir que fiquei contente de aguentar mais uma noite os grunhidos e gritinhos dos dois em troca do luxo de ficar num quarto só meu, numa cama de verdade. Havia roupa de cama limpa e lareira no quarto. Tomei banho com água quente do fogão e dormi melhor do que qualquer noite dos últimos três anos. O paraíso está nos prazeres simples.

 Király ficaria uma terceira noite, se eu deixasse. Mas ele acabou concordando que tínhamos de ir embora. A mulher cúlaque, como a maioria dos camponeses, tinha armazenado a colheita, na esperança de que o preço subisse. Estava com os celeiros cheios, e carregamos um trenó com trigo, batatas, cenouras, maçãs e muitos pães frescos que ela assara especialmente para nós naqueles dois dias. Deu a Király o casaco do marido, algumas garrafas de vodca e um machado.

Fomos nos arrastando quinze quilômetros por dia seguindo a rota da ferrovia transiberiana rumo ao lago Baical. Nunca chegamos perto demais por medo de sermos vistos, mas tomávamos o cuidado de escutar os trens passando. O terreno era a taiga sem-fim: cheia de morros cobertos de mata fechada de coníferas e nada mais. Para onde olhávamos, era a mesma coisa até o horizonte. A única interrupção da monotonia era uma aldeia de vez em quando, que parecia um oásis no deserto. Ah, o que daríamos para caminhar por essas aldeias! Nossos olhos pulsavam na brancura ofuscante da neve e do céu. Seria um descanso simplesmente olhar rostos e prédios, ouvir vozes de criança e andar em ruas calçadas. Mas tínhamos de ficar bem longe disso. Eu aprendera com os mascates da família a construir um abrigo com galhos e folhas de coníferas. O tio Josef me ensinara a acender uma fogueira que durava a noite toda e o melhor lugar para manter o abrigo quente e me mostrara como me orientar pela Estrela Polar depois do escurecer e, durante o dia, vendo onde o musgo das árvores era mais espesso.

Durante quarenta dias avançamos com dificuldade nessa vastidão alvejada e juro que brigamos a cada passo do caminho. Discutimos sobre cada detalhe concebível da nossa pobre existência: de quem era a vez de empurrar o trenó pela manhã, onde parar, quando parar, quanta lenha catar para o fogo, qual vasilha usar para cozinhar, quanta neve derreter na sopa, quando comer uma das nossas preciosas maçãs. Às vezes discutíamos sobre a inutilidade da última discussão que tivéramos e, em certa ocasião, ficamos tão zangados um com o outro que não nos falamos durante três dias. Mas, por mais que afirmássemos nos detestar, sempre dormíamos nos braços um do outro, porque nossa sobrevivência dependia disso.

A ferocidade máxima do inverno siberiano passara, mas havia um ferrão ainda escondido. Quando soprava do norte, o vento ainda perfurava nossas roupas e nos gelava os ossos; ainda podia nos derrubar e nos cegar numa nevasca. Nunca ficávamos aquecidos, e o frio começou a atacar meus rins, que nunca se recuperaram totalmente do tifo. Király começou a se queixar dos pés; vinha reclamando do frio desde que partimos, o que já era bastante irritante dada a inutilidade de se queixar do tempo, mas agora seus queixumes adotaram novas proporções dramáticas, até pelos padrões dele.

— Malditas meias puídas e inúteis e a puta que as teceu, malditos esses pedaços furados de cu de vaca e todos os trabalhadores pulguentos que neles puseram os dedos imundos e ousaram chamá-los de coturnos. Maldita aquela vaca podre e bêbada que dizia ser minha mãe e aquele cachorro de punho gordo que enfiou sua piroca do cão dentro dela. Malditos ambos por me ejacularem no pântano apodrecido e ventoso desse planeta cheio de ódio e morte. Malditos todos porque meus pés estão congelados, está me ouvindo, Daniecki? Meus pés estão morrendo, não sinto nada nos pés, por que você não se importa, seu imbecil que odeia prepúcios? Meus pés estão em fogo. Ó, Maria, mãe de Cristo, cura teu humilde amigo Király temente a Deus — Frantz Király, nascido em Sarospatak, na Hungria, em 1897 — é, me cura, não cometa erros, não vá curar um romeno burro, está me ouvindo? Eu. Só eu. E pode esquecer Daniecki também; ele nem acredita em você.

E ele repetia e refinava esse discurso durante horas sem-fim, como se fosse um tipo de mantra. Nunca o levei a sério, nem por um minuto. Ao contrário, quanto mais extravagantes eram seus insultos, mais eu ria, o que o enraivecia e levava a pragas ainda mais ofensivas. Só quando notei que ele mancava e o ouvi soluçar dormindo é que prometi fazer uma inspeção adequada. Era uma noite parada, a fogueira rugia, a sopa cozinhava, Király estava sentado no trenó com a perna esquerda estendida à frente, o pé descansando numa pedra. A sola das botas tinha se desgastado totalmente e havia um buraco onde a costura do cabedal se desfizera. Desamarrei os cadarços e afrouxei a bota com cuidado; ele fez uma careta e mais uma vez amaldiçoou a vaca austríaca que deu o couro àquele calçado nojento. Tentei tirá-la, mas parecia presa ao pé e ele uivou de agonia. A neve entrara na bota. O pé e a bota tinham congelado juntos. Juntos rolamos a pedra para mais perto do fogo e ele ergueu o pé de novo, o mais perto do calor que conseguiu aguentar. Logo havia vapor subindo do dedão e água pingando pelo calcanhar. Puxei de novo e, dessa vez, a bota saiu em minhas mãos. Os dedos dos pés dele estavam rígidos dentro das meias, como se ele os esticasse. Quando os toquei, estavam frios e sólidos. Descasquei a primeira das três meias; estava úmida. Com a segunda, o cheiro de pele apodrecida atingiu minhas narinas. A terceira meia era impossível de remover: em parte se desintegrara e em parte se incrustara no pé. Pedacinhos de lã encharcada pendiam do calcanhar descascado e cheio de bolhas. Király gemeu ao ver aquilo. Temia o pior. Puxei a faca e, com cuidado, cortei a meia no comprimento, até o dedão, onde o material ainda estava congelado e se agarrava tenazmente à pele. Então a puxei até sair em minhas mãos. Encolhi-me com a imagem que se apresentou. A parte de baixo do pé estava preta. Um fungo branco e peludo cobria todas as unhas, menos a do dedão, de modo que era impossível distinguir os dedos. Ambos já tínhamos visto isso nos Cárpatos. Era um caso grave de congelamento que tinha infeccionado e a gangrena já começara.

— Meu Deus, Frantz, por que você não disse nada? — perguntei.

— Engraçadinho — respondeu ele, com azedume.

Não havia muito que pudéssemos fazer antes de chegar a Irkutsk. Király insistiu que não havia razão para descongelar o pé porque todo mundo sabia que um homem com pés congelados ainda conseguia andar um pouco, mas quando os pés esquentassem a dor seria muito maior e ficaria impossível continuar andando. Além disso, congelariam de novo em poucos dias. Dei a Király minhas meias sobressalentes e esculpi para ele um par de tamancos. A partir daí, nosso progresso foi lentíssimo, com ele capengando de morro em morro e exigindo descansos frequentes.

Certo dia, subimos um morro que parecia igual a todos os outros morros cobertos de neve, mas, quando chegamos no alto, a terra se abriu diante de nós e lá estava o vasto e magnífico lago Baical! Estávamos no final de abril de 1917 e a neve derretia, mas o lago ainda estava congelado. Desci o morro correndo de empolgação, com o trenó atrás. Na beira do lago havia imensos edifícios escarpados de gelo que se lançavam para cima e para fora em ângulos estranhos, apontando, acusadores, o céu. Esses dedos gelados deviam ter se formado quando o congelamento do inverno se aprofundou cada vez mais no lago e o gelo novo empurrou o gelo velho, fazendo-o rachar e quebrar nas margens. Mas o centro do lago era liso como um rinque de patinação vienense. Dei um peteleco numa das massas pendentes de gelo e ela reagiu tocando uma nota linda e límpida. Cada pingente de gelo tinha uma música diferente para cantar. Enquanto esperava Király me alcançar, diverti-me tocando uma musiquinha. Um jorro de confiança me inundou. Tínhamos fugido e sobrevivido ao inverno, a primavera estava a um sopro de distância e o terreno mais desolado e hostil ficara para trás. Não seria meu último inverno na Sibéria, mas o pior já passara. Naquele momento, sob o céu azul do Baical, fiquei feliz apenas por estar vivo e por saber aonde ia.

Király, por outro lado, estava agora tão infeliz que até parara de praguejar. Seu silêncio era trágico. Ele mourejou morro abaixo como uma grande tartaruga, as costas arqueadas como uma concha sobre as pernas curvadas e a cabeça balançando de um lado para o outro. Havia uma careta de dor gravada em seu rosto. Agora estava tão exausto que a respiração era difícil e a perna ruim se arrastava devagar atrás dele na neve.

Gritei-lhe:

— Conseguimos, Frantz.

Quando Király acabou me alcançando, deixou-se cair no trenó e esperou até parar de ofegar.

— Conseguimos o quê, exatamente? Chegamos a um lago congelado no meio de lugar nenhum. Caminhamos quarenta dias e ainda estamos a seis mil quilômetros de casa.

— É, mas estamos vivos.

— Por pouco.

Então, olhou-me com firmeza e falou do fundo do coração:

— Moritz, não sei de onde você tira essa energia. Olhe só, você está brincando feito criança, enquanto vou morrer congelado. Você se move depressa demais para mim. Estou atrasando você. Não posso avançar mais. Tenho de parar. Há uma criança em você que se recusa a morrer. Quando o conheci, achei que sua ingenuidade chegava às raias da estupidez, você era um menino num mundo de homens. Detestei você, mas ainda assim me senti atraído. Acho que é porque você tem o que eu nunca tive. Então ouça bem, Moritz, quero que vá encontrar sua Lotte. Deixe-me em Irkutsk.

— Não seja ridículo, Frantz, vamos esperar em Irkutsk até sua perna sarar e aí partimos de novo. Não posso fazer isso sozinho. Preciso ter com quem brigar.

— Meu pé nunca vai sarar — disse ele. — Morreu. Além disso, não quero voltar à Hungria. Não tenho nenhum amor por lá. Ia acabar de volta no exército, pelo menos aqui posso começar de novo, ser uma nova pessoa. Mas promete fazer uma coisa por mim? — Assenti com a cabeça. Naquele momento, faria qualquer coisa pelo meu melhor amigo Frantz Király. — Use o machado nos dedos dos meus pés. Corte-os fora. Se não fizer isso agora, vou perder a perna. — Ele pegou o machado que a mulher cúlaque nos dera e me entregou.

— Mas estamos a apenas três dias de Irkutsk. Lá encontraremos um médico — protestei.

— Não dá para esperar. Pode acreditar. Você tem de fazer isso agora.

Relutante, acendi uma fogueira enquanto Király engolia o resto da vodca. Era o único anestésico que tínhamos. Quando o fogo crepitou, coloquei cuidadosamente na chama a lâmina do machado. Então tirei-lhe a bota e as meias. O pé mal se reconhecia; a gangrena se espalhara pelos dedos. O resto era um toco preto e gelado e fedia a carne podre. Coloquei-o com cuidado sobre uma pedra.

— Pode poupar o dedão; não está tão ruim assim — disse ele, baixinho.

Olhei o pé e duvidei que conseguisse ser tão exato com o machado. Peguei um seixo e forcei-o no espaço entre o dedão e o segundo dedo. Isso me deu alguns centímetros. Arranquei uma tira de pano de uma das camisas, peguei o machado do fogo e alinhei a ponta de cima da lâmina com a borda do seixo. Hesitei por um instante, enquanto combatia uma onda de nojo.

— Anda logo, Moritz — insistiu Király.

Rapidamente, ergui a lâmina acima da cabeça e deixei-a cair sobre o pé. Senti a lâmina bater no seixo, mas não na pedra embaixo. Király soltou um berro animalesco como eu nunca tinha ouvido sair de um ser humano. Perfurou meus tímpanos e ecoou pelo lago, fazendo os pendentes de gelo cristalino reverberarem com empatia. Quando olhei para ver o que fizera, verifiquei que poupara o dedão, mas o seixo impedira que a lâmina atravessasse o resto. Os dedos estavam meio cortados e ainda pendiam por fiapos de carne e osso. Agarrei uma pedra e, usando o machado como um carpinteiro usaria o formão, alinhei-o cuidadosamente mais uma vez e bati nele com a pedra. O machado cortou direto e os dedos congelados rolaram pelo chão, todos juntos. Peguei a tira de pano que arrancara da camisa e enrolei-a no pé o melhor que pude para estancar o sangue. Király uivava o tempo todo. Fiquei enjoado, mas logo me recuperei quando, de repente, um bando de cavaleiros buriates surgiu sobre a crista do morro e veio a todo galope em nossa direção. Király delirava de dor e mal os percebeu, mas um arrepio correu pela minha espinha. Tínhamos ido tão longe à toa? Disse a Király que calasse a boca e não dissesse nada em alemão, mas não sei se ele me escutou. Havia cerca de uma dúzia de buriates, a maioria usando túnicas compridas, sujas e marrons, presas com faixas alaranjadas na cintura, mas um deles vestia um traje roxo diferente. As botas pretas subiam até o joelho e eles portavam longas cimitarras. Com seus inescrutáveis traços mongóis e os ombros largos e firmes, eram a coisa mais terrível que eu já vira. Não tinha para onde correr e nada com que me defender além do machado. Gritavam entre si numa língua que não reconheci. Não tinha vestígios de russo e não parecia chinês. Esses estranhos sons guturais aumentaram minha sensação geral de apreensão, porque não podia dizer se as intenções deles eram hostis ou amistosas. Vieram a todo galope e, habilmente, fizeram os cavalos pararem a poucos metros de nós. Sorri debilmente para eles e saudei-os em russo. Um deles respondeu com cortesia e perguntou o que estávamos fazendo. Expliquei que os dedos do meu amigo tinham congelado e mostrei o pé. Eles conversaram em sua língua por um momento e depois o de roupa roxa apeou e foi até Király fazer um exame. Puxou do pescoço um frasco de couro de iaque, tirou a tampa e despejou o líquido num pano. Depois, desfez meu curativo frouxo, colocou o pano sobre a ferida de Király e reenfaixou o pé com muito mais talento do que eu. Quando terminou, começou a cantar um tipo de oração com voz profunda e ressoante, cujas palavras repetiu várias vezes. Com os olhos fechados, estava imerso em concentração; a crença do homem em seus poderes era total; Király estava petrificado. O buriate parecia tecer um cobertor de som sobre Király, ninando-o e acalmando-o. Os outros cavaleiros me disseram que o homem de roupa roxa era um lama budista e que agora Király logo sararia. Quando o ritual terminou, perguntaram para onde íamos. Disseram que também iam para Irkutsk para negociar e se ofereceram para nos levar até lá.

Para mim, é um mistério não terem nos matado. Talvez porque não tivéssemos nada que valesse a pena roubar ou porque, ao verem Király, tivessem se condoído de nós. Entretanto, o mais provável é que os guardas russos tivessem exagerado a ameaça dos buriates para impedir que fugíssemos. Esses homens pareciam honestos e simples. Pouco sabiam da guerra e não tinham vontade de saber. Tudo aquilo ficava muito longe. Não eram hostis às potências centrais — nunca tinham ouvido falar delas.

Içaram-nos para a garupa de dois cavalos e galopamos rumo a Irkutsk. Depois de nos arrastar pela neve durante tanto tempo, foi uma delícia andar tão depressa. A sensação de velocidade era tremenda. Ah, se eu pudesse ter posto as mãos num cavalo.

Ah... Desculpe... passe a escarradeira... urgh... De repente fiquei muito cansado, Fischel. Isaac é que está certo. Talvez eu devesse fazer o mesmo... cochilar um pouco... quem sabe o médico tenha mais razão do que pensei. É mesmo, eu devia descansar... Isso... podem ir... Fischel, por favor... não balance a cabeça para mim... Oh-oh, sei o que você quer... seu silêncio é uma ordem... bem, não posso lhe dizer não. Mas só mais cinco minutinhos.

## Anotação nº 53

As espécies pertencentes a reinos animais diferentes relacionam-se, na estrutura e nas formas, com os movimentos do universo.

Louis Pasteur

## 20

Era julho, e a estação de acasalamento das formigas estava para começar. A maior parte da pesquisa de observação acontecia nos meses mais quentes por causa da vida curta dos machos das formigas. Agora Leo estava acampado no laboratório junto ao Zoológico de Londres, na esperança de acabar o Ph.D. As pupas estavam prestes a eclodir. Os machos já tinham desenvolvido as asas e ele os separou cuidadosamente das operárias fêmeas. Transferiu-os do tanque da rainha Bess para uma gaiola isolada de tela fina, onde planejava acasalá-los com a nova rainha. Com 25 anos, Bess era a formiga mais velha que tinham. Tinha a mesma idade de Leo. Os pesquisadores orgulhavam-se muito dela e esperavam que batesse o recorde de longevidade de uma rainha em cativeiro, que era de 27 anos. O objetivo da pesquisa de Leo era investigar como a frequência do acasalamento se relacionava com a sociabilidade. A rainha Bess era uma formiga-vermelha, e o nome latino *Formica rufa* lembrava-lhe algum tipo de bancada de cozinha das lojas Ikea. As rainhas vermelhas tendem a só se acasalar uma vez, enquanto as rainhas das gigantescas cortadeiras acasalam com mais frequência. Isso causa enorme impacto sobre as colônias. Todas as operárias da colônia da rainha Bess eram irmãs e tinham uma altíssima relação genética. As operárias têm 100% dos genes masculinos e 50% dos femininos, ou seja, as irmãs têm 75% de similaridade na estrutura genética, a mais elevada da sociedade das formigas. Maior que entre formiga mãe e formiga filha e muito mais alta que os 25% dos genes que os seres humanos têm em comum com os irmãos. A irmandade feminina é organizada, estruturada e altamente social, enquanto os machos ficam só sobrevoando atrás de sexo. O desafio de Leo era recriar no laboratório as condições naturais para que pudesse observar o acasalamento. A luz e a umidade eram importantíssimas, mas, por mais perfeita que fosse a regulagem do laboratório, nem sempre os pesquisadores tinham êxito. As formigas eram muito sensíveis ao cativeiro; em alguns anos não se acasalavam e em setembro um clima de tristeza caía sobre os pesquisadores. As formigas-vermelhas podiam acasalar-se no chão ou no ar, mas quase sempre acasalavam no chão quando guardadas em gaiolas de tela. Na verdade, nenhum dos pesquisadores mais jovens vira a *Formica rufa* se acasalar no ar.

Leo pegou uma rainha nova e colocou-a junto dos machos. Tinha de lhe dar um nome e batizou-a de Eleni. Ela adoraria ter uma formiga com o seu nome; muitas vezes fora visitar Leo no laboratório e passava horas observando-as construindo ninhos.

— Veja, Leo, estão conversando de novo — dizia quando formigas que iam em sentidos opostos se encontravam na trilha e pareciam parar para prosear. A principal contribuição de Eleni à ciência fora a tradução eloquente dessas conversas de formigas.

— Oi, irmã, como vai?

— Muito bem, obrigada, irmã. O que encontrou?

— Você não vai acreditar, mas um damasco podre acabou de aparecer do nada e achei que Sua Majestade, a Rainha, gostaria de provar.

— Céus, por que não chama ela de mamãe? De onde será que vêm tantas frutas?

— Não sei, irmã, mas todo dia tem coisa nova e é sempre uma delícia.

— Deve existir um Deus, irmã.

— É, deve, sim. Como vamos chamá-lo?

— Que tal Leo?

— Boa ideia, irmã. Agora preciso correr. Deixei uma trilha úmida para você achar o damasco. Boa sorte.

— Tchau, irmã.

Leo calculou que os machos eclodiriam dali a dois dias e, aí, a rainha Eleni poderia escolher. Passou esses dias vagando pelo laboratório, perguntando-se por que cargas d'água escolhera fazer o Ph.D. sobre a frequência do acasalamento das formigas. Quatro anos passados na produção de uma pesquisa com a qual ninguém se importava e que não tinha nenhuma aplicação concebível. E, quando terminasse, seria enviada para a Biblioteca Britânica, onde apodreceria aos poucos. Sua paixão pelo assunto morrera com Eleni. Agora era a física quântica que o empolgava e, em vez de redigir suas anotações no computador, ficava lá sentado vasculhando a bibliografia recomendada por Roberto. Leo encontrava-o regularmente na cantina dos alunos e convencera-o a deixá-lo participar de um dos seus cursos. E queria estar bem preparado.

Havia dez alunos aguardando Roberto quando chegou, como sempre vestindo jeans e camisa azul-claro.
— Detesto essas salas de aula — disse ele. — Lembram-me da escola. Precisamos questionar a maneira como aprendemos. Vamos mudar a configuração. Será que podemos nos livrar dessas carteiras?

Não demorou para todas as carteiras estarem empilhadas junto às paredes.
— Deixem os livros de lado. Ninguém vai precisar escrever nada. Espero que, no final do curso, vocês saibam tudo que precisam saber. Ótimo! Agora não há onde se esconder, nenhuma barreira entre nós. Como alguém pode se abrir para o aprendizado com todo esse lixo no caminho? Vamos ser exigentes conosco: se eu não conseguir estimulá-los o bastante para recordarem o que digo, é porque fracassei. Hoje quero examinar a experiência da dupla fenda. Antes de expor o tema à discussão, vamos nos assegurar de que todos entendemos exatamente o que está acontecendo aqui.

Roberto pediu aos alunos que arrumassem as cadeiras numa única fila comprida no meio da sala. Depois, removeu uma cadeira do meio para criar um pequeno buraco na fila e fez o ocupante da cadeira ficar em pé contra a parede, como um menino travesso. Os alunos riram. Leo se perguntou que diabos estava acontecendo.

— Não se preocupe, Brian — sorriu Roberto para o aluno —, você tem um papel importantíssimo. Quero que imagine que é um elétron e aqui, diante de você, está uma barreira com uma fenda minúscula onde ficava a sua cadeira. Você está prestes a ser disparado pela fenda até a parede dos fundos, onde vamos imaginar que há uma tela na qual deixará sua marca. — Roberto deu a Brian um pedaço de giz e Brian saiu correndo pelo buraco e, quando chegou à outra parede, virou e olhou hesitante para Roberto.

— Quer que eu risque a parede?

— Quero, por favor, deixe sua marca — insistiu Roberto.

Brian fez uma cruz na parede.

— Ótimo. Quando o elétron passa por uma única fenda, ele se comporta como uma partícula e deixa uma marca na tela. Agora, vamos confundir Brian. Façamos uma segunda fenda na nossa barreira. Camila, por favor, tire a sua cadeira e fique aqui ao lado.

Uma moça levantou-se na outra ponta, deixando dois buracos com alguns metros de distância na fila de cadeiras. Roberto levou Brian de volta ao início.

— Agora, Brian, o que vai fazer desta vez?

— Vou escolher o buraco por onde vou passar — respondeu Brian e caminhou pelo outro buraco. Alguns alunos balançaram a cabeça.

— É isso que acontece? — perguntou Roberto.

— Não — Leo ouviu-se responder. — Quando há duas fendas, o elétron passa por ambas ao mesmo tempo porque...

— Pare aí — interrompeu Roberto. — Brian, você pode fazer isso?

— Não — respondeu ele.

— Uma partícula pode fazer isso?

— Não — disse Brian.

— O que pode passar por dois buracos ao mesmo tempo?

— Uma onda — tentou Camila.

— Exatamente. É como no mar: a mesma onda pode passar por dois buracos do banco de areia. Então vamos ver como é. Venham todos e fiquem em pé ao lado de Brian. Agora vocês são uma onda. Passem pelos buracos.

Todos os onze se aproximaram da barreira de cadeiras numa linha, como uma onda, e, um por um, passaram pelos dois buracos e se espalharam de novo para chegar à outra parede.

— Assim, amigos, quando há duas fendas, o elétron parece comportar-se como onda, e o que vemos na tela do outro lado é o padrão clássico de interferência de ondas. Agora, arrumem as cadeiras num círculo... vamos nos sentar. — Quando estavam todos reunidos, Roberto sorriu.

— Então, qual é a pergunta nos lábios de todos os físicos?

— O elétron é uma partícula ou uma onda? — intrometeu-se uma moça magrela.

— Exatamente, e a resposta é: depende de como se olha. A escolha do observador de usar uma fenda ou duas afeta o resultado. O que aprendemos é que o cientista é uma parte tão importante da experiência quanto o elétron e que, de fato, o cientista e o elétron estão ligados. Essa experiência é a pedra fundamental da teoria do universo holístico.

— Mas como uma coisa pode ser onda num dia e partícula no outro? Só porque o cachorro passou pela entrada do gato, ele não se transforma em gato — protestou Leo.

— Com os elétrons, é assim. Eles são coisinhas estranhas, terrivelmente irracionais, e estamos até aqui deles — ponderou Roberto. — Talvez por isso sejamos tão sentimentais.

— É, mas uma pedra também está cheia deles, e as pedras não são sentimentais — argumentou Brian.

— Como sabe? — retorquiu Roberto.

Houve um silêncio enquanto os alunos espichavam o cérebro em torno do conceito de pedras sentimentais. Roberto nunca considerava nada líquido e certo.

Alguma coisa incomodava Leo.

— O que acontece com o elétron quando ninguém está olhando? Ele é onda ou partícula?

— Ninguém sabe. Só podemos dizer que o elétron vive no terreno das possibilidades.

Então toda experiência era subjetiva? Leo pensou na utilidade da sua pesquisa. O comportamento dos animais em cativeiro tinha alguma influência sobre a realidade? O que aquelas formigas faziam quando ninguém estava olhando? O que Hannah fazia quando ninguém estava olhando? Ela sempre representava para o público, mas que emoções negras lhe fervilhavam na alma quando estava deitada sozinha na cama?

— Dr. Panconesi — perguntou Camila —, isso significa que para mudar o mundo basta olhá-lo de um jeito diferente?

Ou andar de um jeito diferente, pensou Leo, lembrando-se de como se sentira animado quando copiara o andar de Eleni na noite em que a conhecera.

— É uma linda ideia — respondeu Roberto. — Normalmente essas coisas só se aplicam no nível quântico, mas por que não usar a ideia para mudar o mundo? Gostei, gostei, Camila. Vamos tentar, vamos todos fazer uma pequena experiência de pensamento. Amanhã mudaremos nosso mundo simplesmente olhando-o de um jeito diferente. Vamos imaginar que esta terra, na verdade, é o paraíso; que não há nada mais lindo que a sucessão de morros, os rios que correm e as nuvens que passam; que este planeta, onde a água cai em nossa cabeça e a comida brota sob nossos pés, é o maior dos paraísos; que os que deixam o corpo simplesmente passam para um nível mais alto e entram no tecido deste paraíso para oferecer uma infinidade de prazeres, texturas e paisagens; que os mortos literalmente se transformam em solo, flores, ar e animais! — Agora Roberto andava de um lado para outro, visivelmente empolgado com a direção que seus pensamentos tomavam.

— E se mudássemos a história que nos foi vendida durante milhares de anos por essas religiões que querem nos controlar, de que esta vida é apenas um degrau para algo melhor ou algo pior, que só podemos obter o melhor se cruzarmos as portas de suas instituições e seguirmos suas regras? E se jogarmos fora essa história misteriosa que provocou tanto sofrimento e hostilidade e aceitássemos que já chegamos ao paraíso e que não há nada mais fantástico que o aqui e agora? Ah, gostei disso, Camila, vamos mudar o mundo juntos. — Camila corou.

Leo andou até em casa no estilo de Eleni. Foi saltitando pela calçada, imaginando-se no paraíso. E, no mais veloz dos instantes, o mundo mudou para Leo.

Fora uma quinzena sem novidades desde que os machos de *Formica rufa* eclodiram; desanimado, Leo observava-os esvoaçando na gaiola. A rainha Eleni beliscava flocos de milho quando, de repente, um macho pousou ao lado dela. Ela parou de comer, virou para o macho e farejou-o. Levantou voo e o macho foi atrás. Leo pôs a filmadora de vídeo em câmera lenta. A rainha Eleni farejara várias formigas e ele já filmara uma dúzia de rejeições, e ficou surpreso quando as duas formigas se envolveram num namoro aéreo. O macho grudou nas costas de Eleni e começaram o acasalamento.

— Rápido, rápido, todo mundo. Vejam isso — chamou Leo, pulando da cadeira. Os outros pesquisadores e assistentes do laboratório se juntaram. Uma onda de empolgação percorreu o grupo. A rainha Eleni voou para cima com seu fardo agarrado com determinação. Pousaram um instante no teto da gaiola, numa demonstração desavergonhada de exibicionismo. Cinco rostos sorridentes os fitavam. E lá se foram outra vez, regirando numa dança magnífica. Alguns segundos depois, tudo acabou. Houve aclamação e muitos abraços e apertos de mão. O grupo de pesquisa ficou contentíssimo porque provavelmente haveria uma nova colônia no ano seguinte. Ninguém notou que, na comoção, a rainha Bess morrera, a 18 meses do recorde mundial.

Os pesquisadores deixaram as estações de trabalho e se amontoaram no bar para comemorar. Entre eles havia uma jovem assistente chamada Amélia, que tinha uma queda secreta por Leo. Era tudo o que Eleni não era: alta, loura, magra e de família inglesa aristocrática. Ele não fora muito educado com ela, muito pelo contrário. Mas ela percebera no vazio da conversa dele uma volatilidade emocional que achava sexy. Sua indiferença tinha um jeito soturno de ser atraente, pois dava a ilusão de uma alma inatingível mas tentadoramente complexa. Uma alma que teria de ser escavada com cuidado meticuloso, como antigos tesouros perdidos num naufrágio. Durante semanas ela fantasiara que esse homem a devastaria de modo silencioso e distante e, quando se aproximou dele no bar, soube que era agora ou nunca. Com indiferença, pediu uma bebida.

— Quer também? Seu copo está quase vazio.

— Obrigado — respondeu Leo. — Um copo de vinho tinto.

Ficaram conversando até bem depois de os outros irem embora. Leo exibiu sua queda recente pelo álcool e bebeu mais do que devia, e Amélia acompanhou-o copo a copo. E, com o fluxo de álcool, a coragem de Amélia crescia enquanto a resistência de Leo minguava. Ela era atraente, caramba, fácil de conviver. Eleni estava morta. Morta. Por quanto tempo ela o manteria nesse limbo emocional? De repente, ficou desesperado para libertar-se dela, desesperado atrás de afeto, desesperado por Amélia. Queria sentir urgentemente a pele de uma mulher contra a sua, perder-se na paixão, fugir da esterilidade do pesar. Ela se inclinou para beijá-lo, hesitante, e ficou chocada quando ele reagiu como um homem faminto diante do alimento. Um beijo libertou um torvelinho de desejo e frustração acumulada. Ele a tomou nos braços e abraçou-a com força. Ele voou para cima, leve e livre. As paredes escuras do bar caíram e ele deslizava por pastos de aroma doce. Deslizou a mão pela cintura dela, sob a blusa, e explorou a ondulação suave da parte estreita das costas. A pele era tão quente e lisa quanto uma pedra encharcada de sol e rolada pelas carícias do vento e do mar durante mil anos. Ela conseguia sentir a fome nos dedos dele e conseguiu segurá-lo até arrastá-lo porta afora até a rua, onde chamou um táxi. Não demorou para que entrassem de cambulhão no apartamento dela e fizessem amor selvagemente.

Ficaram deitados na cama, sem fôlego, Leo a construir erradamente um amor em cima da paixão de uma noite, Amélia maravilhada porque, desta vez, a fantasia atendera às expectativas. Se fosse possível mapear um relacionamento no quente brilho pós-coito da primeira relação sexual, o futuro deles pareceria róseo. Quando o pulso disparado dos dois começou a se acalmar, Leo sentiu-se compelido a falar. Queria espalhar o coração como geleia de morango aos pés dela para que ela o aceitasse, com a alma destruída e tudo, do modo como realmente era. E relatou toda a história de Eleni: desde o primeiro encontro até o momento em que souberam que estavam apaixonados, das aventuras na América Latina até o tumulto da morte e as cenas pavorosas do funeral.

Amélia ficou horrorizada, não com os fatos que ele descrevia, mas com a maneira como Leo se desmanchava diante de seus olhos, desnudando-se do mistério. Quando finalmente ele acabou, ela soltou um suspiro profundo; um suspiro que continha toda a tristeza e todo o arrependimento da mulher desiludida. Um suspiro que disse imediatamente a Leo que seu fugaz relacionamento acabara.

O flerte com Amélia deixou-o vazio de esperanças. Censurou-se por ter caído por ela com tanta rapidez e zangou-se com ela por avaliar tão duramente sua honestidade. Mas, quando repassou os fatos daquela noite, percebeu que, na verdade, ele conjurara um cadáver e o esbofeteara diante dela. O que ela iria pensar? O fedor de Eleni estava nele todo. Ele era mercadoria estragada. Hannah tinha razão: ele era intenso — insuportavelmente intenso. Mas, pior que isso, agira como idiota. Por que não podia aceitar as coisas como eram? A visão diária de Amélia perambulando pelo laboratório fingindo que nada acontecera só aumentou o sentimento de arrependimento e autopiedade. Certo dia, ele a viu balançando a cabeça sozinha e imaginou que estava pensando nele. Naquele dia, Leo recuou para dentro de si, como a borboleta que dá uma olhada no mundo miserável onde saiu e decide rastejar de volta à crisálida.

Levou para casa o vídeo do espetacular acasalamento aéreo da rainha Eleni para fazer suas anotações em casa e fugir do olhar desapontado de Amélia. Assistiu a ele vezes seguidas junto com música de Puccini, que, somada à câmera lenta, teve o efeito de transformar o ato em balé. A pureza sem constrangimento com que essas duas criaturinhas se envolviam retumbava dentro dele. Era como se naquele breve instante fossem imortais, esvoaçando no vácuo que Roberto descrevia, tocando a infinidade, senhores dos sentidos, finalmente de volta ao Éden. Essas formigas estavam no paraíso, e Leo reconheceu-o, pois ele mesmo estivera lá com Eleni nos raros momentos em que o amor os libertara da vergonha e tinham transcendido a sensação de mortalidade.

Quando arquivou o vídeo no Instituto de Zoologia, ficou curioso de saber se acharia mais imagens que captassem aquele momento de liberdade, que mais ou menos encapsulava seu relacionamento com Eleni, e encontrou uma fita chamada *Amor selvagem*. Levou-a para a sala de vídeo e a pôs para passar. Lá, diante dele, copulavam dois pequenos cavalos-marinhos. O vídeo devia fazer parte de uma série sobre os hábitos de acasalamento dos animais.

Os cavalos-marinhos foram seguidos por hienas, salamandras, elefantes e outros. Enquanto assistia a esse grande e belo desfile de animais fornicando o universo para a vida, foi tomado por uma sensação de humildade. Começou a reconhecer os amigos naqueles répteis e mamíferos que copulavam. Os machos que têm seis parceiras, as fêmeas que arrancam a cabeça do parceiro depois do sexo, os que percorrem milhares de quilômetros para acasalar, os que desenvolvem complicadas práticas de corte, os que se exibem como pavões e os que ficam com o mesmo parceiro para sempre.

Foi o começo de uma nova obsessão. Finalmente encontrara algo para encher as páginas do seu caderno. Rabiscou descrições de práticas incomuns de acasalamento e alternou-as com fotos que comprava ou rasgava de livros. A essas histórias de bichos logo se juntaram citações, poemas e histórias de amor da vida real que encontrava em revistas. Tudo merecia ser anotado se provocasse o aroma intangível de Eleni. O caderno tornou-se seu melhor amigo e confidente.

Em dezembro, Hannah voltou à sua vida. Ela recebera um telefonema angustiado de Charlie sobre Leo. Ele estava incomodado com o comportamento de Leo, que estava cada vez mais recluso. Passava o tempo todo assistindo a vídeos de vida selvagem e lendo revistas românticas. No outono, ficara debaixo das árvores tentando pegar as folhas que caíam, acreditando que, se pegasse uma antes de tocar o chão, salvaria uma alma. Certa vez, Charlie ouviu Leo falando sozinho no quarto e, quando espiou pela fresta da porta, viu-o de pé numa cadeira, conversando com uma mosca no teto e chamando-a de Eleni. Fora isso, Leo quase não dizia nada e nunca ajudava a cuidar do apartamento.

Já tinham se passado oito meses e Charlie estava alarmado, porque Leo não fizera o mínimo esforço para encontrar onde morar.

— Quero que ele vá embora, Hannah — concluiu Charlie cheio de culpa —, mas não sei como dizer isso a ele.

# Anotação nº 13

Hoje acordei cheio de medo e incerteza. Quando me encontrei com Roberto para almoçar, ele disse que incerteza é bom. Os cientistas tinham tanta certeza da incerteza que havia uma teoria universalmente aceita chamada Princípio da Incerteza. Gostei disso, fiquei me sentindo um pouco melhor. Roberto disse que acha que, na verdade, não estou interessado em física, que é só uma desculpa para investigar meus sentimentos por Eleni. Acho que ele está certo. Ele me disse que eu deveria pensar no universo como um quadro. Mude uma coisa de lugar e o quadro todo muda. Há quem chame isso de grande dança cósmica. O amor também faz parte do quadro, cada ato de amor afeta o quadro inteiro.
É como uma pedrinha jogada no meio de um lago: as ondinhas chegam até a margem. Ele me disse que eu estava me afundando na introspecção e que devia voltar os olhos para fora e caçar as ondinhas do meu amor e talvez encontrasse o amor de novo e de novo espelhando-se pelo universo.
"Olhe o coração do universo e descobrirá o universo do coração. Procure a Eleni que há em tudo", disse ele.

# 21

A VOLTA DE HANNAH FOI DRAMÁTICA. ELA INVADIU o apartamento de Charlie sem ser convidada, agarrou o braço de Leo e arrastou-o para a porta.

— Vamos sair, seu pentelho miserável. Temos uma festa de Natal. Ah, aliás, quando é que você vai se mudar e ter sua própria casa? Charlie já não aguenta mais sua parvoíce de coitadinho. Já é hora de você parar de sentir pena de si mesmo e viver a vida.

— Ele não me disse nada.

— Não, mas disse a mim. Ele acha que você já devia ter tomado providências para achar um lugar. Pegue o casaco, está chovendo lá fora.

Leo agarrou a capa de chuva verde e foi empurrado porta afora.

— Por que está sendo tão horrível comigo?

— Você não pode ter tudo ao mesmo tempo, Leo. Você queria que eu fosse mais honesta e estou sendo. Não vá me dizer que não gosta. Aliás, sabe aquela garota, a Amélia, com quem você dormiu? Conheci ela e achei que era uma perua metida.

— E é. Está com ciúmes? — implicou ele, mas na mesma hora se arrependeu.

— Ai, meu Deus, com ciúmes! Ah, estou com tanta vontade de estar lá de calcinha ouvindo você pontificar sobre seu assunto predileto.

— Meu Deus, ela não lhe falou disso, falou?

— Boa menina, hein? E, antes que você continue, vamos deixar uma coisa bem clara, Leo. Não estou, não estive e nunca estarei a fim de você.

Leo ficou chocado. Estavam no ponto de ônibus diante da porta de Charlie; a chuva era torrencial. Ele baixou a cabeça e deu meia-volta para retornar ao apartamento. Hannah puxou-o de volta, virou-o e encarou-o com frieza.

— Não vai perguntar como estou?

— Não.

— Obrigada por perguntar. Não estou nada bem, Leo; na verdade, eu diria que estou realmente um lixo! — Ela apertou os punhos em torno do colarinho molhado dele. — Meu pai está doente. Não sabem o que é, mas ele não consegue comer. — Os olhos dela se encheram d'água. — Quando mamãe morreu, eu vivia tendo um pesadelo em que algo acontecia com o meu pai. Sabia que os cônjuges de quem morre de câncer têm mais probabilidade de ter câncer também? Ainda não disseram que é câncer, mas consigo farejá-lo, Leo. Ele vai morrer. — Ela caiu em lágrimas.

Leo tirou gentilmente as mãos dela do casaco e a abraçou. Um caminhão passou a toda por uma pocinha que se formara do lado da rua e espirrou água nos dois. Leo soltou uma praga. O mundo estava cheio de motoristas de caminhão estúpidos.

— Vamos voltar e conversar, que tal? — sugeriu.

— Não — insistiu ela. — Se ficarmos aí, só vamos nos deprimir. Preciso dar uma relaxada. "Dance e esqueça", era o que meu pai dizia depois que mamãe morreu. Punha uma música aos berros e dançávamos pela casa para nos alegrar.

— Funcionava?

— Só enquanto estávamos dançando.

Chegaram encharcados a uma casinha meio isolada em Kilburn, que só se diferenciava pelas colchas penduradas na janela como cortinas improvisadas. Um baticum grave e repetitivo balançava a casa. Hannah tocou a campainha mas ninguém respondeu. Ela abriu a portinhola de cartas para dar uma olhada e uma lufada de fumaça bafejou no ar úmido.

— Você não adora festas de estudantes? — perguntou ela.

Avançaram por um caminho que contornava a casa até a porta dos fundos. Estava aberta e entraram numa cozinha com o chão enlameado. Passaram por um grupo de estudantes que tomavam cerveja no gargalo e gritavam mais alto que a música. Hannah arrastou Leo mais para o fundo do calor soluçante da festa, através de novelos de moças bêbadas e rapazes brigões. Seguiu para a sala, onde uma massa de festeiros encharcados de droga ondulava como em transe no ritmo da música. Hannah perfurou seu caminho até o centro da pista de dança e juntou-se à horda, injetando uma energia que reviveu os que estavam em torno dela. Leo encostou-se na parede e observou. Os comentários dela ainda doíam. Dali a pouco foi até a cozinha e serviu-se de um copo de vinho. Mas, quando levou o copo aos lábios, levou um esbarrão nas costas e derramou o vinho todo na calça jeans. Soltou uma praga e virou violentamente para ver quem era o responsável. Era Stacey.

— Stacey! — exclamou Leo. — Olhe o que você... Stacey, o que há de errado?

Havia lágrimas correndo pelo rosto dela. Ela o empurrou e saiu pela porta dos fundos, sem dizer uma palavra. Leo a seguiu.

— Stacey, Stacey, você está bem? — Agarrou-lhe o braço e a puxou de volta. — Fale comigo, Stacey, o que está acontecendo?

— É Roberto — soluçou ela. — Está lá dentro com uma oferecida. Estava lá transando com ela, bem na minha frente.

— Minha nossa, isso é horrível! O que ele está aprontando? Não parece coisa dele.

— Ah, parece, sim. Ele se recusa a ser fiel, por razões filosóficas. Está me testando, quer que eu seja igual a ele. Não é a primeira vez. Pois para mim já chega. Tentei aguentar mas já estou cheia; ele está me fazendo de idiota.

Vou para casa e nunca mais quero vê-lo. — Ela puxou da bolsa um lenço de papel e assoou o nariz.

— Quer que eu a leve em casa? — ofereceu-se Leo.

— Não, está tudo bem, preciso ficar um pouco sozinha — disse ela e saiu correndo pelo caminho.

Leo perambulou de volta à casa para ver se achava Roberto. No corredor, esbarrou em Chris, um ratinho magrela que já tinha encontrado na universidade. Depois dos cumprimentos iniciais, a conversa voltou-se para Eleni. Tinha de gritar mais que a música, mas ficou contente de ter com quem falar. Sentaram-se na escada e Leo explicou que vinha tentando manter viva a lembrança dela por meio da pesquisa sobre o amor.

— Tenho este caderno aqui, está vendo, e no começo só fazia anotações aleatórias, mas agora estou começando a perceber um padrão. Estou começando a perceber que tudo, desde a mínima partícula até a migração dos animais e cada movimento das estrelas, é governado por uma emoção fundamental...

Era o tipo de monólogo com o qual seus cansados amigos tinham se acostumado. De repente, Chris se levantou e disse:

— Sabe o que mais, colega? Você está doido mesmo. Estamos numa festa, pelo amor de Deus. Acho mesmo que você precisa de ajuda; todos os seus amigos dizem isso, mas nenhum tem coragem de lhe falar porque todos têm pena de você, Leo. Você precisa de terapia. Sinceramente, vai lhe fazer bem. Sou o cara errado para você conversar sobre

Eleni. Sou mesmo. Não posso ajudá-lo. Por isso, com licença... — E foi embora.

Leo sentiu-se chateado consigo mesmo; vivia esquecendo que não adiantava conversar sobre Eleni. Ouviu a voz de Roberto atrás dele e se virou para ver o elegante italiano descendo a escada.

— Oi, Leo — disse Roberto alegremente.

— Roberto, o que está havendo? Acabei de encontrar Stacey... — começou Leo, e parou ao notar Camila descendo atrás de Roberto.

— Camila, este é Leo.

— Eu me lembro dele, da aula — sorriu a moça.

Leo olhou Roberto com ferocidade.

— Está tudo bem — disse Roberto. — Camila sabe. Não se preocupe com Stacey, Leo, ela só está com ciúmes. Ela vai superar. É uma emoção mesquinha. E você, Leo, como vai? — Estendeu a mão. Leo apertou-a sem muita vontade, mas não respondeu. — Ora, vamos, Leo, o mundo existe para a gente aproveitar. Não se zangue comigo.

— E o que acha de ferir os sentimentos dos outros? — protestou Leo.

Roberto fitou-o muito sério.

— Não estou ferindo os sentimentos de ninguém. Se ela quer ficar nervosa, a opção é dela. Veja, se você entendeu alguma coisa do que venho tentando lhe ensinar, sabe que tudo é igual, neste planeta nada é mais importante que o resto. Devemos amar tudo igualmente. Acho que Camila concorda comigo.

Camila assentiu.

— Mas ninguém é especial para você? — perguntou Leo.

— Todo mundo é especial. Todos fazemos parte da mesma unidade. — Roberto sorriu e depois fez algo totalmente extraordinário. Segurou nas mãos a cabeça de Leo e beijou-o à força nos lábios. Leo ficou tão chocado que levou um instante para perceber o que estava acontecendo. Camila deu um risinho nervoso. Finalmente, Leo conseguiu afastar Roberto.

— Que diabos acha que está fazendo, Roberto? — gaguejou.

— Estou provando uma questão.

— Que questão? — perguntou Leo, zangado.

— Fidelidade não existe, como não existem coisas como homossexualidade e heterossexualidade. São apenas conceitos, construtos criados pelo homem. Eles limitam nosso potencial infinito. Como eu disse, o universo existe para aproveitarmos. Se aqui é o paraíso, não existe Juízo Final. Devemos ter prazer com nossos sentidos e dar prazer uns aos outros. Deve-se tirar prazer corporal de toda e qualquer fonte. Amo você, Leo, como amo Stacey e como amo Camila. — Roberto virou e beijou Camila.

— É, e você me ama como ama esse papel de parede de merda. É para isso que está me levando? — reclamou Leo com azedume.

— É claro — disse Roberto, triunfante.

Leo se viu sozinho num quartinho de depósito no alto da casa. Fugira escada acima, tomado de uma onda súbita de nojo e pânico. Desligou a luz e se jogou numa pilha de casacos, agarrando a barriga. Sentia-se traído. Ouviu uma mariposa bater-se contra o quebra-luz de papel, perturbada pela escuridão, incapaz de se acalmar. Tentou respirar, mas o peito parecia apertado. A cabeça estava em fogo, chamas lambiam a parte de dentro do couro cabeludo, transformando os pensamentos em cinzas. Agora, pela primeira vez, via que estava se iludindo completamente. Naqueles últimos meses, estivera escorregando para a loucura sem sequer perceber. Eleni se fora e todo mundo sabia disso, menos ele. Os mortos só viviam na mente dos lunáticos. O forno na cabeça era insuportável, e uma bola de fogo alastrou-se dentro dele, incinerando todas as imagens de Eleni e transformando em fumaça suas teorias nascentes. E, quando a fornalha se extinguiu, não havia mais nada. Estava flutuando no vácuo, mas, em vez de se sentir imenso, como sugerira Roberto, sentiu-se sozinho e impotente. Diante dele havia uma eternidade vazia. A mariposa achara a janela e bateu o corpo frágil contra o vidro até que, exausta, encontrou descanso nas sombras. Ficaram sentados juntos no quartinho, ambos arrasados.

Foram perturbados por um golpe súbito de luz quando a porta se abriu e dois corpos entrelaçados irromperam. O casal estava tão envolto um com o outro que nem notou Leo e a mariposa sentados no escuro. O homem chutou a porta para fechá-la atrás de si e empurrou a mulher contra ela. O rosto dele apertou o dela com desejo. A mão dele se enfiou entre as pernas dela e ergueu-lhe a saia. Foi então que a mulher sentiu outra presença no quarto. E gritou:

— Tem alguém aqui!

Era Hannah. Ela abriu a porta e, quando a luz se arrojou para dentro, viu Leo a fitá-la. Não ouviu a pequena explosão no coração dele nem a fuga silenciosa da esperança que vazava de suas veias, mas a mariposa decolou e seguiu rumo à luz.

— Desculpe, só vim buscar meu casaco — disse ele ao levantar-se e sair, sem olhar para trás e sem o casaco.

Quando voltou para casa, pegou o caderno num acesso de raiva, levou-o até a rua e jogou-o numa pilha de lixo junto ao ponto de ônibus.

No dia seguinte, Leo ligou para o clínico-geral e conseguiu o telefone de uma terapeuta especializada em luto, mas a voz da mulher imediatamente o desconcertou. Se marzipã falasse, sua voz seria igual à da Sra. Charlotte Philips. As vogais dela eram incomodamente compridas. Os comentários transbordavam de xaroposa solidariedade profissional. Falava mole demais e era excessivamente tranquilizadora, como se lidasse com uma criança muito doente.

— Que horroooooor — disse ela várias vezes. — Você deve estar se sentindo hooorríííííível.

Charlotte Philips era uma daquelas mulheres que passaram pelo "trauma do luuuuuuuto" e dedicara a vida a ajudar os outros. Era disso mesmo que Leo precisava? Ele resistiu. Ainda assim, ela o atraiu para sua armadilha grudenta e extorquiu-lhe uma consulta, que ficou pendendo como maldição sobre a cabeça dele. Leo teve pesadelos em que estava nu, deitado no divã açucarado da terapeuta, com o peito aberto e todos os órgãos internos em exposição, enquanto a Sra. Marzipá Philips espalhava melado nele com um facão de açougueiro para ele se "sentiiiiiiiir" melhor. Ele não aguentaria. Certo dia, esperou até depois das seis horas para telefonar, na esperança de cancelar a consulta na secretária eletrônica. O telefone tocou algum tempo antes que atendessem.

— Oi — disse uma vozinha.

— Ah, oi. — Leo mal conseguiu mascarar o desapontamento. — Posso falar com a Sra. Philips?

— Tenho três anos e meio — disse a voz com grande orgulho.

— É mesmo?

— É, três anos e meio. Quantos anos você tem?

— Mais do que ontem... Posso deixar um recado para a sua mãe? — continuou Leo, esperançoso. — Pode dizer a ela que...

— Meu nome é Jenny, e o seu?

— Sr. Deakin.

— Papai disse que mamãe cuida de malucos. Você é maluco?

Leo hesitou.

— Sabe, Jenny, preciso falar com a sua mãe.

— Mamãe! Mamãe! O Sr. Deak está no telefone. Acho que ele é maluco.

Leo ouviu a Sra. Philips ao fundo.

— Queriiiiiiida, não fale assim.

— Vai fazer ele melhorar com perguntas, mamãe? — foi a última coisa que Jenny disse antes que o telefone fosse arrancado das suas mãozinhas e entupido de desculpas cremosas de vogais compriiiidas.

Quando ele disse à Sra. Philips que queria desmarcar a consulta, ela ficou convencida de que era porque ele estava "tãããããão nervooooooso". Disse que era muito comum as pessoas desmarcarem as consultas porque ficavam assustadas, mas na verdade não tinham o que temer. A terapia de luto não era como a psicanálise, a origem da depressão era conhecida, não havia necessidade de examinar a infância nem as relações íntimas do cliente. Era apenas uma oportunidade de Leo discutir como se sentia agora com alguém que já passara por esses sentimentos. Ele ficaria mais tranquilo, disse ela, ao saber que quase todos os que choravam uma perda seguiam um ciclo parecido de ataques de pânico, raiva, desejo e busca.

— Busca? — Leo ouviu-se perguntar.

— É um impulso incansável de encontrar o falecido.

Ela explicou que era normal as pessoas de luto perderem todo interesse nas atividades cotidianas e rotineiras e voltarem toda a atenção para localizar a pessoa perdida. As crianças adotadas buscavam os pais reais, as viúvas sentavam-se na cadeira que o companheiro costumava usar ou cuidavam obsessivamente do túmulo. Algumas pessoas avistavam o ente querido na rua ou achavam ouvi-los todas as vezes que a escada rangia. Muitos sentem que os falecidos continuam presentes em sua vida, podem até conversar com eles. Interpretariam fenômenos naturais incomuns como mensagens de além-túmulo.

— Tudo isso faz parte do processo e estou aqui para reafirmar o que você está vivendo. Esses sintomas passam. É preciso atravessar a escuridão para encontrar a luz — disse ela, com zelo.

Leo temia a passagem dos "sintomas" do luto. Pelo menos a escuridão guardava Eleni nas sombras; a luz, com sua clareza penetrante, podia revelar que ela se fora para sempre, expulsa até dos sonhos. Sim, era tranquilizador saber que milhões de outros perambulavam pelas ruas com anjos sobre os ombros, que o murmúrio de fundo da cidade era realmente o som de pessoas batendo papo com os mortos, e que durante o dia todo mensagens codificadas de amor eram transmitidas pelo farfalhar das folhas e rangidos das escadas para os ouvidos expectantes dos solitários, mas a cura da Sra. Philips era pior que a doença. Esse era o terreno de Leo, que não tinha o mínimo desejo de fugir dele. Seria traição.

— Deixe que o ajudem, Leo — disse ela.

Ele afirmou que estava bem, mas conseguiu ouvir o vazio na própria voz.

— Se mudar de ideia, basta me ligar.

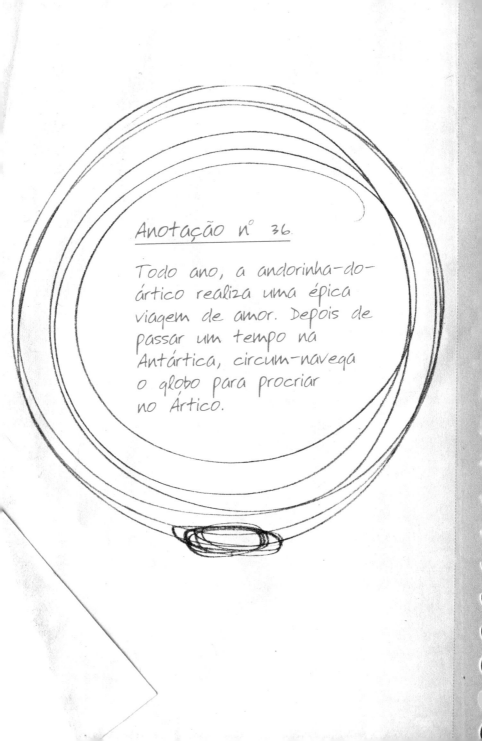

## Anotação nº 36.

Todo ano, a andorinha-do-ártico realiza uma épica viagem de amor. Depois de passar um tempo na Antártica, circum-navega o globo para procriar no Ártico.

# 22

LEO PEGARA CENTENAS DE FOLHAS EM QUEDA durante o outono, salvara centenas de almas. Colocara cada folha entre as páginas dos livros da estante de Charlie e se esquecera delas. Às vezes, quando estava lendo, Charlie virava a página e uma folha escorregava até o chão. Ele sempre a recolhia e punha de volta no lugar, por respeito à maluquice do amigo.

Charlie voltou do trabalho e encontrou as malas de Leo prontas e seu dono perturbado verificando meticulosamente os livros. Arrumara as folhas em pares no tapete.

— O que está fazendo, Leo?

— Achei que as folhas deviam estar solitárias nos livros — Leo tremia e piscava de nervoso. — Já leu Platão?

— Não — respondeu Charlie. Tirou o casaco e sentou-se no tapete, alarmado com o estranho comportamento de Leo.

— Ele escreveu uma história de como Zeus fez umas criaturas estranhas com duas cabeças e quatro braços e pernas. Viviam felizes e não tinham inibições. E o mundo era cheio de risos. Mas Zeus estava com problemas porque a esposa Hera vivia danada com ele. Discutiam o dia todo e à noite ele não conseguia dormir porque suas criaturas riam demais. A situação ficou tão ruim que certo dia Zeus perdeu a paciência e jogou nelas um monte de raios. As criaturas se dividiram ao meio e se espalharam pelos quatro cantos do mundo. Platão diz que desde esse dia a terra se encheu de criaturas inquietas de uma cabeça só em busca da outra metade. — A voz de Leo tremia enquanto falava.

Charlie ficou desanimado.

— E as folhas?

— Não entende, Charlie? Cada folha era uma alma em queda livre. Peguei-as antes que caíssem no chão e, agora, no mundo todo, centenas de pessoas solitárias estão em suspensão, aguardando seu destino. Estou fazendo pares para elas, reunindo de novo as criaturas de Zeus.

Charlie olhou perplexo as folhas que Leo juntara amorosamente. Faia, sicômoro, carvalho e castanheira arrumadas pelo chão numa tapeçaria de outono. Nada daquilo fazia sentido para ele. Leo pegou outro livro da prateleira acima da cama de Charlie e folheou as páginas. Duas folhas de bordo caíram e ele as colocou juntas no tapete. Depois, voltou à prateleira para pegar o livro seguinte, mas as mãos tremiam e ele o deixou cair na cama. Piscou algumas vezes em rápida sucessão, como se não estivesse acostumado com a luz, e estendeu o braço para alcançar o livro. Pegou-o com ambas as mãos e folheou-o com cuidado. Nada. Outro livro revelou cinco folhas. Charlie achou difícil aguentar esse ritual triste e compulsivo. Levantou-se e pôs os braços em volta do amigo.

— Estou preocupado com você, Leo.

— Ninguém pegou minha folha. Estou perdido — murmurou Leo, desolado.

— O que aconteceu, por que está dizendo essas coisas? Não desista. Você está passando por dificuldades, mas é só uma fase. Vai passar — Charlie tranquilizou-o.

Leo balançou a cabeça com ênfase.

— Você não sabe como isso é pavoroso... Achei que ficaria mais fácil de suportar, mas a dor não para... é incansável. É como se fosse durar para sempre. Tentei, Charlie, tentei sinceramente. Tentei viver normalmente, mas não consigo fugir desse peso. Não tive forças para continuar procurando Eleni. Estou arrasado. Eu me detesto assim, mas não consigo encontrar o caminho de volta e o pior é que ninguém entende... Com quem vou conversar?

Charlie magoou-se, pois sabia que tinha falhado; na verdade, nunca se sentara para conversar com Leo sobre o que acontecia em sua cabeça perturbada. O assunto era difícil demais de tratar. Abrira-se um abismo entre eles, e agora seu melhor amigo se afogava. Charlie olhou as malas de Leo junto à porta. Ainda havia uma manchinha de sangue no alto da mochila por causa do acidente no Equador.

— Por que fez as malas? — perguntou Charlie.

— Não quero mais ser um fardo para você. Vou embora assim que terminar de arrumar isto — disse Leo friamente, abrindo outro livro.

— Você não é um fardo para mim.

— Não foi isso que Hannah disse. — Leo encarou-o, acusador.

Charlie corou de culpa.

— É que eu estava frustrado. O apartamento é pequeno demais para dois e eu estava me sentindo como uma velha dona de casa, limpando em volta de você e fazendo todas as compras. Por que não procuramos um lugar maior?

— Não, já me decidi, acho que fico melhor sozinho.

— Encontrou outro lugar?

— Aluguei um quarto.

Charlie sentiu-se repreendido pela natureza condicional de sua hospitalidade.

— Ah, pelo amor de Deus, não vá para uma droga de quarto. Fique, por favor. Desculpe, mudei de ideia. Fique aqui e prometo que faremos coisas ótimas juntos... — implorou Charlie, desesperado. Mas seus pedidos foram em vão, pois naquela noite a figura lastimável de Leo arrastou-se pela porta e entrou no ônibus. Ao sentar-se no andar de cima, viu Charlie em pé na grande janela da sala, fitando-o pesaroso como um peixe num aquário.

Quando o ônibus se afastou, um frio arrepiante se infiltrou pela carne de Leo, trazido por um sentimento crescente de desprezo e ressentimento pelos amigos. Nenhum deles o entendia. Viviam no sopé da emoção e nada sabiam dos extremos. Não faziam ideia do que era o amor, nenhuma ideia de como o pesar roía a alma, nenhuma ideia de como era quando o próprio ar que respirava o torturava por mantê-lo vivo. Será que a vida já zombara deles como fazia com ele? Todos o tinham traído, cada um a seu modo. Que apodreçam. Não deu a nenhum deles o novo endereço; omissão que os pouparia de fingir que gostavam dele. Claro que invejava sua vida fácil, mas sabia que nunca seria capaz de voltar àqueles dias despreocupados. Era um rapaz cuja juventude fora roubada, e o tempo não anda para trás. Estava disposto a começar de novo, onde ninguém o conhecesse, onde ninguém sentisse pena dele, onde não tivesse de dar explicações. Convencido de que nunca mais amaria, resolveu viver sem amor. Talvez fosse mais feliz. Aliás, talvez fosse mais feliz ainda se nunca tivesse conhecido Eleni.

Convidados e sapatos eram proibidos de pôr os pés dentro de casa. Nada de música depois das 10 da noite, nada de usar o banheiro entre as 8 e as 9 da manhã, nada de comida para viagem, nada de fumar, nada de bebedeira, nada de cartazes. Aluguel a ser pago todo mês adiantado, qualquer atraso levará a uma advertência, o segundo atraso levará ao despejo. A dona da casa tem o direito de expulsar qualquer inquilino por qualquer razão; o inquilino tem de avisar com um mês de antecedência. O inquilino tem seu próprio armário na cozinha e prateleira na geladeira e não deve consumir a comida da família. A cozinha deve ser evitada durante a hora do jantar da família, exceto em caso de emergência. Fora esses regulamentos menores, Leo estava livre para fazer o que quisesse — tão livre quanto um passarinho numa gaiola.

Ele nunca morara com uma família jovem. Em algum momento entre as cinco e as seis da manhã, o bebê acordava aos berros. Às sete, o gato pulava na sua cabeça. Se não estivesse de pé às oito, um menino de 5 anos entrava no quarto com algum brinquedo que falava ou tinha sirene e o empurrava sobre seu rosto. A casa cheirava a cocô de bebê, recolhido durante o dia num baldinho de fraldas no banheiro ao lado do quarto. E costumava achar migalhas de comida azeda no sofá ou esmagadas entre os tacos do assoalho. Às vezes recebia telefonemas dos pais, mas fora isso nunca era incomodado. Não tinha vontade de sair muito e passou a agradar a tensa senhoria ficando com as crianças duas vezes por semana. Pelo menos nessas noites tinha a sala de estar toda para ele, o que era infinitamente preferível à conversa educada a que era submetido em presença da família.

O quarto tinha tamanho suficiente para uma escrivaninha e um sofazinho, mas a cama de solteiro era desanimadora. Talvez tivesse sido escolhida especialmente para desencorajar visitas do sexo oposto — ou de qualquer sexo, aliás. Afundava no meio com o excesso de uso dos onanistas exuberantes que inevitavelmente se encontravam nesses estabelecimentos. Um tapete kilim marroquino vermelho cobria o assoalho de faia e havia dois quadros de paisagens, um acima da cama, outro acima do sofá, para transportar o devaneante inquilino para o paraíso rural. Ele tinha o luxo de uma velha chaleira elétrica, que deixava restos de calcário em todas as xícaras de chá. Era uma artimanha para manter o locatário longe da cozinha. A janela dava para um quintalzinho dois andares abaixo, cercado por um canteiro de flores bem cuidado. Do outro lado da cerca havia uma série de casas geminadas reformadas e, bem em frente à janela, ele podia ver a cozinha e a sala de estar de um dos apartamentos.

Um casal idoso morava lá e Leo adivinhou que eram aposentados porque sempre estavam em casa durante o dia. Observava-os como se fossem formigas no laboratório. Seguiam um ao outro da cozinha à sala, envolvidos no que, de longe, parecia uma dança ritual de acasalamento. Costumavam se beijar ou ficar sentados de mãos dadas assistindo à televisão; se um saía da sala, o outro parecia temporariamente desolado. Isso se manifestava através de um comportamento inquieto como trocar o canal da televisão ou se remexer. Ele notou que, em média, se um deles ficava sozinho, em cinco minutos levantava-se para procurar o outro, mas, quando juntos, podiam ficar sentados durante meia hora. Três vezes por semana usavam sem querer casacos e calças da mesma cor. Praticavam rotinas sofisticadíssimas e eficientes de divisão de tarefas. Na hora das refeições, ele picava e ela cozinhava, depois ele lavava a louça enquanto ela fazia chá. No total, Leo diria que a vida dos dois era entrelaçada a ponto de ser inseparável. Podia-se dizer que duas pessoas cumprindo os mesmos objetivos funcionavam como uma só. Essa era a manifestação externa de amor. Leo ficou pensando se um estudo empírico com cem casais revelaria um comportamento uniforme.

Precisava ampliar seu estudo e começou a tomar notas sobre o senhorio e a senhoria. Excluindo o trabalho do marido, que Leo considerava necessidade social, ele mapeou o tempo que passavam juntos na casa dividindo a mesma atividade. Observou que cada um deles se responsabilizava por áreas inteiras com as quais o outro não tinha nada a ver. Ele dava banho nos filhos; ela os tirava da cama. Ela ia dormir cedo; ele ficava acordado até tarde. Assistiam a programas de televisão diferentes, em horários diferentes. Tendiam a brincar separadamente com os filhos. Em geral, passavam pouco tempo juntos. Leo concluiu que, embora fossem interdependentes, não eram unificados. Não havia amor, só hábito.

No laboratório, o passo seguinte seria ver se era possível criar amor duplicando a manifestação externa de amor. Se pudesse forçar seus sujeitos a passar mais tempo juntos e trabalhar juntos para servir à mesma finalidade, teriam probabilidade maior de se apaixonar? Por quanto tempo é preciso ficar sentado no sofá de mãos dadas com alguém para se apaixonar por esse alguém? As formigas só se acasalavam se as condições fossem adequadas; com certeza o mesmo acontecia com os seres humanos. Em teoria, se houvesse pesquisas suficientes, seria possível estruturar nossa vida em torno da busca do amor, e não da busca do dinheiro.

O novo ano passou tranquilamente; era raro Leo sair do quarto. Na escrivaninha havia um cronômetro, um par de binóculos e dois blocos cheios de dados sobre o velho casal e a senhoria. Sabia que jornais liam, que amigos vinham tomar chá, a extensão do guarda-roupa, tinha descoberto até os programas de TV que viam cruzando a hora em que assistiam a eles com o horário da programação. Nos momentos mais lúcidos, percebia que uma crônica do ano anterior revelaria um homem que passava perigosamente de obsessão a obsessão.

A senhoria começou a se aproveitar da presença constante dele na casa e pedir-lhe que ajudasse de vez em quando com pequenas tarefas. Começou saindo ocasionalmente para pegar a garrafa de leite; mas logo ele levava o lixo para fora e mudava os móveis de lugar; não demorou para cuidar do jardim e limpar a garagem. As tarefas foram ficando mais regulares e demoradas, mas ele não se importava porque elas o mantinham ocupado e afastavam a cabeça dos problemas. Ela parecia gostar de achar coisas para ele fazer. Certo dia ela o convidou a descer para tomar uma xícara de chá, e logo ele virou visitante regular da cozinha. Aos pouquinhos, ela passou de Sra. Hardman para Katherine e para Kath.

Kath estava entediada. Sacrificara a carreira de advogada ambiciosa para cuidar dos filhos, muito embora ganhasse bem mais que o marido. Logo ficou impossível para eles manterem o estilo de vida ao qual estavam acostumados e, nos últimos anos, com relutância, tinham alugado o quarto para aumentar a renda.

Uma estranha amizade, baseada na solidão dos dois, cresceu entre Leo e Kath; não tinham mais nada em comum. Leo notou que ela começara a usar maquiagem durante o dia. Os moletons sumiram e foram substituídos por blusas floridas e saias de couro.

— Você me acha atraente? — perguntou ela. A pergunta veio do nada. Estavam tomando sopa na cozinha. Leo limpou o queixo com o guardanapo e fitou-a, surpreso. Ela era pelo menos 15 anos mais velha do que ele e os sinais da idade já apareciam. Estava às portas da meia-idade: o corpo não era gordo, mas perdera a definição, o cabelo agrisalhado até os ombros estava ralo e faltava fogo aos olhos. Já fora muito bonita; ele vira as fotos do casamento em que ela estava imperiosa e de costas eretas num vestido verde de decote ousado, que revelava com orgulho os ombros largos, o ângulo das clavículas e os seios fartos. Parecia bronzeada, atlética e contente. Agora parecia fatigada, como uma flor cortada que começa a murchar sem ter perdido toda a beleza.

— Na verdade, não pensei nisso — replicou ele, evasivo.

— Eu costumava chamar muita atenção — disse ela, nostálgica. — Andei me descuidando ultimamente, decidi fazer mais um esforço. Queria saber o que você achou. — Escorria desespero dela, e Leo sentiu que ela precisava de um elogio.

— Gosto do que você está usando, Kath, combina com você.

— Obrigada, você é um docinho, sabe. Você tem sido tão atencioso desde que chegou. A gente combina, não é, Leo?

— É.

— Mas nenhum de nós é feliz, não é?
— É — admitiu Leo.
— E o que o deixaria feliz?
— Não sei, Kath, já desisti. E você?
— Posso ser sincera? — perguntou ela.
Leo assentiu.
— Acho que o que me deixaria feliz agora seria você fazer amor comigo. — Ela o olhou suplicante.
Leo corou e recuou.
— Não, acho que essa não é a resposta para nenhum de nós... mas... e o seu marido?
— Entre nós não está funcionando. Mas não vou largá-lo, se é o que você quer dizer. Sabe, Leo, gosto de você, mas, vamos ser realistas, seria apenas um pouco de diversão, poxa, nós dois estamos precisando... mesmo que seja só sexo, sem mais nada. Poderíamos simplesmente desfrutá-lo. O que acha? — Ela nunca fora tão franca na vida. Antes do casamento, tivera muitos amantes; talvez se entregasse com demasiada liberdade, mas fora tão fácil naquela época; sempre havia homens a escolher. Hoje ficava acordada à noite, junto ao marido, revendo os casos da juventude, sentindo-se velha e rejeitada. Quando Leo chegou, recordara-lhe aqueles jovens adoráveis que conhecera e suas fantasias voltaram-se para ele. Assim como o vampiro precisa de sangue, ela o queria dentro dela para sentir-se jovem outra vez.

Leo ficou tão horrorizado quanto tentado.
— Não sei se consigo... Quero dizer, não combina comigo.

Não foi a rejeição categórica que poderia ter sido e ambos sabiam disso.

— Tudo bem, Leo — disse ela, recusando-se a desanimar. — Pense nisso. É uma proposta em aberto, pode mudar de ideia quando quiser.

Kath conseguiu farejar a vitória; era apenas questão de tempo. Ela conhecia os homens, sabia seduzi-los. Primeiro plante a semente e depois regue bem.

Uma coisa oferecida de graça mexe com a cabeça; é quase irresistível. Quem consegue recusar um "brinde"? Quem não fica tentado com as ofertas pague-um-e-leve-dois do supermercado? Leo sempre acabava com o carrinho cheio de pechinchas que nunca pretendera comprar. O oferecimento dela grudou nele como uma mancha de óleo num pássaro marinho. Não conseguia afastá-lo. Naquela noite, só conseguiu dormir depois de se masturbar.

No dia seguinte, bateram à porta. Leo escondeu depressa os papéis e pulou culpado no sofá.

— Pode entrar — disse.

— Sou só eu.

A porta abriu-se lentamente e a Sra. Hardman estava imperturbável, em pé no portal. Totalmente nua. Leo engasgou de vergonha e voltou os olhos para baixo.

— Ellen dormiu, podíamos tentar agora.

— Não, Kath, por favor — gaguejou ele. — Não estou interessado.

— Leo, olhe para mim. — Ele não se mexeu. — Por favor, olhe para mim.

Leo ergueu a cabeça e encarou-a, relutante. Ela pôs as mãos na cintura e deu uma volta inteira.

— É só um corpo, Leo, você pode olhar sem sentir vergonha. Diga-me o que acha. Não estou tão mal assim, estou? — Quando era advogada de acusação, Kath tinha talento para fazer o inocente se sentir culpado. Sua maior emoção era ganhar uma causa difícil. Ela veio andando para dentro do quarto e, audaciosa, sentou-se na cama. — Diga que quer, Leo. Vai ficar surpreso com a rapidez com que superará essa vergonha.

— Não, não faça isso... você me dá nojo — Leo encolheu-se no sofá.

— Não seja ridículo — disse ela com confiança. — Eu o tento, e é isso que deixa você sem graça. Vamos, você não é mais um menino; dê a si mesmo um prazer, é o que a maioria dos homens faria. Não há nada de errado nisso. — Leo poderia ter saído do quarto, mas não saiu.

Ela foi até o sofá.

— Por favor, Leo, não seja mau comigo. Deixe que eu ajudo você. — Ela pegou a mão dele e colocou-a sobre o seio. Ele sentiu o mamilo endurecer entre seus dedos e um jorro de sangue nos quadris. A resistência sumiu, ela estava certa: alivie-se com o sexo, não havia razões para não fazê-lo.

A princípio, a Sra. Hardman ficou deliciada com seu muso: era discreto, disponível e não queria um relacionamento, o que era ótimo, porque ela não tinha nenhuma meta além da satisfação. Ela só queria o orgasmo e o sopro de poder que obtinha ao dominar um homem mais novo. Mas o prazer inicial logo murchou, substituído por uma sensação de futilidade e culpa. Começou a se ressentir de Leo e da necessidade que tinha dele. Seus encontros só ressaltavam o colapso do casamento e sua própria carência.

Tudo começara como uma relação profissional, desapaixonada mas cordial. Kath estabelecera regras claras de envolvimento. Seguia um cronograma estrito, preferindo as horas em que o mais velho estava na escola e a caçula dormia. Mas, conforme as semanas se passavam, Leo não visitou mais a cozinha para bater papo e Kath não lhe pediu mais que ajudasse nas tarefas domésticas. O relacionamento se reduziu à obtenção eficiente e mecânica do clímax sexual. Com esse fim, ficaram mais agressivos um com o outro. A química deles era de violência, e essa violência contaminou o sono de Leo até seus pesadelos se encherem de imagens de pele arranhada, membros distorcidos e genitália inchada, estimulada até vomitar o horrendo conteúdo. Sonhou que ela era o demônio, raspando os últimos vestígios de respeito de sua alma em queda, eviscerando-lhe as entranhas, tirando-lhe o sangue, torcendo, arrancando, separando-o dele e mandando-o numa queda livre sem esperanças até uma fossa de ódio a si mesmo. "Faça ódio comigo", crepitava ela.

Se amor gera amor, então sexo gera sexo, mas o amor é difícil e o sexo é fácil. Sexo e ódio são companheiros de quarto e odiar tem suas alegrias. Pensemos na guerra. Na guerra há os que estupram pela vitória; o inimigo é destruído pelo sexo forçado e violento. Os opressores voltam para casa triunfantes, com a semente descartada no útero das que foram esmagadas, para que seu ódio possa renascer e viver para sempre. E essa era uma forma sutil de guerra, travada no quarto por dois corpos presos em mútuo desdém enquanto se desviavam e resvalavam um em cima do outro, até que o amor morresse e Leo separasse o corpo da alma. Seu amor-próprio estava em queda livre, mas ainda assim um chamado negro o empurrava como imundície para os braços venais dela, forçando-o repetidas vezes a buscar o sexo com sua nêmesis.

Com que rapidez o espírito caído pode ter seu verniz arrancado por um abutre! Com que rapidez a mente perde a capacidade de regular os desejos do corpo! Treparam em todos os cômodos, maltrataram-se e feriram-se. E, embora Leo se sentisse um zumbi moído por uma sereia até virar pó, não podia se queixar, porque consentira com tudo e até encorajara.

 Os dias se fundiram num só até que 2 de abril assomou diante dele. Um ano se passara desde a morte de Eleni. Naquela manhã, ele não saiu da cama e pôde ouvir Kath pondo Ellen para dormir no berço. Sabia que a qualquer momento a porta se abriria. Puxou os lençóis por cima da cabeça e gemeu. Sentiu algo se mexer na barriga; não reconheceu a princípio, mas aquilo fervilhou em silêncio até que ela entrou e o descobriu. Foi a menorzinha das rebeliões, quase um grasnido quando saiu.

 — Pare — sussurrou ele. — Temos de parar com isso... Eu detesto... Para mim, já basta.

* * *

Lá no fundo ela sabia que ele estava certo. Tinha de acabar. Seu vício de Leo era como um câncer comendo por dentro a vida familiar, mas ela não conseguira largá-lo. Agora a droga rejeitara o viciado. Mas ela ainda ansiava por ele; a ligação dos dois marcara seu renascimento sexual, ela se sentia rejuvenescida, atraente e poderosa. Não conseguia explicar nem conter a fúria que crescia dentro dela nem entender por que, se não havia amor entre eles, ela se sentia tão rejeitada.

— Então é melhor ir embora agora — explodiu ela. — Não quero você nesta casa. Ande, vá embora! — Ela o puxou da cama e o empurrou de pijama até a porta da frente. — Rua, e não volte! — berrou. Estava chovendo muito. Leo ficou perplexo no portal enquanto Kath subia de novo e jogava suas coisas pela janela, num torvelinho de fúria. Leo recolheu seus bens da calçada molhada e saiu perambulando pela rua, perseguido o tempo todo pelos insultos irados da Sra. Hardman e os gritos desconsolados do bebê abandonado.

Anotação nº 7

Os oceanos ressoam com os chamados das baleias que enviam mensagens submarinas aos entes queridos a centenas de quilômetros de distância. Volte, estou com saudades.

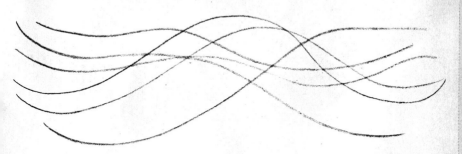

# 23

IMAGINE SE ABRISSEM TODAS AS PRISÕES E DEIXASSEM todos os assassinos e ladrões saírem; agora imagine se fardassem todos esses lunáticos e lhes dessem poder... Na verdade, não é tão difícil assim de imaginar, não é, Fischel? Porque é mais ou menos o que Hitler está fazendo aqui. E foi exatamente o que acabara de acontecer em Irkutsk quando chegamos lá. Só que o plano de Kerensky de aumentar o exército russo com criminosos meio que saiu pela culatra, porque, embora metade dos prisioneiros tenha se alistado, metade zombou dele se juntando aos bolcheviques. A cidade estava cheia de áreas perigosíssimas, principalmente à noite, nas estradas perto dos quartéis, onde ao amanhecer não era raro encontrar nas sarjetas cadáveres de bolso vazio. É claro que não sabíamos disso e fomos parar direto na parte mais perigosa da cidade sem nem perceber. Encontramos uma pensão vazia e não entendemos por que o senhorio nos ofereceu imediatamente um desconto e concordou em nos deixar pagar no fim da semana. Não tínhamos dinheiro suficiente para pagar adiantado. Ele nem fez perguntas quando ouviu Király falando alemão. Acho que não via hóspedes havia meses.

Tudo que precisávamos fazer era arranjar dinheiro para o aluguel. Sugeri esculpir figurinhas de madeira e vendê-las no mercado, mas Király tinha outras ideias. Disse que conhecia um modo de "achar" dinheiro que seria bem mais lucrativo. Achei que estava maluco; se nos pegassem roubando, as autoridades nos puniriam severamente e talvez tivéssemos de voltar para Sretensk. Seguiu-se uma enorme discussão e Király saiu sozinho, armado apenas com a bengala que eu lhe fizera.

Naquela noite, fui perturbado por gritos na rua. Quando olhei pela janela, vi duas figuras sombrias lutando no escuro; então ouvi Király gritar a plenos pulmões. Peguei o machado e desci correndo. O senhorio tentou me segurar no corredor.

— Não vá até lá, não é seguro — implorou.

Empurrei-o para o lado e saí pela porta. Király se debatia no chão. Um soldado estava em pé sobre ele, de faca na mão. Quando a lâmina faiscou ao luar, vi que já pingava sangue. Ergui o machado acima da cabeça e saí correndo na direção dele, mas ele me escutou e se virou para me enfrentar. Baixei-lhe o machado na cabeça, mas ele conseguiu se desviar e atingi o braço. Ele uivou, deu meia-volta, pegou alguma coisa na rua e saiu correndo na noite. Király conseguiu se recobrar e, brandindo a bengala, disparou uma salva de xingamentos húngaros contra ele.

Depois, verificou os bolsos, catou algumas carteiras que estavam espalhadas pelo chão e disse:

— O canalha roubou a minha bolsa.

Ah, está achando graça, não é, Fischel? É, acho que é engraçado... rá... Ai, ai... você está me fazendo rir... não, por favor, nada de risos, não é bom para mim... Não achei engraçado na época, fiquei furioso com ele por se meter em encrencas.

— Ah, é ele o canalha, não é? — gritei. — E de onde você tirou a bolsa?

— Achei — e sorriu.

— Onde?

— Você não vai acreditar, mas estava no ombro de uma dama; largaram ela lá, abandonada. Mas não se preocupe, também achei essas carteiras, tudo vai ficar bem. Agora, me ajude a entrar. Dá para ver que estou sentindo dor?

Ajudei-o a cruzar a porta e, à luz da lâmpada de gás, consegui ver que fora ferido no estômago.

— Não se preocupe com isso. — Ele fez uma careta. — Foi só um arranhão. Meu pé é que está me matando.

O pé voltara a sangrar. O senhorio foi correndo buscar uma toalha; não queria sangue no tapete, nunca mais sairia.

— Precisamos de um médico. Conhece algum? — perguntei.

O senhorio coçou a careca e suspirou, e foi aí que nos contou que ninguém em sã consciência passaria naquela rua à noite, e mesmo durante o dia era melhor evitá-la.

Nenhum médico da cidade se aproximaria daquele lugar. Eu já vira e ouvira o suficiente. Naquele mesmo instante, resolvi partir no dia seguinte.

— O senhor devia ter nos avisado — falei, zangado. — Não quero mais ficar aqui.

O senhorio concordou com tristeza e depois olhou o pé de Király e uma ideia cruzou-lhe a mente; não havia como o ferido partir pela manhã.

— Se ele concordar em ficar aqui até poder andar, amanhã de manhã posso levá-lo ao médico. Um bom homem que não fará perguntas — ofereceu.

— De que diabos vocês dois estão falando? — perguntou Király, irritado.

Só Deus sabe como ele sobreviveria sem mim.

Naquela noite, jogamos a última partida de xadrez. Eu não lhe dissera ainda que ia embora. Sentia-me culpado e não sabia como lhe contar. Dali a mais ou menos uma hora, coloquei-me numa posição desesperadora. Estudei Frantz atentamente para me certificar de que ele sabia que tinha ganho. Um sorriso cheio de dentes se abriu no rosto avermelhado; ele era um péssimo jogador de xadrez, mas até um idiota veria que seria mate em dois lances. Derrubei meu rei e observei-o rolar até o chão. Frantz soltou um guincho de prazer que deve ter perturbado os ladrões lá fora e, por um momento, a vitória amorteceu a dor no pé; ele pulou e saltitou pelo quarto com alegria. Então, de súbito, uma ideia lhe cruzou a cabeça e ele parou repentinamente.

— Você me deixou ganhar de propósito, seu filho da puta? — Ele me fitava muito sério.

— Não, é claro que não.
— Deixou, sim, não é?
— Eu nunca faria isso — protestei. — Prefiro ver você sangrar até a morte a perder e ver você dançar por aí como um porco recém-marcado.

Ele hesitou. Podia ver sua mente funcionando enquanto ele se afastava do desejo de acreditar em mim. A próxima coisa que sei é que ele pulou em cima de mim, praguejando em húngaro. O cínico dentro dele vencera o crente e, pelo menos dessa vez, ele estava certo: eu perdera de propósito.

— Por que fez isso, seu canalha? — gritou, e uma gota de saliva voou-lhe involuntariamente da boca e caiu na minha bochecha. — Não preciso da sua caridade.

Empurrei-o para longe de mim e me limpei.

— Fiz isso porque queria vê-lo feliz antes de ir embora amanhã de manhã.

Ele pensou em minha resposta e os olhos se encheram d'água. Não sei direito se ficou comovido porque eu queria vê-lo feliz ou porque eu ia embora. Virou-se, sem graça, e saiu do quarto. Voltou algum tempo depois de eu me deitar e ouvi-o ir até a cama e se preparar para dormir. Pela manhã, ficou deitado me olhando em silêncio enquanto eu juntava minhas coisas. Quando saí, recusou-se a me apertar a mão. Nunca mais vi Frantz Király.

Depois da guerra, pensei muitas vezes nele com saudades e fiquei imaginando o que lhe acontecera, de modo que escrevi para a pensão em Irkutsk e me espantei ao descobrir que ainda morava lá. Trocamos algumas cartas, mas logo percebemos que tínhamos pouquíssima coisa em comum e a correspondência morreu. Ele falava com detalhes chocantes das mulheres a que servira durante a guerra. Era o pai relutante de "dois pobres bastardos" que se recusara a conhecer. Depois da guerra, alguns maridos dessas mulheres voltaram inesperadamente e ele fora surrado, mas sobreviveu para contar a história. O pé sarara, mas ele ainda andava de bengala, e fiquei com a impressão de que era ladrão, porque, quando lhe perguntei o que fazia para sobreviver, tudo que disse foi que Irkutsk era o paraíso dos oportunistas e, além disso, ele falava russo, era bolchevique e não se interessava por bens materiais. Conhecia-o suficientemente bem para ler isso como uma grande piada. Agora já faz mais de uma década que não tenho notícias dele.

Depois de Irkutsk, perambulei de aldeia em aldeia, esculpindo pequenas efígies de pinho e vendendo-as pelo caminho. O tio Josef tinha razão: sempre há mercado para pequenos crucifixos de madeira. Mas todo aquele negócio de esculpi-los e ficar pelas esquinas estava me retardando. Finalmente, certa noite, desesperado, roubei um cavalo do campo de um cúlaque e fui perseguido até a floresta, aos gritos, pelo proprietário e seu cão tenaz. Consegui escapar e cavalguei duramente pelos montes Saian. Noventa dias depois, o cavalo caiu morto. Quando o olhei, percebi que meu magnífico corcel nunca passara de um velho cavalo de carroça. E agora só restava uma coisa a fazer. Comê-lo. Durante meses vivi das frutas da floresta. Comer um cavalo é ingerir sua força. Assim, com o máximo que consegui comer do cavalo dentro de mim e o máximo que pude carregar dentro da mochila, parti a pé mais uma vez.

Em certo dia de agosto de 1917, quando me aproximava de Abakan, passei por uma cabaninha numa clareira da floresta. Havia um velho sentado pacificamente na varanda de madeira.

— Está um lindo dia — disse ele alegremente quando passei.

— Está mesmo — respondi educadamente, seguindo meu caminho.

— Como sabe? Você está com tanta pressa. Precisa descansar, venha sentar-se. Aceite uma vodca.

Parei um instante e olhei em volta. A cabana ficava no alto de um morro, num bosque de flores selvagens todas abertas, e da varanda o velho podia ver lá embaixo os vales cobertos de florestas e as montanhas mais além.

— É muita gentileza sua. Aceito um gole rápido.

— Rápido? Por que rápido? Deixe que demore o tempo que for necessário — riu o homem.

Sentei-me num banquinho de madeira a seu lado e ele me serviu a bebida.

— Oleg — disse, estendendo a mão. — E você?

Hesitei. Seria mais seguro dar um nome russo.

— Serguei.

— Aonde vai, Serguei?

Nessa época, já me sentia à vontade de me passar por russo; era um país tão vasto com tantas tribos que eu podia ser de qualquer lugar, mas ainda assim tomava cuidado.

— Para casa — disse, evasivamente.

Oleg sorriu.

— Casa é onde a gente está. Por que quer estar em outro lugar?

— Amor.

— Ah, amor — meditou ele. — Mas, meu amigo, se soubesse alguma coisa sobre o amor, não estaria com tanta pressa. Ficaria aqui sentado e gozaria esse lindo dia. Seu amor não está em outro lugar; você o leva consigo. Ela está bem aqui. Ela é o farfalhar das árvores. Ela é o aroma do verão.

Absorvi a paisagem magnífica do vale e senti a brisa brincar na minha pele. Era mesmo um lugar mágico.

— Talvez, talvez — suspirei —, mas só ficarei feliz quando a tiver em meus braços.

Oleg passou os dedos pela barba e sorriu.

— E como sabe que será feliz então, se não é feliz agora? Ter alguma coisa pode mesmo nos deixar felizes?

O homem parecia tão benevolente que me senti tentado a responder, muito embora nenhum estranho tivesse me interrogado assim até então.

— Pode, por que não? — tentei.

— Sabe, já morei numa cidade cheia de gente ambiciosa, gente que aspirava a ter, fosse riqueza, fosse poder. Era uma cidade infeliz. Sua causa pode ser mais nobre que a deles, mas ainda assim é importante saber a diferença entre ter e ser. Se queimar demais dentro de um homem, o desejo o consumirá. Aquele que diz que só descansará depois de ganhar certa quantia nem então descansará, porque seu desejo o empurrará para uma riqueza maior. Aquele que diz que só será feliz quando obtiver uma certa mulher procurará outra depois que a tiver. Sei que é verdade porque eu era assim. Quem não é feliz agora pode nunca ser feliz.

Fiquei me perguntando quem seria esse homem. Tinham me dito que a Sibéria estava cheia de seitas religiosas e falsos profetas, mas esse homem não tinha seguidores.

— Está sugerindo que eu abandone minha viagem? — perguntei.

— Não, de jeito nenhum. É o contrário. Ouça a minha história: certo dia, um homem vê o sol se pôr e decide que sua fortuna está onde o sol toca a terra. E parte nessa direção. Anda, anda, anda e, depois de muito tempo, chega de volta à aldeia de onde partiu. Viajou o mundo todo, mas, quando seus amigos lhe pedem que descreva as maravilhas do mundo, ele não consegue responder, pois seus olhos foram cegados pelo sol. O que estou sugerindo é que você se lembre da viagem e esqueça a chegada. Senão, também ficará cego, e envelhecerá como eu, e se perguntará para onde foi a vida, e perceberá que passou a vida toda planejando um futuro que nunca aconteceu. Encontre a felicidade agora e, se por acaso encontrar seu amor, a felicidade dobrará. Venha, tome outra vodca comigo e ouça o canto dos pássaros. Por que não viver agora, meu jovem?

Sentamos e conversamos várias horas até que a vodca acabou. O álcool no estômago vazio reforçou minha convicção de que Oleg era um homem em quem eu podia confiar e logo confessei tudo: minha nacionalidade, minha religião e minha condição de prisioneiro de guerra.

— Ora, então nós dois somos fujões — riu Oleg.

— E do que você está fugindo? — perguntei, imaginando que talvez fosse um criminoso.

— Dos meus inimigos, da minha família, da minha vida... de mim.

Era um velho tão bondoso. Com a comprida barba branca e os olhos brilhantes, parecia mais um avô adorável do que um homem com inimigos.

— Parece surpreso, amigo. Mas não vou dizer mais nada se não concordar em passar uns dias comigo, e aí encherei seus ouvidos de histórias. Lá dentro tem borscht e uma torta de esquilo. Adoraria ter companhia... e acho que você também.

Acabei ficando quatro dias. Recolhemos lenha, caçamos veados e lemos. Para um homem de poucas posses, Oleg tinha uma magnífica coleção de livros. Ele não tinha muito o que fazer além de ler. Naquela idade, devorava todos os livros que estivera ocupado demais para ler quando jovem. À noite, sentávamo-nos à luz da lareira e conversávamos, e Oleg entretinha a mim e aos espíritos da floresta com histórias e canções folclóricas. Finalmente, na minha última noite, Oleg me premiou com sua história.

— Passei três quartos da minha vida sofrendo, meu amigo — disse ele, puxando a barba. — Quando tinha a sua idade, tinha também muitos sonhos. Ia mudar o mundo. Só precisava chegar a uma posição de poder. Trabalhei muitíssimo como mercador e, mais tarde, como político, mas ainda era ninguém. Aprendi que, na Rússia, o forte sempre vence. O agressor maior vence o agressor menor, o impiedoso vence o honesto, o ambicioso ganha o respeito dos pobres e só os corruptos obtêm o poder. Vi o que precisava fazer e prometi a mim mesmo que, depois que escalasse o pau de sebo do poder, mudaria as coisas para melhor. Mas cada passo que dava para longe do verdadeiro caminho eram dois passos atrás. Logo perdi o contato com meus ideais. Quando controlei a duma local, subjugara todos à minha volta e estava cercado de inimigos. Vivia com medo e meu único objetivo então era proteger o que tinha. Mas mudar o mundo... que nada.

"Voltei a atenção para meus três filhos. Pelo menos podia ajudá-los a crescer e a serem bons russos, mas, quanto mais exercia minha autoridade, mais insubordinados ficavam. Logo descobri que não podia mais controlá-los, assim como não podia controlar o mundo. Eles ainda me desprezam. Então minha mulher adoeceu e, em seu leito de morte, disse que odiava a pessoa em que me transformara e me acusou de ser tirano. Eu realizara meu sonho só para descobrir que perdera a alma.

"Desmoronei. Ninguém entendeu e ninguém se incomodou. Fugi e perambulei sozinho durante muitos meses até me instalar aqui. E aqui escutei meu coração e ele começou a se abrir de novo. E agora percebo que o único poder que tenho é o que exerço sobre mim. O mundo se curvará em torno do homem que conhece seu poder, pois ele é como uma estrela que não pode ser apagada ou uma pedra que não pode ser movida. Mas use esse poder sobre os outros e o mundo acabará por esmagá-lo, pois essa é a fraqueza disfarçada de força. Para mim é tarde demais, estou limpando meu espírito para a morte, mas você tem tudo à sua frente."

Fitei durante muito tempo as brasas moribundas do fogo. Será que eu voltaria a ver Lotte? O mundo conspirava contra nós; eu teria força de vontade para continuar?

— Tenho medo, Oleg. Estou apavorado com o que me pode acontecer. Metade da Rússia me mataria. Estou cansado de me esconder, cansado de fingir.

No dia seguinte, Oleg levantou-se cedo e acordei com o cheiro de pão fresco. Na mesa, havia um samovar de chá fumegante. Oleg pusera três pães na minha mochila e enchera meu cantil de água. Depois de um copioso desjejum, eu estava pronto para partir.

Oleg me segurou.

— A noite toda pensei com que história me despediria de você e hoje de manhã ela finalmente me ocorreu. É sobre um caçador que está na floresta atrás de um veado. De repente, percebe que está sendo seguido por um tigre. O caçador agora é a caça. Começa a correr de medo entre as árvores, com o tigre se aproximando. Em seu pânico, o caçador cai na armadilha que ele mesmo fizera e, antes que o perceba, rola para dentro de um buraco fundo. Consegue se agarrar a uma raiz que se projeta a meio caminho e fica lá pendurado. Olha para baixo e vê uma dúzia de serpentes venenosas contorcendo-se no fundo do buraco. Olha para cima e vê o tigre rondando a beira do buraco. Então sente a raiz afrouxar-se lentamente e ceder para o lado. Ouve um zumbido e percebe uma abelha voando acima dele. Uma gota de mel cai sobre uma folha perto da boca. E ali, cercado pela morte em cima e embaixo, ele estica a língua e prova a doçura da vida. A vida é dura, Moritz, mas sempre há uma gota de mel em algum lugar. Boa sorte.

Dali, passei por Abakan rumo a Kuznetsk. Mas algo mudara. As palavras de Oleg tiveram um efeito profundo sobre mim; retardei-me um pouco, fiquei mais curioso sobre os lugares que atravessava, conheci mais gente. Transformei-me de vagabundo em viajante e, estranhamente, comecei mesmo a me divertir. Mas meu prazer encerrou-se quando cheguei àquela fedorenta cidade de Kuznetsk. Estava viajando havia seis meses e ainda não saíra da Sibéria.

Mais para oeste, a paisagem política mudava rapidamente, mas na Sibéria os bolcheviques vinham lutando para se firmar. Os cúlaques da Sibéria eram diferentes dos camponeses pobres da Rússia ocidental porque desprezavam os bolcheviques. Por quê? Porque o oriente era subpovoado, os camponeses tinham mais terra e, em geral, estavam em situação muito melhor. Mas a ironia era que os cúlaques, sem querer, ajudavam os bolcheviques a conquistar o poder. A decisão deles de armazenar os grãos fizera os preços dispararem. O excesso de grãos do oriente poderia ter alimentado todo mundo no ocidente. Kerensky passou um decreto atrás do outro, mas os siberianos se recusavam a entregar a safra. Em consequência, as aldeias estavam bem alimentadas, mas as cidades passavam fome. Os soldados subnutridos da frente de batalha desertavam às manadas e as grandes cidades de Moscou e Petrogrado caíram facilmente nas mãos dos bolcheviques.

Eu precisava desesperadamente de algum dinheiro regular; viver da terra estava ficando cada vez mais difícil e eu era orgulhoso demais para pedir esmolas na cidade. Além disso, não aguentaria outro inverno caminhando. Não era difícil encontrar trabalho. Com cada vez mais homens alistados no exército, os empregos vagavam. Kuznetsk era uma cidade mineira e foi isso que acabei fazendo.

Todo dia arriscávamos a vida e moíamos os ossos durante muitas horas, só para voltar aos quartos alugados com um punhado de copeques. Aí, certa manhã, no final de outubro de 1917, a mina tomou vida com vozes jubilosas que ecoavam pelos túneis.

— Os bolcheviques atacaram o palácio de verão.
— A revolução começou.
— A guerra acabou.
— Deus está morto.
— Vida longa a Lenin.
— Os operários estão livres — gritaram os mineiros.

Houve muito entusiasmo, grande otimismo e a esperança de que a vida melhoraria. Mas essa esperança se frustrou; as dumas locais da Sibéria fortaleceram-se e rejeitaram a transição do poder para os bolcheviques. Os operários não estavam livres. Estávamos muito longe de Petrogrado. Assim, o trabalho continuou como antes.

Mais um dia sem luz, outro sopro de ar cheio de pó, mais alguns copeques, dores nas costas, cãibras nas pernas e a maldita tosse. Os dias começaram a perder seu caráter e aos poucos a vida se reduziu a um borrão preto e fuliginoso.

Novembro e dezembro chegaram e passaram. Lenin assinou o armistício com as Potências Centrais, mas para mim a vida não passava de um buraco negro. Estava perdendo a esperança de que um dia voltaria a ver Lotte. Ela não tinha notícias minhas havia muito tempo. Eu não estava mais em nenhuma lista da Cruz Vermelha e ela só poderia supor que eu morrera. O correio desmoronara, enviar cartas era inútil, mas mesmo assim eu ainda escrevia minhas "cartas à neve", como Király as chamara. Essas cartas não só continham cada detalhe da minha vida como eram minha meditação, minha fantasia, eram o fio tênue que me mantinha preso à vida.

Eu caíra numa rotina pavorosa; era escravo do poço. Estava frio demais para caminhar e eu era pobre demais para viver sem a mina. Em fevereiro de 1918, esmagado pela rotina sem sentido, meu ânimo se esvaía e comecei a ter uma tosse seca da qual nunca sarei. Sentia uma dor constante nos rins, que piorava dia a dia. Só me lembro de que em março estava cuspindo sangue, tendo cada vez mais acidentes, desmaios e colapsos. Um ano se passara desde que eu partira de Sretensk.

Foi então, meu filho, que peguei essa tuberculose assassina que me persegue desde então. Ainda assim, não fiquei tão doente quanto em Sretensk. Meus sintomas eram exacerbados pela exaustão. Nos piores momentos, fui visitado outra vez por aquelas crianças angelicais e ouvi suas vozes me empurrando para a frente.

— Vamos, você não pode parar agora. Levante-se, vá em frente. Ande, ande, ande. Não desista de nós — insistiam.

E foi exatamente o que fiz. Levantei-me e andei. Pus um pé na frente do outro e andei rumo ao sol poente. Lembrei-me das palavras de despedida de Oleg: "A felicidade é uma escolha, não é função da ambição." E andei só por andar. Pus um pé na frente do outro e procurei Lotte em tudo. De abril a outubro de 1918, andei dois mil quilômetros. Andei pelas planícies sem fim da estepe de Kulunda. Andei por campos de trigo. Andei pelo milho, andei sobre beterrabas e batatas. Pus um pé na frente do outro e andei. Andei sobre a terra preta, andei sobre caminhos de seixos, andei em estradas, andei em trilhas de bodes. Andei por aldeias e cidades. Andar tornou-se uma arte, uma filosofia, um modo de vida. Nele, havia alegria. Andei rumo ao meu amor como se andasse por uma pintura: fundindo-me às flores, inalando-as, vivendo-as, tomando carona no canto dos pássaros, dançando com o vento. Eu era a terra por onde andava, misturando-me à cor vibrante da terra e dos campos, envolto nas portentosas estepes planas da Rússia, onde a terra se curva até o horizonte e o sol assa as plantações. Levei o universo na palma da mão como presente para Lotte. Este planeta não gira por conta própria; somos nós que o giramos com nossos passos suaves. O homem tem de se mover sempre, porque a terra o exige e o nômade sabe que a natureza conspira com amor.

Encontrei pastores cazaques e mulheres uzbeques de véu negro trabalhando no campo. Encontrei tadjiques e judeus, turcomênios e russos. Andei por um caleidoscópio de opiniões, pois cada um que encontrava tinha um ponto de vista diferente sobre os fatos históricos que se desenrolavam à nossa volta. Ninguém tinha a mesma opinião, mas, de um modo ou de outro, estavam todos presos à febre política que tomara conta do país. Havia nacionalistas e socialistas revolucionários, havia intelectuais filiados aos Cadetes e soldados que voltavam da linha de frente, chamados de *frontoviki*, havia tsaristas, comunistas e uma miríade de outros grupos políticos. Havia tanta diversidade sob suas bandeiras que seria mais exato dizer que cada pessoa era um partido do eu-sozinho. Os últimos acontecimentos estavam na boca de todos. A estrada se tornou minha professora. Soube por um ucraniano miserável que Lenin assinara um tratado de paz desvantajoso em Brest-Litovsk, que cedia a Bielo-Rússia e a Ucrânia aos alemães. Pouco depois, alguém me contou que um socialista dera um tiro no pescoço de Lenin. Passei pela mulher de um fazendeiro que chorava porque soubera que o tsar e seus filhos tinham sido assassinados em Ekaterinburg. Então fiquei chocado quando me disseram que havia uma guerra civil, mas, quando tentei descobrir com quem lutavam os bolcheviques, recebi respostas diferentes. Alguns disseram que era com o governo siberiano provisório que acabara de se estabelecer em Omsk, outros disseram que era com ex-tsaristas, cossacos e estonianos, outros ainda que era com uma organização socialista chamada Komuch, sediada em Samara, e o mais estranho é que havia quem dissesse que era com a Legião Tcheca. Esta última descartei como boato maluco, mas ainda assim parecia que os bolcheviques estavam combatendo todo mundo em todas as frentes, mas que os inimigos eram tão disparatados, diferentes e descoordenados quanto as pessoas que eu encontrava na estrada.

Quanto mais perto chegava dos Urais, mais loucos ficavam os boatos e mais ameaçado eu me sentia. Diziam que Lenin e Trotski eram espiões alemães mandados para deixar o país de joelhos, diziam que os alemães já tinham tomado Odessa. Afirmavam que o bolchevismo fazia parte de uma conspiração judaica. Cheguei a ouvir que tinham dado independência à Polônia, e, se isso fosse verdade, onde ficara Ulanow? Na Polônia, na Áustria ou na Alemanha?

O campo estava cheio de desertores bêbados seguindo para leste. Certo dia, estava num caminho tranquilo, a noroeste de Orsk, seguindo para Orenburg. O frio do fim do outono pendia no ar como ameaça e uma névoa fina soprava em lufadas vindas do sul dos Urais. Ouvi um gemido vindo do mato. Baixei a mochila pesada e fui olhar. Era um homem de meia-idade prostrado na lama, numa poça de sangue. Perguntei-lhe se podia ajudar e ele gemeu algo incompreensível, então levantei-o e sentei-o sobre o quadril. Usava sobretudo de soldado mas não tinha armas; um desertor, sem dúvida. A testa estava lacerada e o ferimento recente sangrava, mas a quantidade imensa de sangue fazia com que a lesão parecesse pior do que era. Limpei-lhe a cabeça com o lenço; ele estava desorientado e confuso e levou alguns minutos para recuperar os sentidos.

— Quem fez isso com você? — perguntei.

— Cossacos — ofegou ele. — Eles me roubaram. Por que me roubaram? Não tenho nada! Não sou judeu.

— Segurei a língua. — Os canalhas apavoram todo mundo nessas montanhas. Tenha cuidado, amigo, eles ainda podem estar por perto.

Espiei pela neblina; não havia sinal de ninguém.

— Aonde você vai? — perguntei.

— Para longe... para longe dos alemães, dos polacos, dos judeus.

— O que quer dizer? — Não consegui me segurar.

— Judeus, polacos, bolcheviques... chame do que quiser, é tudo a mesma coisa. Não sabia que o nome verdadeiro de Trotski é Bronstein? Ele nem é russo, e Lenin também.

— Lenin é judeu?

— Ora, deve ser, eles vivem juntos, não é, como vermes num ninho. — Ele riu e uma gota de sangue rolou pelo rosto e caiu na minha calça. Sorri e assenti. Como era fácil negar a minha fé. Foi um jogo que pratiquei muitas vezes na juventude, mas que me recuso a jogar agora que estou mais velho.

— Não dou a mínima para o tsar — disse ele. — Fiquei contente de vê-lo ir embora, mas tudo ficou tão ruim que agora sinto falta dele. Não concorda?

— Claro — suspirei o mais tristemente que pude. — Afinal de contas, ele não era tão ruim assim.

— Agora há menos comida do que antes. A oeste do Volga, os camponeses estão comendo uns aos outros de tanta fome. Dá para imaginar? Teve gente presa por canibalismo. Aqueles ratos bolcheviques entregaram as melhores terras aos alemães e agora estão roubando o restante para si. Forrando os bolsos, como se os judeus já não fossem bastante ricos. E dizem que fazem tudo isso pelo povo. Que piada.

— Então, por que desertou? Não deveria estar lutando contra eles? — perguntei.

— Para começar, fui forçado a me alistar no exército. Chamam de tropa voluntária, mas os generais e seus lacaios cossacos estão pegando homens de qualquer idade e obrigando-os a se alistarem sob a mira das armas. Olhe para mim: tenho 45 anos, nenhum treinamento. Que utilidade tenho contra o Exército Vermelho? Se você passar de Orenburg, será alistado quer queira quer não e, caso se recuse a lutar, vão achar que você é bolchevique e jogá-lo no Volga ou coisa pior. Passei por uma aldeia onde o corpo de uma mocinha estava pendurado num poste de telégrafo. A cabeça estava raspada, os seios arrancados. A pele queimada até ficar preta. Havia um pedaço de papel preso nela com o aviso: "Quem tiver negócios com os bolcheviques pode esperar o mesmo tratamento." Vi com meus próprios olhos.

Fiquei horrorizado. Bem quando me congratulava por sobreviver às dificuldades da Sibéria, minhas esperanças se frustravam de novo. A única coisa que me separava de Lotte era todo o Exército Vermelho e uma guerra civil de ferocidade apavorante. Estava penetrando no coração da loucura.

— Para onde vai? — perguntou ele.

— Para a frente de batalha. — Era meia verdade.

— Bom rapaz — disse ele, batendo a mão ensanguentada em meu ombro. — Você é um *frontovik*?

— Sou. Lutei na guerra, na Rutênia. — Isso era verdade.

— Ah, achei que era ucraniano pelo sotaque. Então estava com Brusilov, precisamos de homens como você. E a quem vai se juntar agora?

Fiquei atrapalhado com a pergunta.

— Aos Brancos — respondi, hesitante.

— Claro, claro, mas isso pode ser qualquer um. Vai se juntar a Denikin, no Cáucaso, ou a Kappel, em Samara?

— A Kappel — respondi, do nada. — E os tchecos? — arrisquei. — Onde estão?

— Malditos tchecos, eles assumiram o controle de toda a ferrovia transiberiana, de Ufa até Vladivostok. São um monte de merda arrogante; nada passa sem a permissão deles. Só Deus sabe o que estão fazendo ali. Ainda lutam pela independência. Dizem que são sessenta mil, todos desertores do exército austríaco. Trocaram de lado porque queriam que os austríacos perdessem a guerra. Agora ficaram presos aqui e odeiam os Vermelhos porque assinaram o tratado de paz. Dizem que querem ir para casa, mas como, a menos que a Áustria caia? Assim, estão lutando com Kappel porque querem que a Grande Guerra recomece. Odeio os canalhas, mas graças a Deus estão do nosso lado, porque estaríamos perdidos sem eles. São organizados e muito motivados, e isso é mais do que se pode dizer da nossa ralé. Você vai ver com seus olhos quando chegar a Samara. Mas é melhor se apressar, porque acabei de saber que os Vermelhos tomaram Syzran e não vão demorar a atravessar o Volga. Todas as mãos estarão sobre Samara em pouco tempo. Não é para os iguais a mim, mas você... Jesus Cristo... — ele se interrompeu quando o trovão do galope de cavalos chegou aos nossos ouvidos. Meu coração pulou, uma onda de sangue jorrou em meu coração; rápido como uma raposa, o desertor se esgueirou pelos arbustos. Agarrei a mochila e mergulhei no mato atrás dele. Os cavalos se aproximavam, mas eu ainda não conseguia vê-los através da névoa. Uma ideia me ocorreu: sabiam que ele estava ali, talvez tivessem voltado para pegá-lo, ele estava derramando sangue no mato, um alvo fácil. Dei meia-volta e disparei encosta abaixo, tentando deixar a maior distância possível entre nós nos poucos segundos que tinha, até que o galope ressoante dos cavalos fez com que eu me jogasse no chão numa moita de urtigas atrás de um pé de amora-brava. Gani, mas não ousei me mexer, pois agora podia vê-los: barbados, imundos e assustadores, montados em seus cavalos. Contei treze deles. Tinham idades variadas: dois eram grisalhos e talvez com quase 60 anos, era difícil dizer; mas o mais novo não passava dos 15. Pararam na poça de sangue no caminho e olharam em volta, atrás da vítima.

— A doninha ainda está viva — disse um deles. — Arrastou-se para longe.
— Não para muito longe. Vamos à caça, amigos! — gritou outro, e todos aclamaram.

Um terceiro gritou para o mato:
— Estou sentindo cheiro de sangue de covarde, onde é que ele está?

Prendi a respiração. Pude ver as pernas do desertor saindo de um arbusto a quinze metros. Ele tremia como um cordeiro arrancado da mãe.

— Vamos brincar de esconde-esconde, judeu?

Podiam estar falando comigo. Minha cabeça disparou. Eu ainda estava com os documentos austríacos; eles me esfolariam vivo se soubessem quem eu era. Cuidadosamente enfiei a mão no bolso do casaco, queimando-a na urtiga, e procurei os documentos.

— Vamos ter de usar fumaça para tirar você daí, doninha? Ou vai ser esperto e se entregar?

O desertor não se mexeu. Empurrei meus documentos na terra e os cobri. Um dos cossacos tirou o cavalo da trilha. Havia nele uma arrogância desdenhosa e um brilho selvagem nos olhos. Adivinhei que era o atamã, o líder deles.

— Ah, que bolcheviquezinho descuidado — zombou. — Você espalhou sangue por toda parte. Ora vejam, tem mais aqui. E é tudo bem vermelhinho. — Os outros caíram na gargalhada. Dois deles apearam e entraram pelos arbustos, indo direto para a caça. Perdi os dois de vista por trás da amoreira-brava, mas ouvi-os zombando enquanto se aproximavam.

— Por que saiu do campo de batalha, desertor?
— Não há lugar para covardes na Rússia!
— Apareça, seu maricas!

De repente, o desertor saiu do esconderijo como uma perdiz em disparada e correu o mais depressa que pôde. Os cossacos o caçaram e o arrastaram de volta à trilha, passando a centímetros de mim, milagrosamente sem me ver. Comecei a tremer de medo e rezei para que o desertor não me entregasse. Ele agora implorava:

— Já disse a vocês: não sou bolchevique e não sou judeu.

— Então, por que não quer lutar contra eles? Ou você está conosco ou está contra nós — disse ferozmente o atamã. — Achamos que estava morto e não vamos cometer outro erro.

— Não, não, não me matem. Odeio os bolcheviques, de todo o coração eu os odeio — baliu o desertor. — Eu só quero ver minha mulher e minhas três filhas. Vocês têm família, não têm? Precisam entender. Como elas vão viver sem mim?

O atamã pensou um pouco e seu rosto ficou mais suave.

— Claro, entendo, homenzinho, de onde você é?
— De Kuvandik.
— Conheço. Uma linda aldeia. Você está perto de casa — sorriu o atamã. — E o que faz por lá?

— Faço chapéus. Se passar por lá, pergunte por Lev Borisovitch, todo mundo me conhece. Darei a cada um de vocês um lindo chapéu. — E deu um sorriso afetado.

— Deve estar com saudades das filhas, Lev Borisovitch. Eu também tenho duas. Qual a idade delas? — perguntou o atamã educadamente.

— Estou, sim. Faz três meses que não as vejo. A mais velha tem 21 anos e as outras 19 e 15. Cada uma mais linda que a outra — disse Lev com orgulho.

— Fico muito feliz em saber, Lev Borisovitch, porque vamos visitá-las depois que você morrer. — Os cossacos soltaram um riso abafado de entusiasmo.

Incrédulo, Lev fitou o atamã e depois soltou um gemido agudo; os ombros caíram e ele começou a soluçar:

— Não, minhas meninas, não, por favor, não toquem nas minhas meninas!

Seus apelos foram recebidos com sorrisos e acenos de cabeça. Ele caiu de joelhos e socou o chão, amaldiçoando sua estupidez. Depois ergueu a cabeça e olhou diretamente para a moita onde eu me escondia. Meu coração parou. Era um olhar de desespero total; ele não disse uma palavra, mas eu sabia que me implorava para ajudá-lo. O que eu poderia fazer? Fiquei parado e aguardei para ver o que ele faria. Dali a um instante, ele desviou os olhos e agradeci a Deus por abençoar esse homem, por mais antissemita que fosse, com força de vontade.

— O que faremos com ele, rapazes? — perguntou o atamã aos capangas.

— Um ataque cossaco — respondeu o jovem.

Os outros deram hurras e levaram os cavalos encosta acima. Os dois que estavam desmontados empurraram Lev até o meio da trilha e obrigaram-no a ficar de frente para os cavalos, que tinham se afastado um pouco. Puxaram a espada e ficaram dos dois lados, a um metro do desertor ajoelhado.

— Se você se mexer, perde a cabeça — disse um deles.

O jovem veio primeiro. Fazendo o cavalo correr como o vento, avançou morro abaixo a todo galope, direto na direção de Lev Borisovitch. Os outros animavam o rapaz aos gritos. Os olhos dele estavam selvagens de empolgação e, quando chegou a Lev, preparou-se para o salto. O cavalo voou por sobre a cabeça de Lev, mas um dos cascos o pegou bem no rosto, fazendo-o cair de costas. Os cossacos riram. Lev conseguiu erguer-se do chão e fitou-me de novo. O nariz estava esmagado e o rosto respingado de sangue. Prendi a respiração. Sua boca abriu-se como se fosse falar, mas engoliu em seco e manteve a paz. Os cossacos desmontados agarraram-no pelas axilas e viraram seu corpo surrado para encarar o próximo cavaleiro, que iniciara a carga.

— Estou doido para foder suas meninas — riu o cavaleiro ao lançar-se sobre a vítima. Lev tremia quando o cavalo tropeçou nele, pisoteando-o com os cascos e jogando-o morro abaixo. O corpo ficou imóvel por um instante, um destroço contorcido na lama. Os dois cossacos o puxaram para ver se estava morto. Lev tossiu e cuspiu; estava sem ar mas tentava falar.

— Não sou... bolchevique — soprou.

— Para nós, é. Vamos lá, mal começamos ainda — disse o mais velho, empurrando-o para o seu lugar.

— Não sou... bolchevique — gemeu. Então, virou a cabeça para mim e disse: — Perguntem... a ele. — As palavras foram como uma bala na minha cabeça.

— O quê? — disseram todos juntos.

— Ali, perguntem a ele — disse Lev, com um pouco mais de vigor.

Ambos olharam em minha direção. Senti o rosto queimar.

— Quem? — perguntou o mais novo.

— Eu — disse, levantando-me. Meu surgimento fez os outros cavaleiros descerem o morro. Abri meu caminho até a trilha.

— Então vocês são dois? — perguntou o atamã. — Por que não disse antes, Lev?

— Esse homem sabe que não sou bolchevique nem judeu — ofegou Lev.

— Mas ambos são desertores — disse o atamã com um muxoxo.

— Não — disse Lev, respondendo em meu nome. — Ele é um *frontovik*.

— Vou me unir ao general Kappel — acrescentei, tentando soar confiante.

— É verdade — assegurou-lhe Lev.

— Como se conhecem?

— Ele é da minha aldeia, me conhece bem.

Ele me olhou nos olhos, querendo que eu o apoiasse. Mas achei que meu sotaque me entregaria e o contradisse.

— Não é bem assim — falei. — Encontrei-o na vala. Conversamos e tenho certeza de que ele não é comunista.

— E de onde você é, *frontovik*?

— Da Ucrânia.

— É mesmo? Você não parece eslavo. — O atamã acariciou a barba. — E como se chama, *frontovik*?

— Serguei — respondi, depressa.

— Serguei de quê?

Os únicos nomes russos que me vieram à cabeça foram Pushkin, Tolstoi e Lermontov, que eu lera na prisão. Os cossacos não pareciam tipos literários, então optei:

— Serguei Lermontov, Serguei Alexandrovitch Lermontov.

O atamã nem piscou.

— Então, Serguei, se é da Ucrânia, o que está fazendo nos Urais?

Eu começava a falhar.

— É uma longa história. Minha mãe é cazaque e meu pai ucraniano. Durante muitos anos, moramos na Ucrânia, mas, quando a irmã da minha mãe ficou doente, decidimos nos mudar para cá e cuidar dela. — Era uma história que eu ouvira na estrada, mas bastou as palavras saírem de meus lábios e pareceram perder toda a credibilidade. Um homem diz qualquer coisa para salvar a vida. Não deu para saber se ele acreditara em mim.

— Então, Serguei, cazaque da Ucrânia, o que acha que se deve fazer com traidores? — perguntou o atamã.

— Devem ser fuzilados — afirmei.

— Lev é traidor?

— Não, ele é velho demais para lutar.

— É mesmo, e esses homens aqui? — indagou ele, apontando as duas barbas grisalhas do seu grupo.

— Foram treinados. Sabem lutar.

— Hum. Diga-me, Lev Borisovitch, Serguei é patriota?

— É — disse Lev.

— Então os dois estão mentindo. O desertor é sempre um traidor. E o patriota tem de matar o traidor, ou também será chamado de traidor. Não é assim? — perguntou o atamã, naquela voz suave que usara antes como precursora da violência.

Nenhum de nós soube o que dizer.

— Pois é, amigos, tomei uma decisão sobre esse dia de caçada. Ambos são mentirosos, mas matar os dois não teria graça e, em minha infinita misericórdia, deixarei um de vocês viver. — O atamã parou e olhou-nos, um de cada vez. — Então, não vão me agradecer? — rugiu.

— Obrigado — murmuramos, obedientes.

— O problema é que não sei qual é o maior mentiroso, e deixarei vocês decidirem. Nossa diversão será assistir. Andrei, Nicolai... deem-lhes suas espadas. Que lutem até a morte. O vencedor partirá em liberdade... Não, tive uma ideia melhor, que usem as mãos. — O atamã fez um gesto e os cossacos apearam, amarraram os cavalos e formaram um círculo à nossa volta. Gritavam e cuspiam. Olhei Lev Borisovitch, com o rosto em farrapos e o braço esquerdo caído mole ao lado do corpo, e senti um fardo imenso pesar sobre meus ombros, como se Deus e o céu viessem rolando por cima de mim. Fôramos jogados como animais num teatro de crueldade, lançados num vácuo moral do qual não havia fuga.

Lev virou para o atamã e disse, com voz fraca:

— Que chance tenho contra esse soldado? Já estou ferido; acho que meu braço está quebrado. Se morrer, prometem que deixarão minha família em paz?

— Ora, e roubar-lhe a razão de lutar? Isso não vou lhe garantir. Nada disso; se você perder, suas três lindas filhas serão nossas. Não é mesmo, rapazes? — Os cossacos gritaram e começaram a repetir meu novo nome — "Serguei, Serguei, Serguei" — mas o atamã os interrompeu. — Entretanto, sou um homem justo. Então, para compensar sua idade e os ferimentos, vou lhe dar uma espada. Andrei! — Andrei desembainhou o sabre e entregou-o a Lev. O atamã abriu um sorriso e passou os dedos sujos sobre a barba embaraçada. — Chega de conversa fiada; que comece a luta!

Ali ficamos por um momento, encarando-nos. Lev parecia mais amigo que inimigo, pois estávamos juntos nesse pesadelo. Não tínhamos vontade de nos ferir. Mas Lev lutaria pela família e eu pelo futuro. O atamã decidira que os dois não podiam coexistir. Não podia haver vencedor.

— Sinto muito — sussurrou Lev quando ergueu a pesada espada no braço direito.

— Se você ganhar, eu o perdoo — falei.

— Eu também — respondeu, e de repente se lançou sobre mim, mas não havia vigor nele e me desviei facilmente da lâmina. Isso causou vaias de desprezo dos cossacos e choveu cuspe sobre nós. Dei uma volta na beira do círculo e peguei duas pedras grandes. Lev virou para me encarar de novo. Tirou o sangue dos olhos, limpou a garganta e mancou na minha direção. Joguei uma das pedras com toda a força e ele nem tentou se desviar, pois não tinha nenhuma agilidade. A pedra o atingiu nas costelas e ele uivou de dor. Joguei a segunda, mas ela passou direto pela orelha rumo ao rapazola, que se abaixou e me vaiou. Os outros riram e implicaram com o menino.

Lev jogou-se contra mim; dei um passo atrás, mas a ponta da lâmina pegou o alto da minha perna e tirou sangue. Houve uma profunda inspiração do público, seguida de gritos "Vamos lá, Serguei".

Lev jogou-se de novo, mas perdeu o equilíbrio e seguiu a espada até a terra. Mergulhei em cima dele e prendi seu braço direito no chão. Apertei-lhe o pulso e tentei arrancar-lhe a espada da mão, mas ele não soltou, então peguei outra pedra e bati na mão dele. A espada caiu dos dedos. Ele se debatia sem esperanças debaixo de mim, mas pude sentir que estava esgotado. Levantei a pedra outra vez e deixei-a cair com toda a força em sua cabeça desfigurada, e um esguicho de sangue atingiu meu rosto. Rolei de cima dele e peguei a espada. O estado dele era de dar pena quando conseguiu se levantar. Dei um único golpe forte na direção do estômago, que ele não pôde bloquear, e senti a lâmina entrar. Ele desmoronou até o chão segurando a barriga e ergueu os olhos para mim, esperando que eu acabasse com a vida dele. Um golpe rápido na cabeça faria isso. Respirei fundo e ergui a espada acima da cabeça, pronto para atacar, mas não consegui. Virei para o atamã e disse:

— Ele está no fim. Venci. — Joguei a espada na terra. — Mate-o — gritou o atamã. As palavras ecoaram pelo círculo. Então veio um grito penetrante de Lev e, de repente, os cossacos gritaram para eu tomar cuidado com as costas. Meio que virei e vi que Lev pegara a espada e, com as últimas forças, avançava sobre mim. Era tarde demais; eu não conseguiria sair da frente. O tempo ficou lento e, por um milésimo de segundo, achei que ia morrer, mas Lev passou por mim e plantou a espada no pescoço do atamã, perfurando-o profundamente. O inferno explodiu. Alguns cossacos pularam sobre Lev com suas espadas, fazendo-o em pedaços. Outros puxaram as armas e crivaram-no de balas. Os dois grisalhos tentavam freneticamente salvar o líder. Ninguém prestava atenção em mim, e corri o mais que pude para o mato. Esperava que viessem atrás de mim, mas nunca vieram. Dali a cerca de meia hora, parei na floresta e esperei a noite cair. Deixara a mochila perto das amoreiras-bravas e nela estava o machado, a panela e tudo que eu possuía. Não tinha escolha senão voltar para buscá-la. Arrastei-me de volta por entre as árvores e arbustos até achar a trilha. Não havia sinal dos cossacos, mas os restos mortais de Lev Borisovitch estavam espalhados pelo caminho. Estava escuro e só consegui perceber sombras de carne e osso. Achei a mochila e voltei aos tropeços para a floresta.

A partir daí, só andei à noite, desviei-me de todos os caminhos e evitei contato com pessoas. Passaram-se vários dias até perceber que deixara meus documentos enterrados. Na verdade, não fazia ideia de para onde ia. Segui as estrelas e andei na direção do oeste sobre os Urais, mas isso era tudo que eu sabia. Nem sequer sabia quem estava ganhando a guerra nem onde estavam acampados os vários exércitos. Era difícil encontrar comida e muitas vezes passei fome. De vez em quando eu pegava um esquilo ou coelho ao amanhecer, mas em geral sobrevivi de sopa de urtiga, dente-de-leão cozido e cogumelos. Fazia chá de folhas de artemísia e raspava fungos dos troncos das árvores mais velhas.

A temperatura caía rapidamente. Eu partira de Sretensk havia vinte meses, meus sapatos estavam totalmente gastos e eu não conseguia me livrar da tosse que pegara quando trabalhava na mina. Chovia, chovia sempre. Era difícil me orientar à noite. Certa vez escorreguei na lama vermelha e me machuquei numa pedra, mas, quando olhei de novo, percebi que não era uma pedra, e sim a cabeça de um homem. Depois vi outra e mais outra; subi em cima delas tentando me afastar, mas o mar de corpos parecia se estender por um bom trecho. A chuva revolvera uma vala comum ou um campo de batalha, e até hoje não sei se eram Vermelhos ou Brancos.

Certa manhã, em meados de novembro, cheguei às margens de um grande rio. Atingira o Volga.

## Anotação nº 71

Amo você, amorzinho,
Da cabeça até o pezinho,
E daqui ao Haiti.
Da pereba da ameba
Ao chifre do unicórnio.
Do maior do maiorzão ao
　　menor do menorzinho.
Das estrelas lá no céu aos
　　caroços de um fiquinho.

Amo você
Até a eternidade acabar.
Até o que é reto entortar,
Até o impossível ocorrer,
O dele ser dela e o dela dele ser.
Que nossas almas se unam
Até que a sua e a minha sumam
Até não haver mais querra,
Nem no céu nem na terra,
Até nosso espírito cantar,
E o sonho abrir as asas pra voar.

# 24

AH, DOVID, ENTEDIOU-SE COM SEU TREM? Desculpe, não posso brincar com você. Por que não vai ficar com a mamãe? Eis um bom garoto. Talvez você também devesse ir, Fischel. Volte depois. Só vou dar um cochilinho com Isaac. Veja o querubim, tão lindo. Vou sentir falta dele. Vou sentir falta de todos vocês... Ah, não, desculpe, Fischel... por favor, não chore. Eu não devia ter dito isso. Ouça, filho, não posso fingir que tudo vai ficar bem. Eu não lhe faria favor nenhum se fingisse. Logo você será o homem da casa e terá de cuidar dos seus irmãos e ajudar sua mãe. Terá de ser forte... É difícil, eu sei, mas tenho fé em você. Agora, se me deixar dormir, tenho certeza de que mais tarde me sentirei mais forte. Não se preocupe, ainda ficarei vários dias por aqui. Ora, Fischel, venha cá... Não? Estou fedendo tanto que você não consegue nem me abraçar? Tome, pegue o lenço e limpe os olhos. Tudo bem, este aqui está limpo. Quer que eu continue? É isso? Quer. Ah, meu querido... em silêncio de novo. Por você, Fischel, faço qualquer coisa... até cruzar a Sibéria de volta a pé... Então vou continuar. Mas tenha paciência comigo se eu tiver de parar para tomar fôlego ou se começar a cochichar. Me alcance a escarradeira... obrigado... agora sente-se e ouça o resto.

Enquanto estava às margens do Volga, consegui ouvir tiros distantes vindos da floresta ao norte. Ao sul, podia ver os arredores de uma cidade surgindo à luz da aurora. Supus que era Samara. Do outro lado do rio havia outra cidade morro acima.

    Pensei em atravessar a nado, mas a água estava quase congelada e o rio era largo. Jamais conseguiria. O que podia fazer senão me entregar, exausto e voraz, aos perigos da cidade? Enquanto seguia lentamente pelas ruas com os calcanhares dos sapatos gastos se arrastando pelo calçamento, passei por vários destacamentos de soldados vermelhos. Não estavam lá muito bem equipados, mas pareciam tão disciplinados e decididos quanto todo bom exército. Os últimos decretos bolcheviques estavam colados em todos os postes. Parecia que os Brancos já tinham perdido Samara. Segui na direção do porto, passei por filas de pessoas esperando para comprar manteiga ou querosene. Só conseguia pensar em comida e num jeito de arranjá-la. Vasculhei os bolsos; ainda tinha cinco rublos. Havia uma padaria perto do cais, e uma fila comprida de pessoas aguardava com paciência do lado de fora. Entrei faminto no fim da fila. Depois de umas duas horas, me perguntei se não devia aproveitar melhor o tempo e pegar a barca, mas ficara preso naquela estranha lógica que aflige quem está numa fila, lógica que afirma que, depois de entrar na fila, ali temos de ficar. Podia não se mexer o dia todo, mas a gente se convence de que, assim que sair, ela vai começar a andar. E já tendo passado tanto tempo ali, seria estúpido desperdiçar todo aquele tempo à toa. Pior ainda, quando a gente chega na frente compra qualquer coisa, mesmo que não queira, porque a fila precisa ter alguma finalidade.

Levou quatro horas para eu chegar ao balcão, e imaginem meu horror quando descobri que o preço do pão disparara de dois copeques para quatro rublos desde a última vez que eu comprara. E lá estou eu na frente da fila, sem saber se posso me dar ao luxo, e o padeiro me fazendo uma careta, e as pessoas atrás de mim perdendo a paciência enquanto pergunto o preço de cada pão. Afinal, depois de alguma deliberação, decido-me por um pãozinho velho que ainda me custa um precioso rublo e saio da loja me sentindo culpado por comprá-lo, mas em cinco segundos devoro-o de uma vez só sem deixar migalha. E sabe o que mais? Fico com mais fome do que antes.

Segui até a barca calculando que conseguiria sobreviver dois dias em Samara antes de o dinheiro acabar. No porto havia um cartaz dizendo "Travessia para Saratov". Isso me confundiu. Saratov? Onde ficava Saratov?

Olhe o mapa, Fischel, está vendo? Desça o Volga... ali, é ali... Saratov fica uns quatrocentos quilômetros a sudoeste de Samara. Eu não fazia ideia mesmo de onde estava. Devia estar nessa cidade aqui, na margem oriental do rio — chama-se Pokrovsk — e, como pode ver, ainda estava muito longe de casa.

Outra coisa que me espantou foi a data na passagem da barca. Dizia 2 de dezembro. Pelos meus cálculos, devia ser 17 de novembro. Onde tinham ido parar as outras duas semanas? Procurei na mente a última vez que vira a data, no jornal de uma banca em Orsk, em outubro. Comprara papel lá para continuar escrevendo a Lotte. Era um hábito inútil que nunca perdi. As cartas eram o motor da minha jornada, e escrevia algumas palavras todos os dias para descrever meu avanço, meio como um diário. A quinzena sumida era um mistério para mim, imaginei que talvez tivesse andado dormindo. Não sabia que os Vermelhos já usavam um calendário diferente.

Sentei-me junto de uma velha gorducha cujo cabelo estava enrolado num lenço de lã colorido. A princípio ela me olhou desconfiada: eu devia estar mesmo horrível. Estava esquálido, sujo e desnutrido, com a barba comprida e emaranhada. Mas, assim que lhe falei com educação, ela amaciou e, depois, nada mais conseguiria silenciá-la. Tinha duas grandes cestas a seu lado; uma estava cheia de cebolas e a outra continha um coelho, as pernas duras pendendo estranhamente da borda. Estava felicíssima com as compras. Parecia que encontrar comida se transformara no esporte nacional. Ela disse que soube de uma camponesa lá na roça que tinha um bom estoque de cebola. Acordara às quatro da manhã, atravessara o Volga e caminhara três horas até a aldeia, e, ao chegar lá, foi duplamente compensada ao encontrar um homem que vendia coelhos. Ia preparar um banquete delicioso para a família. Era uma fofoqueira afiada e, enquanto cruzávamos o Volga, ela aqueceu meus ouvidos com notícias e boatos. A mais importante era a notícia de que o general Koltchak tinha se proclamado Governante Supremo da Rússia, ou pelo menos da Rússia Branca, e que as Potências Centrais tinham perdido a guerra. As monarquias da Europa central tinham se esfarelado. Em que torvelinho devia estar o meu país! Ainda assim, apesar da preocupação, a novidade me encheu de esperança de que logo estaria em casa.

Havia um homem mendigando no cais de Saratov. Talvez tivesse dez anos a mais do que eu e chamava a atenção pelo velho sobretudo austríaco e pelo chapéu com protetores de orelhas. Apesar do estado surrado das roupas, havia nele uma certa elegância aprumada que parecia incongruente. Usava um bigode reto e diferente — uma mesa onde descansar o grande nariz romano — e os dedos eram incomumente compridos e finos. Conforme os passageiros desembarcavam, ele falava educadamente com cada um: "*Tovarich*, um copeque, por favor. Comida. Por favor, *tovarich*." Ninguém lhe dava muita atenção. Era um sinal claro de que todos tinham se acostumado a isso. Todo o esforço lhe trouxe uma única batata meio podre. Esperei que todos se fossem antes de me aproximar.

— Diga-me, amigo — perguntei-lhe em alemão —, o que faz aqui?

Ele me olhou desconfiado.

— O mesmo que todos os outros.
— Foi libertado?
— Você não?
— Não, fugi de Sretensk.
— Onde fica isso? Na Sibéria?
Assenti. Ele deu um grande sorriso, agarrou minha mão e apertou-a calorosamente.
— Muito bem, meu velho, sou Oskar Schmidt.
— Moritz Daniecki.
— Está aqui há muito tempo?
— É meu primeiro dia em território soviético...
— Caramba, você vai levar um susto. Venha comigo, não há por que ficar por aqui; a próxima barca é daqui a duas horas.

Ele me levou do cais na direção da cidade. Sentia-me muito pouco à vontade caminhando por uma movimentada rua russa falando alemão, mas Oskar parecia despreocupado.

— Então os bolcheviques cumpriram a promessa — comentei.

— Com certeza, soldado, enfileiraram todos os oficiais alemães e austríacos em que conseguiram pôr as mãos e fuzilaram... inimigos de classe ou outra bobagem assim... depois abriram as portas dos campos e nos deixaram sair pelo campo como vagabundos. Francamente, preferia estar lá dentro; pelo menos tinha comida. Nunca pensei que teria saudades do *kasha*. — Nós dois rimos.

— E o povo não mataria você aqui por ser austríaco? Ele baixou a voz.

— O povo está apavorado; fazem o que os bolcheviques mandam.

— Apavorado com o quê?

Nervoso, ele puxou o bigode, olhou por sobre o ombro e rapidamente me puxou para um beco tranquilo.

— Já ouviu falar da Cheka? — perguntou.

— Não.

— É a polícia secreta, que não tolera oposição. Quando alguém cruza o caminho deles, eles matam sem julgamento. Estão requisitando apartamentos no centro da cidade e mudando todos os que parecem ter um pouco de dinheiro para o subúrbio. Enfiam-nos em porões ou coisa pior. Tivemos algumas manifestações aqui, mas não duraram muito; a Guarda Vermelha atira direto na multidão. Os mendigos estão no topo. Se não fosse estrangeiro, talvez me dessem uma *dacha* na semana que vem — brincou ele.

— Todos os prisioneiros de guerra estão mendigando? — perguntei.

— Não, alguns estão combatendo os Brancos. Outro dia, vi um pelotão de magiares seguindo para a frente. Não sei o que há de errado com esses malditos húngaros, são caidinhos pelo bolchevismo. Terão problemas quando voltarem para casa — zombou Oskar.

— Não podemos simplesmente ir para casa? Afinal, a guerra acabou... não é?

Oskar deu um olhar de desdém.

— Ah, se a vida fosse tão simples! Somos peões numa luta política de cachorro grande, soldado. Lenin está ficando todo entusiasmado, ele acha que a Europa inteira será soviética até o ano que vem. Eu mesmo não vejo isso. A última notícia é que mandam de volta quem concordar em se juntar à revolução internacional e ir para casa espalhar a notícia.

Eu me dispunha a concordar com qualquer coisa que significasse uma passagem para casa.

— Não vão deixar você ir assim, sabe? — comentou ele, ao ver meus olhos se acenderem. — Primeiro tem de fazer lavagem cerebral. Só depois de andar, falar e cagar como Lenin é que deixam a gente sair. É pavoroso.

— Ainda assim, deve valer a pena, não é? Qual é a pior coisa que podem fazer? Nos encher de ideias? Já pensou em se apresentar?

— Não sei se alguém como eu... sabe... mas já pensei nisso, no mínimo porque estou morrendo de fome e pedindo esmolas a quem também está morrendo de fome. Não dá para passar o resto da vida comendo batata podre. — Ele franziu a testa e enfiou a batata no bolso. — E pensar que eu tinha um cozinheiro! — Se eu já não tivesse adivinhado pelo sotaque aristocrático e a maneira como me chamava de soldado, agora sabia com certeza. Tudo em seu comportamento me dizia que esse homem era um oficial. Oskar me fitou cheio de culpa. — Céus, me entreguei? Não diga nada sobre isso.

— Não, claro que não. Não me importo.

— Obrigado, eu seria enforcado e fervido como um *tafelspitz* de boi se descobrissem.

Fiquei curioso para saber como escapara da execução. Usava casaco e botas de soldado raso e talvez os tivesse roubado, mas ele não quis falar do assunto.

— Quanto menos você souber, melhor, e o que você pensa que sabe já pode nos prejudicar a ambos. Lembre-se de que eu não lhe disse nada, soldado. Satisfaça-se com sua ignorância e não faça mais perguntas.

Passamos a noite na antiga residência saqueada de um burguês fugido. Oskar disse que nunca ficou sem ter um bom lugar para dormir: ficava de olho meio aberto durante o dia para ver onde a Cheka passara e furtava uma noite na esteira deles, cada noite numa casa diferente, quanto mais grandiosa melhor. Dividimos a pobre batata com um pão seco que comprei com os últimos rublos e discutimos todas as opções que tínhamos. Pela manhã, convenci-o, contra toda a sensatez, a me acompanhar até o quartel-general bolchevique em Saratov.

— Eles vão me farejar, Moritz, eles não são estúpidos — disse ele, nervoso, enquanto atravessávamos a cidade.

— Como é que vão saber?

— Do mesmo jeito que você, seu bobo. Você levou no máximo cinco minutos. O bom berço não se esconde, soldado.

— Fique de cabeça baixa e pare de me chamar de soldado. Isso o denuncia. Vai ficar tudo bem, Oskar, seu camponês interior só está esperando para se revelar.

Oskar soltou uma gargalhada.

— Muito boa, meu velho. Pensar como camponês! Pensar como camponês! O maldito mundo virou de cabeça para baixo.

Nossa conversa foi interrompida por uma comoção vinda de um prédio de apartamentos de pedra cinzenta à nossa frente. Uma mulher gritava em algum lugar lá dentro. De repente, ouvimos uma janela se estilhaçar e uma chuva de vidro caiu na calçada à nossa frente. Oskar me puxou para o outro lado da rua e apressou o passo. Quando chegamos diante do prédio, consegui ouvir o latido dissonante de vozes masculinas. Ergui os olhos para a janela quebrada e vi um alvoroço: um homem de terno escuro de costas para o parapeito agarrado às cortinas, enquanto vários outros pareciam bater-lhe. Ele levou um golpe na cabeça e caiu para trás, o trilho da cortina cedeu com o peso e ele mergulhou pela janela, atingindo as pedras da calçada com um golpe surdo e um sacolejo. O tecido caiu ondulando para cobri-lo como uma mortalha já pronta. Parei de andar; estava prestes a correr até ele, mas Oskar me empurrou pelas costas.

— Continue andando.

Um menino saiu correndo pela porta da frente e se jogou em cima do cadáver, chorando pelo pai. Ninguém foi ajudá-lo, ninguém sequer parou. Seguimos apressados e em silêncio, mas, quando nos aproximamos do fim da rua, virei e vi uma mulher sendo arrastada para fora pelo cabelo por três homens de roupas comuns. Antes que pudesse ver o que estava acontecendo, Oskar me puxou pela esquina.

— Não se envolva com a Cheka.

Finalmente, chegamos a uma magnífica praça tsarista; de um lado havia um grande prédio municipal pintado de cores vivas.

— Chegamos! — disse Oskar, mas não precisava ter falado, porque o lugar estava coberto de bandeiras vermelhas e havia quatro soldados armados de pé, orgulhosos, junto à porta.

Ficamos uma hora na fila até nos concederem uma audiência com um funcionário.

— Queremos voltar à Áustria para atiçar as chamas da revolução, camarada — declarei. Para cumprir esse nobre objetivo, teríamos de receber educação especial e, quando percebemos, estávamos num trem rumo a Moscou com centenas de outros prisioneiros de guerra. Foi o fim da honestidade com Oskar. De agora em diante, teríamos de mentir, mesmo um para o outro. De agora em diante, seríamos bolcheviques, comunistas dedicados, nossa própria polícia do pensamento. Não podia haver rachaduras na fachada.

Fomos abrigados numa escola técnica em ruínas nos arredores da cidade e instruídos em nossa própria língua. Começou com o discurso estridente de um jovem magrela e recém-barbeado chamado Pototsky, que recebera o grandioso título de Comissário da Educação.

— Camaradas — berrou ele, num grito gutural —, os bolcheviques foram fiéis à sua palavra. Combatemos em seu nome e os libertamos da tirania dos tsaristas. Agora é a sua vez de lutar pelos bolcheviques. Vocês são o futuro da revolução na Europa. É impossível exagerar sua importância. Nós lhes ensinaremos a emular o sucesso do camarada Lenin em seus países. Vocês educarão os operários, organizarão os sindicatos e divulgarão o manifesto comunista para que o povo trabalhador da Europa possa se unir contra os opressores burgueses. Vocês são a fagulha que acenderá o fogo...

Dei uma olhada para Oskar, mas ele estava ocupado demais pensando como camponês para me honrar com um sorriso. Quando o discurso terminou, ele se ergueu depressa para aplaudir.

Nossos professores, muitos dos quais tinham sido prisioneiros de guerra, eram homens apaixonados e muito articulados. Alguns, como Bela Kun, tornaram-se revolucionários famosos por direito próprio. Começaram pelos primeiros princípios, sem nenhum pressuposto. Tudo começou com a análise marxista da pobreza e da injustiça social. Pouco a pouco, revelaram como o capitalismo necessitava da perpetuação de uma subclasse oprimida e como os mecanismos do Estado permitiam que a riqueza se concentrasse nas mãos de poucos. Seus argumentos pareciam irrefutáveis e, eu mesmo admito, fui um aluno bem brilhante. Mas, embora pudesse recitar de cor grandes trechos de Marx e Lenin, meu coração nunca estava ali. Não conseguia conciliar a retórica com o que via nas ruas. A nacionalização e as desapropriações forçadas só criaram uma nova subclasse que não só era mais pobre que a antecessora como também era perseguida. Essa tirania cega cheirava a ganância e vingança. Alguns bolcheviques poderosos policiavam tudo, até nossa língua e nossos pensamentos. E os chefes do partido nunca passavam fome. Não, naquela época eu não prezava muito os comunistas. Não como agora. Agora sei que só os comunistas têm coragem de combater Hitler. Os liberais e os democratas deixaram-no entrar e só os comunistas podem fazê-lo sair.

Oskar e eu mal nos falamos durante esse período; na verdade, Oskar mal falava com ninguém; ficava de cabeça baixa e mão no bolso. Nunca estávamos sozinhos, a escola estava entre cheia e lotada; não havia momentos para reflexão silenciosa nem oportunidade para conversas particulares. Éramos atentamente observados para verificar nosso entusiasmo e dedicação à causa. Cada palestrante, por mais chato que fosse, recebia ovações barulhentas e, conforme os bolcheviques avançavam para o leste, aclamávamos cada vitória deles. Oskar se esforçava tanto para se esconder que os ombros começaram a se curvar sob o peso, como se ele sozinho levasse todo o fardo do sistema que considerava injusto. Enquanto Oskar diminuía lentamente de estatura, os prisioneiros de guerra antes oprimidos, a bucha de canhão das Potências Centrais, ganhavam confiança.

Quando cruzava meus olhos com os de Oskar, ele me fitava inquisidor, como se quisesse saber se eu já tinha sido convertido à causa; estava ao mesmo tempo com muito medo de que eu o denunciasse e grato porque eu ainda não o fizera. Toda vez que me levantava na aula para responder a uma pergunta ele fazia uma careta, certo de que o dia da traição se aproximava.

Na véspera de Ano-Novo, tivemos licença para comemorar. Era a única oportunidade que eu e Oskar teríamos de conversar em particular. Moscou fervia de camponeses bêbados e soldados do Exército Vermelho brindando à revolução. Perambulamos sem objetivo pelas ruas cobertas de neve até que achamos uma taberna movimentada. Lá usamos o soldo escasso para comprar uma garrafa de vodca. Oskar me contou que, apesar do cinismo inicial, agora era um bolchevique dedicado. Eu não sabia se ele queria que eu acreditasse nisso ou se era verdade. Se fosse verdade, eu tinha de tomar cuidado; também não queria ser considerado traidor e destruir a oportunidade de ser mandado para casa, e fingi ser tão dedicado quanto ele. Durante uma hora, enaltecemos as virtudes da revolução até que Oskar, que tomara a maior parte, ficou bêbado e não conseguiu mais mentir. Algo nele se partiu e, como uma represa que explode, três semanas de frustração se despejaram.

— Então, o que acha daquele maldito comi-tsar da educação, o tal Pototsky, hein? Cara de doninha, bufão inflado, quem ele pensa que é? Não serve nem para limpar latrina, muito menos para nos dar essas malditas aulas de história. Esses bobocas são tão cheios de si... é só lhes dar uma pontinha de poder e se comportam como asnos. — E isso vindo de um oficial austríaco! Oskar estava aos berros e lhe implorei que baixasse a voz, mas ele já estava inebriado demais. — Ah, se não tivéssemos assinado aquele maldito tratado... Eles já estavam no papo... Por Cristo, agora estão brigando entre si... os alemães podiam ter entrado aqui... com três tapas punham esta cidade em forma... se livravam dessa ralé, para começar... sabe o que vão fazer, soldado?... Quando voltarmos... vamos entrar direto no exército, Moritz, vamos acabar com Lenin e seus capangas...

Um homem corpulento, de blusão e suspensório, veio até o bar, por trás de Oskar.

— Segure a língua, Oskar — avisei.

— Que tal, Moritz, vou promovê-lo... você é um bom homem... você podia ser meu tenente.

O homem corpulento nos observava com curiosidade.

— Não estou interessado no exército, detesto o exército, já aprendi minha lição. Veja, Oskar, vão tocar música — falei, tentando desesperadamente mudar de assunto. Um acordeonista e um tocador de balalaica tinham entrado na taberna e se dirigiam para o canto.

— Sabe quem eu sou, Moritz?

— Não quero saber. Agora cale-se.

— Sou um maldito...

— Vamos, camarada, vamos dançar. — Puxei-o do banquinho, mas as pernas cederam e ele caiu. O homem corpulento imediatamente se abaixou, colocou-o de pé e levou-o de volta ao bar. Os músicos começaram a tocar uma música folclórica e a multidão passou a balançar e cantar.

— Sirva uma vodca aos meus amigos, camarada — disse o homem ao balconista.

— Não, obrigado, já bebemos bastante — falei.

— Eu insisto, é véspera de Ano-Novo. Vamos beber juntos. — Três vodcas surgiram no balcão. — À revolução! — gritou ele.

— À revolução! — repeti.

Oskar nada disse, mas esvaziou a vodca num gole só; os olhos estavam vidrados. Ficamos os três em silêncio durante vários minutos, observando os que festejavam.

Quando a meia-noite se aproximou, a dança ficou mais frenética; lá fora, soldados jubilosos deram tiros de fuzil na rua. Senti uma mão no ombro e me virei para ver uma operária de rosto corado me convidando para dançar. Parecia uma eslava típica, de rosto simples e quadrado emoldurado pelo cabelo louro e comprido.

— Você está horrível — disse ela com voz arrastada no meu ouvido. — Ninguém deveria estar triste hoje. Venha dançar.

Ela pegou minhas mãos nas dela e sorriu. Balancei a cabeça e lhe disse que não era bom dançarino, mas ela não quis aceitar o não e me puxou do banquinho.

— Não se preocupe com seu amigo, *tovarich* — disse o homem corpulento. — Eu cuido dele. Vá dançar.

A moça me arrastou para o meio dos rodopiantes dançarinos russos. Conhecia as letras de todas as músicas e as cantava enquanto dançávamos. Saímos pela pista, galopando contra outros casais pelo caminho. Em meio à confusão, vi o homem conversar com Oskar e enchê-lo de vodca. Minha cabeça estava leve e percebi que eu estava rindo. As músicas ficavam mais rápidas e ela começou a me girar e regirar, cada vez mais depressa, até que estávamos tontos demais para ficar em pé e caímos um por cima do outro. Ficamos ali por um instante, num carinho desajeitado. Ela uivava de tanto rir. Agarrei-a nos braços e apertei-a com força junto ao peito. Com tanta força que quase lhe espremi o ar dos pulmões.

— O que foi? — perguntou ela sem fôlego quando meus olhos se encheram de lágrimas. Não consegui achar palavras para descrever o que sentia; não tocava uma mulher havia quatro anos e meio. O peito dela se erguia contra o meu, o cabelo úmido agarrava-se à minha testa suada. Sentia a respiração quente dela em minha orelha. Queria que durasse para sempre. Queria amá-la. Despertou em mim um desejo carnal tão profundo que não consegui sondá-lo. Esqueci onde estava e apertei o rosto contra a face dela como um gatinho se esfrega na mãe. Ela deu uma risadinha e peguei a cabeça dela nas mãos e a beijei com paixão, querendo que nunca parasse.

A próxima coisa que sei é que fui chutado nas costas. Antes que pudesse virar, um homem que mais parecia um porco barbudo me agarrou pelo cabelo e me arrastou para longe da moça. Chamava-a de cadela traidora. Consegui me pôr de pé e me enfiei entre os que festejavam. O homem correu atrás de mim. Procurei Oskar, que estava desmaiado no chão perto do bar; seu corpulento colega de bebedeira tinha sumido. Saí correndo pela porta. Meu atacante me alcançou a meio caminho pela rua vazia e nos engalfinhamos na neve. Não sei qual de nós estava mais bêbado, mas cambaleamos por ali, dando socos ineficazes e escorregando e deslizando no gelo até que os sinos tocaram doze badaladas e uma saraivada de tiros nos fez parar de repente. Uma gangue de guardas do Exército Vermelho de folga dobrou a esquina cantando.

— Vida longa à revolução e feliz Ano-Novo, camaradas! — gritaram.

Meu atacante recuou.

— Não volte, senão o mato — sibilou, e lá se foi aos tropeços.

Esse breve abraço com uma estranha, esse momento de ternura sem sentido foi um catalisador do medo. Minha única razão de viver pendia num único beijo numa floresta na Polônia. Eu percorrera a Terra para estar com a minha namorada de infância. Mas quem era essa Lotte, além de uma lembrança que se apagava? Eu pregara minha ideia de mim a uma ilusão romântica e, se essa construção da minha mente fosse derrubada, o que restaria de mim? Tanta coisa acontecera em quatro anos que não restava mais nada do menino que andara antigamente pelas margens do San. Eu nunca mais seria aquele menino. Acabara de me embebedar, beijara uma moça russa e brigara com o namorado dela, e o que me chocava agora é que, se não tivesse sido interrompido, eu iria em frente. Poderia ter acordado nalgum apartamento dilapidado com a moça sem nome ao meu lado. Ainda mais alarmante era que agora esses incidentes eram normais para mim. Minha vida era um ciclo de violência, doença e medo. Eu guinava de momento a momento num vácuo moral espantoso. O único raio de esperança em que descansava minha sobrevivência, ou seja, o reinício de um distante relacionamento adolescente, que no máximo não passara de palavras doces e leves promessas, parecia-me agora tão absurdo quanto a existência de Deus. Eu nem sabia o que acontecera com minha princesa salvadora. Que horrores teria visto? Que tormentos a devastaram? Uma ideia horrível explodiu dentro de mim. E se Lotte estivesse morta? E se eu chegasse a Ulanow depois de cinco anos e descobrisse que fora feita em pedaços por cossacos ou polacos? E aí? Aguentaria a verdade depois de tanto tempo? Durante anos, fora inexoravelmente atraído para minha casa e, naquela noite, me senti repelido por ela. Perambulei pelas ruas num pânico cego, soluçando a cada passo. Estava morrendo de medo de voltar para casa.

Quando voltei, Oskar não estava em lugar nenhum. Apareceu pela manhã, pálido e trêmulo, com poucas lembranças da noite anterior. Havia dois guardas vermelhos armados à nossa espera. O diminuto comissário Pototsky entrou correndo, de cara feia.

— Camaradas, temos um traidor entre nós.

Os alunos entreolharam-se, horrorizados. Senti meu estômago se apertar. Oskar estava sentado com os ombros caídos, fitando o chão. Pototsky foi até ele.

— Temos aqui um general de divisão do exército austríaco, barão Oskar von Helsingen. Vou lhes falar sobre esse homem, camaradas. Ele tem uma propriedade no Tirol e uma mansão em Viena. É isso mesmo, Oskar?

— É — sussurrou ele.

— Você foi capturado em Przemyśl, não foi?

Oskar assentiu.

— Sabemos tudo sobre você, Oskar. Ninguém consegue se esconder do Estado. Levante-se.

Oskar levantou-se devagar.

— O que tem a dizer em seu favor?

— Nunca confie num camponês — disse ele, fitando-me cheio de rancor. Segurei a língua. Não ousei protestar.

Pototsky fez um sinal de cabeça e um dos guardas avançou e, friamente, deu um tiro na cabeça de Oskar.

E fico com vergonha de admitir, Fischel, que seu pai foi o primeiro a levantar-se para aclamar e aplaudir.

Terminada a nossa doutrinação, fomos levados para a fronteira dos nossos países e, para nosso horror, não nos deixaram entrar. Novos países tinham surgido. O que já fizera parte do Império Austro-Húngaro era agora Tchecoslováquia ou Polônia ou Hungria, e esses novos Estados recusavam-se a assumir a responsabilidade pelos prisioneiros de guerra. De repente, nós, bravos soldados, fomos tratados como imigrantes. Estavam paranoicos de medo da infiltração de agentes do comunismo. Muitos prisioneiros ficaram retidos mais de um ano na fronteira, principalmente os que não tinham documentos. Tive sorte porque, em junho de 1919, mais de dois anos depois de fugir da Sibéria, recebi um visto para voltar ao meu país. Fazia apenas um mês que estava esperando em Minsk.

Mas, apesar da humilhação na fronteira, os polacos ainda não nos deixaram ir para casa. Consideraram todos nós comunistas e nos mandaram para um campo especial de reeducação. Era realmente apenas questão de tempo. Agora, imaginava-me tão próximo de Lotte que quase sentia sua pele macia, mas admito que, do mesmo modo que todos os ossos do meu corpo tinham saudade dela, eu também estava apavorado. Tinha pesadelos, pesadelos terríveis em que chegava à sua porta e a encontrava com uma criança nos braços e um homem ao lado. Ela me fitava com olhos vazios, sem nenhum sinal de reconhecimento. Virava para o marido e pedia algum dinheiro para o mendigo. Eu sobrevivera todo esse tempo unicamente pela força de um sonho e agora temia que o sonho logo se despedaçasse e uma realidade muito mais dura surgisse. Eu ainda a amava? Achava que sim, mas, de certo modo, a lógica do amor é um pouco como a lógica da fila. Quando a gente espera tanto, não há como ir embora, a menos que a loja feche e batam a porta na nossa cara. Lotte ainda me amaria? Às vezes é mais fácil não saber e viver com esperança do que saber e conviver com a verdade.

## Anotação nº 29

Os salmões nascem em rios e riachos de água doce, às vezes no alto das montanhas. Depois, deslizam corrente abaixo até achar o mar. Ali se alimentam, mas os salmões não procriam em alto mar, ficam com saudades de casa. Nunca se esquecem do cheiro e da paisagem do lugar onde nasceram. Quando estão prontos para acasalar, nadam de volta para a terra, contra a corrente. É uma viagem cheia de perigos. Há muitos obstáculos pelo caminho. Superam todos eles com força hercúlea, desafiando a gravidade com saltos extraordinários para subir corredeiras e cascatas. Depois de subir a montanha e encontrar o lar, o macho se banha no aroma perfumado dos hormônios femininos, excretados na água para excitá-lo. Depois de uma viagem tão inesquecível, haveria algo mais doce?

# 25

EM AGOSTO DE 1919, FUI LIBERADO DO acampamento de reeducação militar, tendo sido tão brilhante quanto em Moscou. De repente, era capaz de refutar todas as dogmáticas afirmações marxistas com facilidade convincente. Podia até provar, citando fontes bíblicas, que Deus amava os capitalistas. É tão fácil lisonjear os professores. Não sendo mais considerado uma ameaça comunista, deixaram-me voltar para Ulanow.

As ruas e casas eram exatamente as mesmas de que me lembrava, mas, nos cinco anos em que estivera longe, a população ficara velha e cansada. Não havia crianças nas ruas, nada de jovens namorados nas praças e onde antes havia fagulhas nos olhos agora havia pesar. Na rua, passei por um velho com um pão. Ele parou e virou.

— Moritz? — indagou, trêmulo.
— Sr. Kaminsky — balbuciei.

— Meu Deus, você ainda está vivo... Seja bem-vindo. Que tosse horrível é essa? Está doente? — Eu ficara tão acostumado com ela que mal notava. Kaminsky me fitou. Parecia chocado. — Tome um pedaço de pão... Você parece... — e parou antes de dizer "velho". — Conte suas aventuras... Por onde andou todo esse tempo?

— Na Sibéria — respondi, comendo avidamente o pão.

— Sibéria? Ai, meu pobre rapaz, ouvimos falar desses campos... é terrível. Então voltou com o resto dos nossos soldados nos trens especiais? Alguns rapazes têm voltado a Ulanow, sabe.

— Não, não estava com eles. Voltei andando.

— De Minsk? Meu Deus!

— Não, de perto da Mongólia.

Kaminsky estava incrédulo. A boca se abriu e, por um instante, ficou sem fala. Finalmente, disse:

— Tome, coma mais pão... fique com ele todo. Seus pais estão em Berlim, Moritz. Partiram faz uns dois meses. Achamos que você tinha morrido.

— E Lotte Steinberg? — Senti o estômago se agitar de apreensão com a resposta.

— Ah, ela foi embora no ano passado. Mudou-se para Viena.

— É mesmo?... então ainda está viva. — Fiquei felicíssimo.

— Claro, viva e bem de saúde. Está noiva de um advogado — disse Kaminsky alegremente.

Minhas pernas quase cederam sob mim. Tropecei e comecei a tossir com mais violência.

— Está tudo bem, meu filho? — perguntou Kaminsky, pondo a mão no meu ombro.

— Está, sim, não se preocupe, estou bem... só um pouco fraco, é só isso — tranquilizei-o.

— Vamos, vou levá-lo ao médico.

— Não, não precisa, é só uma tosse boba. Mande a ela meus cumprimentos e lembranças... quando é o casamento? — perguntei debilmente.

— Em fevereiro.

Não me lembro direito do que aconteceu depois. Devo ter desmaiado, porque a próxima coisa de que me recordo é de estar prostrado na rua, a mochila aberta e o conteúdo caído no pavimento. Centenas de cartas estavam espalhadas à minha volta. Kaminsky estava ao meu lado.

— Temos de levar você ao médico. Deixe que ajudo com isso — disse ele, catando um punhado de cartas e enfiando-as de volta na bolsa. Dali a um minuto, parou e fitou as cartas em sua mão. Balançou a cabeça com descrença e, depois, como se precisasse de mais confirmação, indicou o monte de cartas que ainda estavam no chão.

— Lotte, são todas endereçadas a Lotte — murmurou, horrorizado.

Não fazia sentido enviá-las na Rússia, e eu as guardara, cada uma delas. E a cada dia minha mochila ficava um pouco mais pesada. Está vendo aquela pasta ali, Fischel, estão lá, tente levantá-la... viu como são pesadas? Quero que fique com essa pasta, Fischel... assim, quando ficar mais velho, você não vai esquecer minha história. Quanto mais perto ficava de Lotte, mais cansativo era o meu amor, até aquele dia em Ulanow quando não aguentei mais o peso. O médico disse que eu tinha tuberculose, mas a verdade é que estava morrendo de coração partido.

## Anotação nº 10

Imagine um rouxinol sem cantar
Uma borboleta sem voar
Um bebezinho sem chorar
Uma paisagem sem luar
A manhã sem alvorecer
Eu não me imagino sem você.

# 26

LEO SUBIU A ESCADA ATÉ O QUARTO EM LEEDS sentindo-se totalmente derrotado. Mal dissera uma palavra desde que Eve e Frank o tinham buscado na estação. Frank estava cheio de culpa porque sabia que Leo aprendera o silêncio com ele. Estava decidido a ajeitar as coisas com o filho de uma vez por todas. Nos poucos meses desde que Leo se fora, trabalhara toda noite no escritório com a velha pasta aberta ao lado, preparando tudo que queria dar ao filho, e finalmente estava pronto.

Quando Leo abriu a porta, ficou surpreso ao ver o chão coberto de pequenas pilhas de papel bem-arrumadas. A escrivaninha estava vazia, exceto por uma pasta fechada de couro marrom bem no meio. Nunca a vira antes; parecia muito velha, com os cantos puídos e o couro descascando em alguns lugares, e ficou com vontade de saber o que havia dentro. Largou as malas junto da cama e navegou por entre as pilhas de papel até lá. Ao sentar-se, percebeu uma formiga saindo da pasta.

— Eleni — cochichou —, já deu uma olhada?

Ele abriu a presilha de metal e lentamente ergueu a tampa. Um cheiro de mofo encheu-lhe as narinas. Estava transbordando de expectativa; devia ser a herança de que o pai lhe falara. Meio que esperava encontrá-la cheia de dinheiro ou tesouros e lembranças do passado. Mas, em vez disso, tudo que achou foram centenas de velhos envelopes amarelados. Enquanto os folheava, percebeu que quase todos estavam endereçados a uma tal Lotte Steinberg. Alguns deles traziam o nome Moritz Daniecki. Leo ficou curioso. Pegou um envelope ao acaso, abriu-o e retirou a carta de dentro. Parecia escrita numa língua da Europa oriental, talvez polonês. Leo olhou as folhas de papel no chão e pegou uma das pilhas. Continha um punhado de páginas. Pareciam ser traduções das cartas da pasta, porque cada uma delas começava com uma data e as palavras "Querida Lotte".

— Pai?

A porta se abriu imediatamente. Frank estivera pairando, nervoso, do lado de fora.

— O que é isso tudo? — perguntou Leo.

Frank sentou-se na cama.

— São cartas de amor escritas por seu avô Moritz Daniecki. Deakin vem de Daniecki.

— De onde ele era?

— Ele nasceu em Ulanow, em 1896. Hoje fica no sul da Polônia. Mas morreu em Berlim, em 1938.

— Mas você sempre me disse que era pequeno demais para se lembrar dos seus pais verdadeiros!
— Era mentira, Leo. Lembro-me deles muito bem. Estava ao lado do meu pai quando ele morreu.
— Eu nem sabia que você era da Polônia.
— Não sou. Nasci em Berlim, em 1927, mas falávamos polonês em casa; sei até um pouco de iídiche.
— Iídiche?
— Sou judeu, Leo.

Leo conseguiu sentir as placas tectônicas deslocando-se sob seus pés.
— E como chegou aqui?
— De barco, vindo de Hamburgo.
— Com sua mãe?
— Não, vim sozinho. Era 29 de agosto de 1939, para ser exato... alguns dias antes de a guerra começar. O barco em que vim estava cheio de crianças judias como eu. Minha mãe e meus irmãos estavam...

Leo ergueu os olhos com descrença.
— É, eu tinha dois irmãos menores, Dovid, de 5 anos, e Isaac... Isaac só tinha 3... deviam vir no barco seguinte, mas nunca houve um barco seguinte porque a guerra começou...

A voz de Frank foi morrendo e ele pôs as mãos no rosto. De repente, estava de pé no cais de Hamburgo. A mãe o abraçava com força. Ele não conseguia se lembrar do rosto dela, mas lembrava-se daquele abraço. O pequeno Isaac olhava em volta perplexo, não entendia o que estava acontecendo, e Dovid chorava porque queria ir no barco grande com o irmão, mas a mãe dissera que ele era pequeno demais. Frank se lembrava de ter dito a ela que estava apavorado.

— Não há nada a temer — respondera ela, mas as sobrancelhas franzidas e os olhos úmidos delatavam mil temores. — Prometo que vamos encontrar você daqui a uma semana.

Leo pôs a mão tranquilizadora no ombro de Frank.

— Continue, pai — disse baixinho.

— Quando cheguei à Inglaterra, fiquei com uma família em Leeds... Digo família, mas, na verdade, eram três irmãs judias de meia-idade, todas solteironas... Você não as conheceu porque morreram todas na década de 60. Eram daquela geração que perdeu os homens na Primeira Guerra Mundial. Ficaram felicíssimas de ter um menininho para cuidar, mas dei muito trabalho a elas; sabe, todo dia eu esperava que minha mãe viesse me buscar como prometera e não parava de vê-la nas esquinas.

— Você deve ter se sentido tão triste — refletiu Leo.

Frank suspirou e foi até a janela.

— Triste, sim, mas depois de algumas semanas comecei a ficar zangado. Por que ela não vinha? Achei que talvez tivesse feito algo errado, que minha mãe estava tentando se livrar de mim. As velhas solteironas me disseram que era por causa da guerra e que logo acabaria, mas não recebi nenhuma carta, nenhuma notícia dela. É preciso lembrar, Leo, que naquela época não tínhamos a menor ideia do que os nazistas estavam fazendo com os judeus. Só me sentia terrivelmente abandonado. E tudo só piorou, porque fui mandado para a escola, mas não sabia falar nada de inglês. As outras crianças me maltratavam porque eu era alemão; na opinião delas, eu era o inimigo.

— E o que você fazia?

— Passava o tempo todo estudando inglês e aperfeiçoando o sotaque, para que ninguém soubesse que eu era alemão. Foi assim durante a guerra inteira, até que, em 1946, recebi uma carta da Cruz Vermelha dizendo que minha mãe e meus irmãos tinham morrido em Auschwitz.

Leo estava embasbacado.

— Por que não me contou, pai? E por que mudou seu nome para Deakin?

Frank baixou a cabeça de vergonha.

— Não mudei só o sobrenome, Leo, antigamente eu me chamava Fischel Daniecki. Quando recebi a carta sobre minha mãe, fiquei meio maluco por um tempo e depois me reinventei como inglês. Acho que foi covardia, mas tudo que sabia de ser judeu era que isso trouxe sofrimento a minha família. Achei que podia acontecer de novo e não confiava em ninguém. Sinto muitíssimo, Leo, sei que deveria ter lhe contado tudo isso há muito tempo, mas, desde que me entendo por gente, adquiri o hábito de esconder meu passado. Primeiro foi para fugir dos maus-tratos dos colegas; depois, para evitar a dor. Com o passar do tempo, achei cada vez mais difícil largar o hábito. Se não fosse sua mãe, talvez eu nem estivesse lhe contando isso agora.

Leo fitou o pai. Era coisa demais para absorver de uma vez só. Era como se tivesse caído de cabeça num universo paralelo onde tudo parecia igual, mas na verdade era completamente diferente. E seu pai, que sempre achara burro e meio irritante, se transformara num homem com uma história extraordinária. De repente, as idiossincrasias de Frank, a fragilidade, as angústias, a evasividade e os silêncios começaram a fazer sentido. Instintivamente, Leo levantou-se e pôs os braços em torno do pai. Só foi preciso um abraço do filho para fazer meio século de pesar, raiva, frustração e negação saírem de cambulhada de dentro de Frank. Ele caiu em lágrimas e chorou incontrolavelmente, como fizera quando criança ao dar as costas à mãe pela última vez e embarcar. Finalmente, homem e menino tinham cruzado os anos para se encontrar. Frank e Fischel estavam unidos.

Frank pegou o lenço e limpou os olhos.

— Sinto muito, Leo, eu não devia estar chorando.

— Por que não?

Frank não conseguia mais pensar numa boa razão.

— Queria lhe contar do seu avô. Na verdade, ele me pediu que lhe contasse sua história. Quer que eu continue ou prefere desfazer as malas e comer alguma coisa antes?

— Não, não, por favor, continue. Agora que começou, quero que termine antes que mude de ideia e decida ficar em paz durante mais 25 anos.

Frank riu.

— Tudo bem, lá vai... Nem sei por onde começar.

— Você disse que estava lá quando ele morreu.

— É, ele morreu na cama, em nossa casa em Berlim oriental. Era 30 de novembro. Três semanas depois da Kristallnacht. A oficina de marcenaria fora queimada e ele fora preso, junto com todos os outros judeus. Em algum momento por aí eu parei de falar... Devia estar em choque. Ele voltou doze dias depois, surrado e espancado, com a cabeça raspada. Estivera num campo de trabalho... Isso foi antes dos campos de extermínio, mas fora um alerta do que estava por vir. Sua saúde piorara horrivelmente, mas mesmo assim lembro-me de que voltou para casa com o moral intocado. Queixar-se não era coisa dele. Talvez eu o idealize, mas, não importava o que acontecesse, ele tinha sempre um sorriso para os filhos. Quando entrou pela porta, foi como se voltasse de um dia normal de trabalho; tirou o gorro para nos mostrar o "novo corte de cabelo" e, se não tivesse rido, ficaríamos chocados. O cabelo ondulado e brilhantinado fora raspado de um jeito eriçado e esburacado. Era uma época assustadora, mas ele tentou nos tranquilizar dizendo: "Não se preocupem; lembrem-se: acima das nuvens o sol ainda brilha." Costumava dizer isso, mas eu não acreditava nele, e nessa época não tenho certeza de que ele acreditasse. Devia estar sentindo muita dor naquele dia, embora não demonstrasse, porque no dia seguinte não conseguiu se levantar da cama para tossir e cuspir sangue. Na verdade, ele nunca mais se levantou. Eu não entendia o que estava acontecendo. Estava cheio de perguntas, mas ainda me recusava a falar, e as perguntas esvoaçavam pela minha cabeça como morcegos presos num estábulo. Por que o mundo nos odiava? Por que meu pai teve de ir embora? Por que estava doente? Por que tinha de ficar na cama o dia todo? Por que mamãe não me deixava vê-lo quando eu queria? Estava furioso com eles e só conseguia pensar em mim. O silêncio foi minha vingança. Estava desapontadíssimo com o mundo.

"Então, no dia em que morreu, ele me chamou para o quarto. Fiquei secretamente empolgado porque ele queria falar comigo, mas fingi não ligar. Ele estava apoiado nos travesseiros, a testa pingando de suor. Junto à cama havia uma vasilha grande de água fria e uma flanela. Estavam numa mesa que ele fizera; ele fizera toda a mobília da casa. Era o talento dele: conseguia fazer coisas lindas com restos de lixo, talento que adquirira em suas viagens. Tínhamos ouvido sua tosse a noite toda, estava pior do que nunca. Mamãe disse que as costas tinham cedido e que os ossos estavam fracos demais para sustentá-lo.

"Ele sorriu para mim e me chamou. Pegou minha mão e a apertou. As palmas das mãos dele estavam úmidas. Então, apontou a grande cadeira de madeira no meio do quarto, outra de suas criações. Pulei nela e fiquei com as pernas balançando pela borda. Ele disse que o tempo estava acabando e que queria me contar sua história. Acho que eu sabia que ele estava morrendo, mas a última coisa que queria era que ele admitisse.

"A respiração dele chiava e ele tossia o tempo todo enquanto falava. De vez em quando, cuspia incontrolavelmente e levava o lenço à boca para limpar o muco, ou pedia-me que segurasse a escarradeira enquanto cuspia a bile do estômago podre. Era de um verde avermelhado imundo e, quando batia no balde, tinha um cheiro ácido que me fazia virar o rosto de nojo. É muito chocante para um menino perceber de repente a feiura do próprio pai. Eu era egoísta; a princípio não tive pena, mas, com o passar da tarde, sua saúde deteriorou-se diante dos meus olhos e comecei a me preocupar com ele.

"Era um ótimo contador de histórias, o meu pai, mas o que mais me espantou foi como se dirigia a mim como se eu fosse adulto. Não me poupou de nenhum detalhe sangrento e, embora houvesse coisas que não entendi, ele sabia que o que dissesse um dia faria sentido para mim. Acho que estava contando a história tanto para mim quanto para ele. Como se precisasse conferir a vida antes de se despedir dela.

"Não demorou para eu ficar envolvido com a história e esquecer por que estava zangado. Podia ver que ele estava se cansando, mas, quanto mais ele me contava, mais eu queria ouvir. A voz ia enfraquecendo e ele se interrompia com mais frequência para recuperar o fôlego. A tosse piorava e ele cuspia sangue. No final, acho que ele queria parar e descansar, mas não saí do seu lado; queria que terminasse.

"Não sei por quanto tempo ele falou; deve ter sido quase o dia todo. Também me mantinha ocupado, me mandando aqui e ali para buscar água ou esvaziar a escarradeira. À tarde, pediu que eu trouxesse Dovid e Isaac. É claro que eram pequenos demais para entender a história, mas acho que ele só queria vê-los mais uma vez. Isaac dormiu na cama ao lado dele. Ficou ali deitado até papai morrer.

"No final ele estava tossindo e cuspindo muito; eu mal conseguia ouvi-lo e às vezes ele grasnava como se a própria morte falasse por ele. De vez em quando, respirava fundo, acho que sentia dores lancinantes nos rins. Os olhos se arregalavam e ficavam vermelhos, mas ele nunca falou do desconforto, nunca se queixou. Só esperava que a crise passasse e continuava com um tipo de determinação teimosa. Era difícil aguentar; algo dentro de mim sabia que a morte perdera a paciência com ele e não iria embora de mãos vazias outra vez. Eu estava perdendo meu pai, meu herói; ainda estava numa idade em que os meninos adoram os pais. Comecei a me afligir, embora fizesse o possível para não demonstrar. Mas, embora soubesse que ele sentia muita dor e embora ele dissesse várias vezes que queria terminar depois, forcei-o e forcei-o até o fim. Eu só queria saber o que aconteceu depois."

— E ele terminou? — perguntou Leo.

— Quase — sussurrou Frank.

— E o que ele disse, pai?

— Eu nunca teria me lembrado dos detalhes, mas ainda bem que ele me deu isto — disse Frank, apontando as cartas. — Por que não as lê, Leo? Está tudo aí, arrumei-as por ordem de data. Cada pilha representa um mês. Não precisa ler todas se não quiser, mas deveria tentar, porque você e ele têm muita coisa em comum. Eu não as olhava há anos, mas, quando comecei a traduzi-las, fiquei totalmente fascinado por elas. Meu pai era um homem incrível. Vá, pode começar. — Frank apertou o braço de Leo e saiu do quarto.

Nos próximos dias, Leo leu as cartas obsessivamente. Eram tão vivas e sinceras, que era como se tivesse recebido acesso privilegiado à alma do avô e pudesse entrar dentro dele e avaliá-lo em todos os detalhes. Podia nadar em rios de saudade, mergulhar na dor incomensurável e aquecer-se aos raios da esperança que levou Moritz a cruzar a Rússia a pé. Leo estivera se sentindo como um ponto unidimensional no tempo, sem passado nem futuro, mas agora tinha contexto e história. Tinha raízes que iam fundo na terra. Raízes que o manteriam em seu lugar e o ajudariam a ficar firme contra o infortúnio que ameaçava jogá-lo longe.

## Anotação nº 46

O albatroz-real pode viver mais de sessenta anos, mas é muito novo e ainda sexualmente imaturo quando começa a cortejar. A corte é carinhosa mas educada e pode durar até quatro anos. Depois que se escolhem, os pássaros nunca mais voltam a escolher. Entretanto, a vida ordena que nem sempre possam estar juntos. Às vezes têm de separar-se durante um ano inteiro, mas sempre voltam à mesma rocha escarpada onde se conheceram para acasalar de novo. Seu laço é inquebrável durante toda a longa vida e, para onde quer que viajem, sempre se encontrarão.

# 27

LEO ESTAVA SOZINHO, LENDO NA SALA QUANDO O telefone começou a tocar. Ignorou-o, pois estava quase acabando e não queria interromper o fluxo; mas, quando a secretária eletrônica atendeu, ouviu Hannah, e a desolação na voz dela o fez prestar atenção.

— Olá, Sr. e Sra. Deakin — disse ela. — Estou tentando encontrar Leo. Preciso falar com ele urgentemente... Meu... hã... não... é... é que é mesmo importante... Não sei onde ele está agora. Podem pedir a ele que me ligue? Ah, aqui é Hannah, sa...

— Oi, Hannah, estou aqui — disse Leo, agarrando o telefone. — Você está bem? Parece nervosa.

— Meu pai morreu... hoje de manhã... meu Deus... Eu gosto tanto dele... Não sei o que fazer — soluçou ela.

— Onde você está, Hannah?

— Na casa dele, em Richmond.

— Olha, vou pegar o próximo trem. Chego aí assim que puder — tranquilizou-a Leo.

— Leo?

— Diga.

— Espero que não se incomode, mas estou lendo seu caderno.

— Meu caderno? — Leo ficou confuso.

— Sabe, aquele vermelho.

— Mas eu o joguei fora.

— Eu sei. Depois da festa em que você me viu com aquele cara. Vi que estava nervoso e fiquei preocupada com você e o segui até em casa. Vi você descer e jogá-lo no lixo e o resgatei.

— Obrigado, mas não leia, fico com vergonha, ali só tem lixo.

— Nada disso, Leo, é a coisa mais linda que já li. Sinto muito, eu devia ter pedido primeiro. Ia devolvê-lo quando a gente se visse, mas dei com ele bem agora. Ainda não terminei, estou folheando, lendo os textos aleatoriamente.

— Tudo bem, Hannah, se quiser, pode ficar com ele.

Leo decidiu levar as últimas cartas com ele até Londres. Moritz estava quase de volta a Ulanow; Leo estava desesperado para saber o que aconteceria depois, mas não podia abandonar Hannah. Jogou algumas roupas na mochila e saiu correndo pela porta.

Quando saiu, Frank sorriu para Eve: Leo já tinha mais decisão em seus passos. A herança começava a exercer um tipo estranho de magia sobre todos eles.

— Como está se sentindo? — perguntou Eve.

— Com saudades de mamãe e papai — disse Frank. — Ainda penso neles todo dia. Coitadinha da Hannah.

— Coitadinho de você — sussurrou Eve, aconchegando-se a ele.

— É, coitadinho de mim — suspirou Frank.

— Não consigo acreditar no que você fez, querido. Foi lá e contou a ele. Muito bem. — Ela o abraçou com orgulho.

— Eve?

— Diga.

— Amo você.

— Por quê?

— Por quê?

— É, por quê? — repetiu ela com um sorriso maroto.

Frank pensou um instante.

— É... há... por muitas razões.

— Mas que razões? Você nunca me contou.

— Não? — murmurou ele.

— Não, Frank, você sabe que não.

— Não, não, é mesmo... Acho... Acho que então já é hora de contar. — Ele tossiu e fez uma careta; Eve o prendia no sofá com os olhos. Frank respirou fundo. Pense, disse com seus botões, tentando desesperadamente laçar as ideias errantes. Por que amo Eve? O que faz Eve ser Eve? Se ela morresse amanhã, do que exatamente eu sentiria falta, do que me arrependeria? — Amo você porque... Amo você porque você não usa banheiros públicos e... porque me soca quando ronco e me faz comer tudo que sobra... porque sente um prazer esquisito quando espreme cravos...

Eve riu.

— Não... Não estou brincando — disse Frank, sério. — Estou tentando dizer que estou mais ou menos acostumado com essas coisas. É por isso que sei que amo você... Quero dizer, não gosto nada dos hábitos estranhos dos outros, mas gosto dos seus. Mas também amo você porque você cuida de mim e porque é terrivelmente boazinha comigo; e não sei por que, pois não sou uma pessoa de convivência fácil. E é claro que você me deu Leo e vejo você com ele, e acho que você é a melhor mãe do mundo... e você esperou com tanta paciência até que eu contasse a ele a minha história. Às vezes, Eve, acho que seu coração é feito de ouro e chocolate, porque não sei como você consegue ser tão... tão adorável. — Ele parou e fitou-a, surpreso. Essas palavras, estranhas a ele, agitavam seu coração como uma varinha numa lata de tinta velha, e ele ficou estupefato com o efeito que tiveram nele.

— Obrigada, Frank. — Eve gostaria que ele continuasse, e ficaria mesmo ouvindo o dia todo, porque achava que nunca receberia tantos elogios outra vez.

— Quero dormir com você — disse Frank de repente.

— Céus, Frank, isso nem parece coisa sua.

— E...?

— Acho uma excelente ideia.

## Anotação nº 91

As áquias-pescadoras africanas voam juntas, atingindo altitudes incríveis. O macho, então, voa mais alto ainda e paira momentaneamente acima da fêmea, talvez apreciando sua beleza. Então inclina o bico e mergulha vertiginosamente na direção dela, numa velocidade terrível. Na hora exata, a fêmea gira de costas, sem deslizar para cima nem para baixo. O macho a penetra. Eles prendem as garras e caem em espiral, girando cada vez mais. Precipitam-se rumo à terra num abraço estonteante e, bem quando parece que vão cair, separam-se e abrem as asas. Juntos, planam sobre o chão e erguem-se para voltar ao céu mais uma vez.

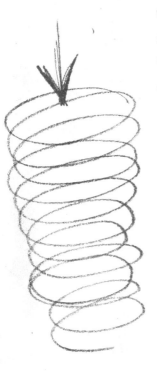

# 28

FORAM UNS DIAS TÓRRIDOS EM QUE LEO AJUDOU Hannah e Ed, o irmão mais novo, a cuidar da montanha de documentos oficiais, apólices de seguro, avisos bancários e providências fúnebres que acompanham a morte. Foram visitados pelo vigário da igreja da paróquia de Surrey, onde a mãe de Hannah fora sepultada. Ele só vira Alan, o pai de Hannah, uma vez: no enterro da esposa. Ao contrário dela, Alan era ateu fervoroso e nunca punha os pés na igreja, a menos que convidado para casamentos e funerais ou a menos que a igreja fosse considerada tesouro nacional e ele por acaso estivesse de férias. A missão do vigário era obter algumas informações úteis sobre Alan para fazer comentários pessoais pertinentes junto ao caixão, na igreja. Todos sabiam que seria a última coisa que Alan ia querer, e ainda assim seria a última coisa que teria antes do enterro, porque desejara ser sepultado ao lado da mulher. O vigário sondou educadamente para descobrir o nome dos familiares de Alan, suas realizações e paixões. Em certo ponto, Hannah levou a mão à boca e baixou os olhos, e Leo pôde ver que ela tentava esconder um sorriso. O vigário, determinado, continuou com suas perguntas, mas Hannah explodiu em risadinhas. Finalmente, o vigário deu uma desculpa boba sobre parquímetros e foi embora.

— O que foi tão engraçado? — perguntou Leo a Hannah.

— Tive uma visão de papai lá em cima nos olhando tomar chá com o vigário, e ele ria incontrolavelmente. Aí, quanto mais eu tentava parar de pensar nisso, mais engraçado ficava. E o esquisito é que, se não estivesse rindo, eu estaria chorando.

Na cerimônia, o discurso do vigário pareceu vazio e sem graça, e as referências a Cristo, inadequadas para os que conheceram Alan. Hannah leu o poema de Ted Hughes de que o pai mais gostava, e o organista amador tropeçou num obscuro réquiem elizabetano. Leo sentou-se nos fundos da igreja e ouviu a chuva trovejar no telhado. Sempre chovia em funerais?

A porta rangeu ao se abrir, e Leo sentiu uma lufada de ar frio e uma presença úmida a seu lado: era Roberto.

— Oh, Leo — cochichou ele —, eu esperava encontrá-lo aqui. Está tudo bem?

— Tudo. E você?

— Detesto funerais. Temos de conversar. Acho que encontrei o que você estava procurando. — Ele sorriu e jogou para trás o cabelo molhado.

— Não estou procurando mais nada.
— Você só está de férias. Gente como você está sempre atrás de respostas.
— Talvez.
— Ainda está zangado comigo?
— Acho que não. Só somos diferentes.
— Ou iguais, mas em caminhos diferentes. Talvez o nosso destino seja divergir e convergir e só nos encontrarmos em encruzilhadas — ponderou Roberto.

Leo sentira falta das conversas com Roberto, que, apesar de todos os pontos fracos, era incansavelmente interessante.

A cerimônia acabou morrendo, talvez para grande alívio do cadáver. E só quando o caixão era baixado na cova junto à mãe de Hannah a enormidade da tragédia foi realmente entendida. A congregação ficou ali amontoada sob os guarda-chuvas, recordando a última vez em que estiveram naquele lugar, quinze anos antes. Os olhos passaram para a lápide vizinha: Sophie Johnson, *née* Lucas, nascida em 1943, falecida em 1978. "Mãe e esposa amada, inspiração para todos os que a conheceram." Hannah e Ed ficaram ao lado do túmulo de mãos dadas, como duas criancinhas perdidas, com lágrimas correndo pelo rosto. O caixão foi baixado, as cordas soltas, uma oração recitada, flores jogadas e um torrão de terra lançado dentro do túmulo.

Mãe e pai, marido e mulher estavam juntos outra vez.

\* \* \*

Leo procurou Roberto e o chamou de lado.

— Venha, vamos tomar um café. Encontraram um lugar tranquilo na rua principal, onde poderiam secar-se e conversar.

— Então, o que tem para mim? — perguntou Leo.

Roberto deu uma risadinha e lambeu a espuma do cappuccino.

— É uma experiência linda, de um francês chamado Alain Aspect. — Roberto pegou o sal com a mão esquerda e a pimenta com a direita e ritualisticamente bateu os dois.

— Quando duas partículas colidem ou se beijam, assim, e depois ricocheteiam em direções opostas, algo muito estranho acontece. Todos suspeitavam que, depois de colidir, as partículas partiriam e viveriam suas vidas separadas. — Ele colocou o sal e a pimenta em cantos opostas da mesa. — Mas não. Aspect provou que, muito embora essas partículas estejam separadas no espaço, comportam-se como se estivessem magicamente ligadas. Ele fez isso "girando" uma das partículas e observando que a outra "girava" instantaneamente na outra direção. E, quando digo instantaneamente, quero dizer literalmente no mesmo instante; não há nem um milionésimo de segundo de retardo. Estão em total harmonia.

— E se as partículas não tivessem se beijado? E aí? — perguntou Leo.

— Então elas se comportam de maneira totalmente independente. Beijar é tudo nessa experiência — Roberto riu. — Digamos que a mesa é o universo e o sal está numa ponta e pimenta na outra. Mesmo nessa grande distância, a regra continua válida. Gire o sal e a pimenta não deixará de reagir.

— O que isso quer dizer?

— Ora, desde o big bang as partículas vêm colidindo entre si e formando ligações secretas. Há partículas em mim que são gêmeas de partículas no sol. Há partículas em você que um dia dançaram com partículas de Eleni. E o que Aspect provou foi que, mesmo que essas partículas estejam a milhões de anos-luz de distância, ainda dançam juntas. São como amantes, como você e Eleni. Vocês foram separados pela morte, mas ainda assim continuam invisivelmente ligados.

— Como se chama essa experiência?

— Paixão a distância. É a melhor explicação do amor que a física pode dar.

Leo ficou alguns dias em Richmond com Hannah e Ed enquanto verificavam os pertences do pai e os embalavam em caixas. Tinham decidido vender a casa e dividir o que fosse apurado. Nenhum deles achava que conseguiria morar ali. Passavam as longas noites conversando sobre vida e morte e sobre o que significava tudo isso. Reviraram religião, mito, poesia, tudo que pudesse lançar alguma luz sobre o tema. Discutiram o conceito de destino, reencarnação e paraíso. Chegaram até à física quântica, na qual Hannah não demonstrara interesse prévio.

— O que você pretendia com aquele caderno? — perguntou Hannah.

— Não sei... Quando comecei, não sabia o que procurava, mas no final percebi que tentava provar que o amor existe.

— Mas você sabe que existe, céus, você, mais que todo mundo, deveria saber.

— É, mas quando Eleni morreu isso não bastava. Eu precisava acreditar que o amor poderia vencer a morte, porque, se não pudesse, Eleni estava perdida para sempre, e de que adiantaria viver? Tudo se baseava nisso.

— Então, por que o jogou fora?

— Porque vi a estupidez do que estava tentando fazer. No final, o que provei, além de que estava desesperado, desiludido e apaixonado por um cadáver?

— Ora, funcionou para mim, e adorei todas aquelas fotos de animais acasalando que você arrancou dos livros da biblioteca. Tão impróprias, mas muito meigas.

Leo encontrava forças. Encontrava-as por Hannah. Toda a esquisitice do contato anterior tinha se dissolvido e uma nova amizade nasceu das cinzas da antiga. Às vezes ficavam acordados a noite toda bebericando vinho porque Hannah não conseguia enfrentar a ideia de ir para a cama e ficar sozinha com seus pensamentos. E Leo esperava que ela cochilasse no sofá de manhã cedo antes de pôr suavemente um cobertor em cima dela.

Dali a dez dias, Leo não aguentava mais de vontade de voltar a Leeds para conversar com o pai. Lera as últimas cartas e estava confuso. Lotte ia se casar em Viena e Moritz estava com tuberculose. A última carta era a triste diatribe de um homem que abandonou todas as esperanças. Foi a mais sofrida de todas as cartas de Moritz à neve.

Por que parara de escrever? Será que o desejo de Moritz ficara sem combustível e o grande amor de sua vida não fora correspondido? Talvez nunca mais tenha visto Lotte Steinberg. Então, o que Leo aprenderia com essa história, se era assim que acabava? Moritz atravessara um continente por amor, isso em si era belo. Sabendo ou não, Lotte o ajudara a sobreviver à Grande Guerra e o mantivera aquecido na Sibéria. Mas tinha de haver mais do que isso. O pai devia ter outra razão para dar-lhe aquilo tudo. Leo imaginou como seria se seus netos lessem a sua história. Como ela pareceria vista de cima, por assim dizer? O que sentiriam se o olhassem agora? Também veriam uma linda história de amor que terminara tragicamente; também veriam um homem que tentara ao máximo obter a vida de volta mas fracassara e agora estava alquebrado, prestes a desistir. E gritariam com ele para que tirasse forças de algum lugar para manter o coração aberto e seguir em frente.

Leo ergueu os olhos para o céu.

— Não pode ser isso, vovô — disse ele várias vezes. Estava curvado para a frente, as mãos agarradas com força aos joelhos, os pés batendo inconscientemente. Ele se imaginou como um dos anjinhos que Moritz vira quando estava perto da morte, um dos querubins do futuro que soergueram o ânimo do avô. — Vamos, não desista dela, vovô — insistiu em silêncio. — Continue avançando, pense no futuro, pense em papai e em mim. Você não está sozinho, estamos aqui com você, fazendo a mesma viagem. Vê como o alce viaja até o norte para encontrar o lugar do acasalamento, e como a baleia grita "amo você" para o parceiro a trezentos quilômetros de distância no oceano, e a enguia atravessa o Atlântico para dar à luz, e a incrível andorinha-do-ártico circum-navega o mundo todos os anos para procriar? Vamos, me escute, você não está sozinho neste planeta disparado pelo espaço. A solidão é ilusória, vamos, deixe-me ajudá-lo, levante-se, siga em frente, siga erguido, siga reto, não deixe que nada o detenha.

Ed tinha voltado a trabalhar, mas Leo achava que Hannah não estava em condições de ficar sozinha. Convenceu-a a tirar mais uma semana de folga e voltar com ele. Sabia que os pais a receberiam calorosamente, como faziam com todos os seus amigos. No trem, Leo lhe contou a história do avô até a última carta em Ulanow e surpreendeu-se com o volume de detalhes que conseguia recordar. Nunca fora bom contador de histórias, mas, ao ver o efeito da história em Hannah, achou que talvez ainda houvesse magia nessa antiquíssima forma de arte. Também notou em si mesmo o efeito de contá-la. Nunca tivera histórias para contar, nunca sentira a força da narrativa fervilhando na alma. Porque, embora a história ainda não estivesse terminada, já sentia que a possuía. Era a história dele, de seu pai, de seu avô, e isso o enchia de orgulho. Sentiu-se como um artista que ganhasse uma paleta toda nova para pintar. E estava assustado com a profundidade das cores à sua disposição. Encontrou ritmo e graça no contar, descobriu nuances e intrigas, e o próprio som das palavras a lhe cair dos lábios invocou uma emoção que não sabia ser capaz de retratar. E quando deixou a história, com Moritz em péssimo estado, aparentemente morrendo de tuberculose em 1919, suspirou e disse, melancólico:

— Ele teve uma vida tão extraordinária... Queria voltar no tempo e conhecê-lo.

— Talvez consiga, Leo — disse Hannah —, em seus sonhos. Você sempre me diz que Eleni está viva em seus sonhos, e agora que meu pai morreu sei exatamente o que é isso. Talvez você possa entrar nos sonhos dele num raio de luz e puxá-lo de volta da beira do abismo.

Leo sorriu porque tivera a mesma ideia.

— Sabe do que mais, Hannah Johnson? — Deu uma risadinha.

— O quê?

— Você está começando a pensar demais.

— É a doença dos enlutados.

Frank e Eve tinham um brilho róseo.

— Vocês dois estão ótimos — observou Leo quando vieram até a porta. — O que andaram fazendo?

Frank deu uma olhada para Eve.

— Nada, só estivemos... há...

— Cuidando do jardim — sugeriu Eve.

— Isso, cuidando do jardim — repetiu Frank.

— Ah! Isso é ótimo — disse Leo.

Eve pegara a cama de armar para Hannah, mas disse não saber onde colocá-la. Podia ficar no quarto de Leo ou na sala; eles que decidissem. Hannah disse que, se Leo não se incomodasse, preferiria ficar no quarto dele, porque ainda não queria ficar sozinha. Eve ocupou-se com a cama e Frank pôs a chaleira no fogo. Leo notou que uma lesma se esgueirara pelo fundo da vidraça. Já de volta, Eleni?

Quando finalmente os quatro se sentaram com o chá na sala, Leo fez as perguntas que havia dias estava desesperado para fazer:

— Como Moritz sobreviveu e o que aconteceu com Lotte?

— Como assim? — perguntou Frank.

— As cartas pararam em Ulanow. Não sei o que aconteceu depois.

— Ah, entendo... é, claro, que bobagem a minha... vou explicar... sabe, em 1917, Lotte deve ter achado que meu pai morrera. A Cruz Vermelha fizera listas dos prisioneiros de guerra em Sretensk e provavelmente o nome dele não constava. Ela deve ter sofrido terrivelmente por ele. Dali a dois anos, o pai dela negociou um *shidduch*, um casamento arranjado, com um advogado vienense rico, e ela concordou...

# Anotação nº 42

A tartaruga é uma criatura engraçada. Sua proteção é tão desproporcionalmente pesada que ela perde toda a noção de rapidez. É um espanto que algo com uma casca tão impenetrável consiga se abrir para o amor. Ainda assim, sempre há um modo de atingir até mesmo o coração do freguês mais duro. A tartaruga, em algum momento, erguerá seu casco e deixará o parceiro entrar...

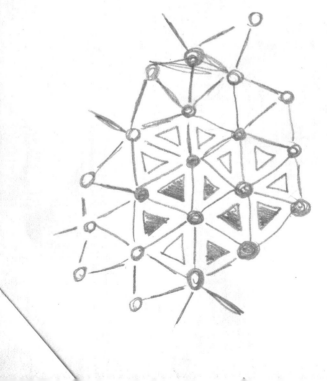

## 29

FUI FICAR COM O PRIMO MONYEK E, DURANTE TRÊS meses, fiquei de cama, definhando... Fischel, minha garganta está seca... me alcance a água, por favor... Ai, céus... Sinto muito... quebrou? Vá buscar um pano e uma vassoura... cuidado, não pise no vidro... Eu disse para ir buscar a vassoura... Por favor, Fischel... Não tenho forças para isso... Por favor, Fisch. Seu silêncio é tão exigente... Não me olhe assim... Tudo bem, como quiser, mas agora você está começando a me irritar.

Ainda estava com as cartas, e a única coisa que consegui pensar para fazer com elas foi mandá-las. Mandei algumas por dia, na ordem em que as escrevera. Sabe-se lá como ela se sentiu, ao receber de repente centenas de cartas de um homem que ela não sabia que estava vivo. Certo dia, ela respondeu.

*Querido Moritz,*
*Fiquei comovida com suas cartas. Não sei se consigo amá-lo como você me ama. Preciso ver seu rosto. Faz tanto tempo. Por favor, venha me ver.*
*Lotte*

A carta me deixou em fúria. Três linhas sem compromisso. Era só isso? Sentei-me na frente do espelho e fitei o rosto marcado de catapora que ela "precisava ver" e amaldiçoei-a:
— Você quer ver o meu rosto; o que isso quer dizer? — gritei. — E quando me vir torturado pela tuberculose, definhando, tossindo sangue, ainda me amará? Já não provei suficientemente meu amor por você? Já não lhe dediquei a minha vida? Não, não vou até aí, já fui longe demais. Agora faça você o esforço. Venha me ver.
E rasguei a carta dela como uma criança petulante e joguei-a no fogo.
— Não ligo mais — gritei. — Estou fraco demais, não vou sair da cama. Vá se casar com um esnobe vienense, não me importo. Você estará melhor sem mim, pelo menos ele viverá para conhecer os netos. Você quebrou sua promessa. Odeio-a, Lotte Steinberg, odeio você. Ah, o que vou fazer? — Joguei-me na cama e soquei o colchão até me sentir ridículo. Meu corpo amoleceu e fitei, entorpecido, o fogo. Finalmente, adormeci, chorando com pena de mim.
Foi uma semana de fúria e depressão, reafirmação e pânico. Ulanow perdera seu encanto, a casa da minha

família fora invadida por camponeses, os poucos parentes que restavam, como o primo Monyek, planejavam ir embora, e a Polônia estava em guerra com a Rússia. Com o coração pesado, fui para a estrada outra vez, sem saber para onde ir, só sabendo que, com o tempo, a estrada traz todas as respostas. Havia trens que podia tomar, mas não é a mesma coisa; eu precisava de tempo para pensar. A estrada me levou pela Tchecoslováquia até Viena. Uma voz me dizia que eu tinha de ver Lotte uma última vez antes de ir para Berlim procurar minha família... ah... desculpe... é só um instante... está ficando meio difícil falar... Ela morava numa rua tranquila de paralelepípedos a oeste da cidade. Lá estava, não tão grandiosa quanto eu esperara, uma pequena casa vienense. Era 5 de fevereiro de 1920, uma semana antes do casamento. Começava a anoitecer, estava escuro, um friozinho no ar, as janelas fechadas para a noite, mas conseguia ver luz pelas frestas... desculpe-me um instante... ah... a escarradeira! Obrigado... Fiquei um bom tempo só olhando a porta do outro lado da rua. Tudo que eu tinha a fazer era bater e minha viagem terminaria; pelo menos haveria algum tipo de solução. Estava petrificado. Preparara um discursinho na jornada desde Ulanow, com frases escolhidas que achei que exprimiam melhor os meus sentimentos. A cada dia eu o polia e melhorava. Imaginara várias situações e planejara reações diferentes a cada uma. Agora repetia as palavras várias vezes, como um aluno que aguarda fora da sala de provas. As mãos tremiam, as pernas estavam moles e as palavras, que tinham parecido tão adequadas havia apenas uma hora, soavam murchas e ocas.

Entre a porta e eu havia um poço sem fundo. Eu criara raízes e não conseguia me mexer. Fitei a porta e imaginei a vida atrás dela; e se ela me rejeitasse? Durante mais de cinco anos, sonhara com esse momento e agora sentia o sangue deixar meu coração como um exército em retirada.

Pelo canto do olho, vi um homem descendo a rua depressa com um grande embrulho. Usava cavanhaque e tinha um ar importante. Foi direto para a porta de Lotte e bateu com força duas vezes. Recuei para as sombras e observei a porta abrir-se lentamente... Espere um instante... ah... sim, pode limpar... bom menino... Era a mãe de Lotte que estava do outro lado. O cabelo, mais grisalho do que me lembrava, estava preso num coque apertado e ela usava um vestido verde, comprido e elegante. Parecia empolgada de ver aquele cavalheiro.

— Fiz todas as alterações que a senhora pediu — disse o homem, entregando-lhe o embrulho com cuidado.

— Obrigada, muitíssimo obrigada, *Herr* Klein. Lotte ficará contentíssima.

O homem fez uma mesura.

— Foi um prazer ajudar, *Frau* Steinberg — disse ele, obsequioso. Despediram-se e o homem foi embora apressado.

Adivinhei o que estava naquele embrulho e era mais do que eu conseguia suportar. Dei meia-volta e me afastei. No fim da rua, mudei de ideia e voltei. Percorri a rua dessa maneira por algum tempo. Estava num dilema patético. A razão toda exigia que eu não me submetesse à humilhação da rejeição; a compaixão exigia que eu não enlameasse os sentimentos de Lotte uma semana antes do casamento. No final, foi só o peso de uma caminhada de dez mil quilômetros que me empurrou pela rua. Foram os passos mais difíceis de minha longa jornada. O ar estava grosso como água, meu coração batia; era insuportável. Uma aldraba de latão numa porta azul. Fiquei hipnotizado diante dela. Ergui a mão trêmula e segurei a aldraba e a bati com força na porta. A Sra. Steinberg abriu a porta e, no espelho do corredor, consegui ver Lotte em pé atrás dela, usando o vestido de noiva. Acho que meu coração parou.

A Sra. Steinberg não me reconhecera e me perguntou o que queria. Eu só fitava e fitava Lotte... não conseguia falar... não era a menina dos meus sonhos. Eu a mudara, distorcera-a com o passar dos anos. Eu lhe clareara o cabelo, erguera os ossos da face, envolvera-a em melancolia. Em carne e osso, era mais morena, mais suave, mais sorridente. Levei um instante para reconhecê-la como a minha menina do San. Agora ela era outra pessoa, tão adorável, tão perfeita naquele vestido branco. Foi estranho que eu a visse naquele vestido antes dele. Queria dizer seu nome, mas minha língua morreu na boca. Então ela se virou do espelho para olhar e, quando seus olhos caíram sobre mim, quis ficar ereto e sorrir, mas sucumbi, caí contra o portal e chorei. Estava esgotado, cansado até os ossos, mas, pior que isso, totalmente abandonado. O que estava fazendo ali a me torturar? Finalmente a Sra. Steinberg percebeu quem eu era, murmurou alguma coisa e se afastou.

Mas Lotte me reconheceu imediatamente. Durante muito tempo não houve palavras entre nós, nenhum movimento, nem mesmo um sopro. Achei intolerável seu olhar de pena; pelos olhos dela, vi como ficara feio e miserável, e me envergonhei. Senti-me humilhado, sem valor. Era como o homem à espera da execução e de repente chega o momento; tudo seria resolvido de uma vez por todas, aqui e agora. No fundo do coração, sabia que acabara, que a caminhada salvara a minha vida mas não o meu amor. Não havia mais nada que eu pudesse fazer; agora era com ela, meu destino estava nas mãos de Lotte. E tudo que eu queria dela é que me despachasse rapidamente, me mandasse embora com um gesto; seria insuportável receber a condescendência da boa educação. Então vi sua boca se abrir. Ela ia falar...

— Moritz — sussurrou ela —, você voltou... — Tanta ternura naquela voz... Ah, aquela voz. Senti um raio de eletricidade me atingir e soube, por aquele doce som, que ela era minha, sempre fora, sempre seria. Ela voou para os meus braços. Depois de parar, meu coração galopava com o dela... dois cavalos selvagens... então nos beijamos como as crianças que já fôramos nas margens do San.

Ainda a amo. Sempre amei... Psiu, Isaac... finalmente acordou... bom menino. Agora ouçam com atenção, vocês dois: a vida é uma jornada; ninguém precisa de poder nem de riqueza para sobreviver, mas com amor no coração podemos enfrentar as nevascas. Sua mãe e eu só podemos lhes dar uma coisa, e é a única coisa de que precisam para tornar bela a jornada. Amamos vocês mais que a própria vida. Que essa história seja sua herança...

— Papai?

## Anotação nº 103

Todo tempo não dedicado
ao amor é tempo perdido.

      Tasso

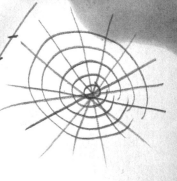

# 30

—OS PLANOS DO CASAMENTO JÁ ESTAVAM prontos quando, certo dia, chegou um monte de cartas. Imagine só o choque, Leo: Moritz voltara dos mortos. Lotte não conseguia acreditar que ele estava vivo, tinha desistido completamente dele. E as cartas continuaram chegando, grandes pilhas delas todos os dias, durante semanas sem fim. Tiveram um efeito extraordinário sobre ela; o amor dele escorria de todas as páginas. A vida dela virou de cabeça para baixo. O que fazer? Os convites já tinham sido enviados. Certo dia, foi até o pai e implorou-lhe que cancelasse o casamento. A princípio ele ficou furioso, mas ela lhe recordou a promessa de que poderia se casar com Moritz se ele voltasse vivo. Ele finalmente concordou, mas com uma condição: que ela esperasse até vê-lo antes de decidir se casar com ele.

"Muitos soldados tinham enlouquecido depois da guerra e não conseguiam adaptar-se à vida normal. Ele não queria entregar a filha a um lunático. Entretanto, o vestido de noiva já fora comprado, e todos, incluindo o velho, esperavam que ainda tivesse bom uso.

"Foi como se demorasse um século para Moritz aparecer em Viena e, quando ela o viu na porta, ficou chocada com sua aparência. Estava imundo e emaciado. Parecia muito mais velho do que antes, mas, por mais fraco que estivesse, ainda tinha algo especial. Afinal de contas, acabara de caminhar meio mundo para estar com ela. Ela o admirava. Quando o abraçou, ele tremia como um cordeirinho recém-nascido e, mais tarde, ela notou marcas de dedos sujos no vestido, mas não ligou, porque sabia que ninguém jamais a amaria como Moritz. Ele provara isso mil vezes. Dali a um mês estavam casados.

"Depois que meu pai morreu, tive dificuldade para dormir e pedia à minha mãe que contasse histórias sobre ele. Acho que ela gostava de recordá-lo com as histórias e ele assumiu uma condição de mito. Ela sempre começava assim: 'Certo dia, seu pai, o grande Moritz Daniecki...' Ela me contou que papai era o homem mais extraordinariamente intenso e apaixonado que já conhecera. Ele fazia o mundano parecer milagroso. Era difícil não amá-lo."

Frank suspirou e balançou a cabeça.

— Então aí está, Leo. Agora a história é sua. Deixe que funcione com você.

Leo levantou-se e foi até a janela.

— Não consigo acreditar que ele conseguiu... Moritz conseguiu, casou-se com Lotte... ela é minha avó.

— É — disse Frank —, mas você já sabia disso. Eu lhe disse que ela me levou até o barco.

— É, você falou da sua mãe, mas não me disse o nome. Eu não tinha certeza.

A vida toda, Leo se arrastara em volta do abismo do passado de Frank. Nunca lhe tinham dito explicitamente para não fazer perguntas a esse respeito, mas ele crescera sabendo não sondar. Frank vivera numa corda bamba, sem ousar olhar para baixo, e algo em seu comportamento sensível dizia aos que estavam em volta para não forçarem. Agora tudo isso ficara para trás e Leo percebeu que nunca conhecera o pai de verdade.

— Sr. Deakin, há uma coisa que não entendo — perguntou Hannah dali a pouco. — Por que o senhor fugiu da história durante tanto tempo?

— Porque não conseguia separar a história do pesar e da culpa que sentia.

— Culpa? — indagou Leo.

— Achei que meu pai morreu naquela noite porque eu o obriguei a terminar a história. Não só isso, como também o vi morrer em silêncio. Censurei-me por não falar, não lhe dizer que o amava, nem mesmo dizer adeus. Então, quando minha mãe me pôs no barco e não veio para a Inglaterra como prometera, achei que era porque estava zangada comigo por eu ter matado meu pai. Sei que parece ridículo, mas...

— Não, não parece, pai — interrompeu Leo. — O mesmo acontece comigo. Não consigo me perdoar por ter feito Eleni sentar-se na frente do ônibus. Ela estava indo para o meio e eu a chamei de volta. Ela só veio porque faria qualquer coisa que eu pedisse.

— Então você já é melhor do que eu por dizer isso — comentou Frank. — Eu não queria que ninguém soubesse como eu era mau. Quando conheci Eve e tivemos você, achei que era o homem mais sortudo do mundo. Mas meu pesar estava retorcido como um nó no meu coração e parecia tão pesado que a última coisa que eu queria era passá-lo a você.

Leo assentiu.

— Eu sei, pai. Talvez tenha sido melhor esperar. Estou contente por ouvir a história agora. — Ele foi até Frank e abraçou-o. — Amo você, pai, e tenho muita sorte de ter você.

Hannah mordeu o lábio e olhou para o outro lado. Sentia-se arrasada, como se sufocasse, e de repente levantou-se e saiu correndo para o jardim. Leo fez menção de segui-la, mas Frank o impediu.

— Deixe que eu falo com ela, Leo — disse ele com firmeza e seguiu-a até o jardim. Leo ergueu a sobrancelha para a mãe e ambos começaram a rir.

— Uau — exclamou Leo. — De repente ele é John Wayne.

— Ou simplesmente Fischel Daniecki — sugeriu Eve.

O ar da casa parecia mais leve. Eve se acostumara tanto com o grande peso silencioso que pendia sobre o lar que só agora que ele se fora é que se perguntava como é que conseguira aguentar.

\* \* \*

Frank sentou-se no banco do jardim, ao lado de Hannah, e pôs o braço em seus ombros.

— Não é nada divertido ser órfão, não é? — disse ele baixinho.

— Não.

— Onde quer que estejam agora, devem estar olhando por você — garantiu-lhe.

— Algum dia a dor vai embora, Sr. Deakin? — perguntou Hannah.

— Não, não vai, mas em certa hora a vida recomeça, o presente entra na lembrança e fica mais fácil de suportar. O que acha que vão fazer por lá, agora que estão juntos outra vez?

Hannah pensou um pouco.

— Provavelmente vão fazer longos passeios, que costumavam adorar.

— E tenho certeza de que seu pai dirá à sua mãe o que você tem feito e como se orgulha de você.

— Hum... e depois vão cuidar do jardim. Nunca achei graça nisso quando estava crescendo. Era aquela coisa chata que minha mãe e meu pai faziam todo fim de semana.

Frank concordou.

— Depois de ter filhos, a gente fica mais interessada em ver tudo crescer — disse ele. Hannah olhou o jardim em volta, os canteiros orlados de ervas e o gramado bem aparado; era óbvio que Frank e Eve tinham passado um bom tempo cuidando do jardim deles.

— Não caia na mesma armadilha que eu, Hannah — advertiu Frank. — Minha mãe me pôs naquele barco para que eu pudesse ser livre. Mas percebo agora que fiquei oprimido a vida toda. Cheguei a ponto de ficar tão longe dos meus sentimentos que nem sabia que ainda existiam. Acreditava honestamente que os vencera. Foi só quando vi Leo virar-se para dentro de si que percebi o que havia dentro de mim. Isso faz sentido?

Hannah fez que sim. Levou a mente de volta à época em que Leo confundira seu rubor com afeição e àquele jantar pavoroso em que ele a acusara de esconder-se por trás do sorriso. Ela ficara muito ferida com o ataque, fora para casa, perguntara a si mesma se havia alguma verdade naquilo e tivera de admitir que ele estava certo: depois da morte da mãe, não deixara mais ninguém se aproximar.

— Faz, sim, Sr. Deakin, faz muito sentido — disse ela.

— Não precisa mais me chamar de Sr. Deakin. Pode me chamar de Frank, e quero que saiba, Hannah, que, se houver qualquer coisa que eu possa fazer por você, é só pedir. Se quiser conversar, pode telefonar a qualquer hora, ou se quiser vir nos visitar a nossa porta estará sempre aberta.

— Obrigada. Fico muito agradecida, Sr. Deak... quero dizer, Frank — Hannah sorriu.

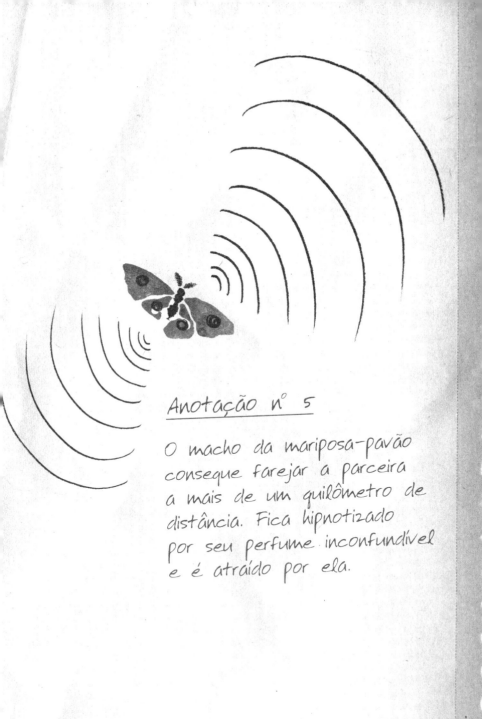

## Anotação nº 5

O macho da mariposa-pavão consegue farejar a parceira a mais de um quilômetro de distância. Fica hipnotizado por seu perfume inconfundível e é atraído por ela.

# 31

—ESSA COISA É MESMO SUPERDESCONFORTÁVEL — resmungou Hannah. — Mais parece uma rede do que uma cama. É como dormir num saco. Eu descansaria melhor numa cama de pregos.

— Tudo bem, tudo bem, vamos trocar — ofereceu Leo, afastando o edredom.

— Não, não vou tirar você da sua cama, Leo. Não dá para nós dois dormirmos aí? — Era uma pergunta inocente, e foi assim que Leo a entendeu.

— Ora, acho que sim, mas não é muito grande.

— A gente se ajeita, acho que dá certo. Que idade tem essa cama de armar? — perguntou ela ao pular para a cama de Leo.

— Faça as contas: lembro que o irmão da minha mãe dormia nela quando eu tinha 4 ou 5 anos, e já não era nova!

— Nossa, é uma antiguidade. Devia estar no museu.

— Num museu de camas de armar?
— É, alguma coisa assim.
Houve um longo silêncio.
— Leo, em quê está pensando?
— Estava pensando em Eleni. Queria saber por que ela ainda me segue por toda parte. É como se quisesse algo de mim.
— É mesmo?
— É, tenho essa ideia de que ela, onde quer que esteja agora, não vai descansar enquanto eu não fizer o que ela quer. Ou talvez seja eu que esteja me agarrando a ela, prendendo-a. Estamos ambos num tipo de terra de ninguém, incapazes de viver direito.
— E o que ia querer dela se ela estivesse viva e você morto?
— Ia querer que ela fosse feliz!
— E como ela conseguiria isso?
Leo pensou um pouco.
— Acho que ela teria de amar e ser amada do mesmo modo que nos amávamos. Não vejo outro jeito. Depois que a gente se apaixona assim, como ser feliz sem sentir de novo a mesma coisa?
— Mas você não teria ciúmes?
— Teria, ciúmes terríveis. Mas o que é o meu ciúme comparado à felicidade dela?
— Talvez ela queira a mesma coisa de você. Talvez ela só vá embora quando vir você feliz.
— Acho que não consigo amar ninguém como amei Eleni.

— Como sabe? Talvez consiga amar alguém mais do que amou Eleni, se você se permitir.
— Não sei. Teria de ser uma pessoa extraordinária...
— Alguém como o seu avô, que fosse até os confins do mundo por você.
— Isso é só metade. Eu teria de estar disposto a fazer o mesmo por ela.
— Leo, o que acha que vai acontecer com você se não encontrar ninguém?
— Vou virar um velho muito triste. Na verdade, já sou um rapaz muito triste, e não vai haver muita mudança.
— Humm, eu também... também estou triste. O melhor, então, é você encontrar alguém e deixar Eleni descansar em paz.
— Mas onde?
— Não sei — suspirou Hannah. — Simplesmente não sei. Vou pensar.
Leo virou de lado e abraçou-a.
— Durma bem.
Os dois ficaram deitados, aconchegados na cama de solteiro. Ninguém dormiu.

— Leo?
— Diga.
— Está ouvindo esse barulho?
— Estou.
— O que é? Parecem dois gatos brigando.
— São mamãe e papai transando.
— Nossa, eles sempre fazem isso?

— Não que eu me lembre.
— Uau! Boa-noite, então.
— Boa-noite.

— Leo?
— Diga.
— Sabe o que eu gostaria de fazer?
— O quê?
— Telefonar de manhã para o meu emprego e pedir demissão.
— Ah.
— E depois gostaria de fazer uma longa caminhada, como a do seu avô.
— Boa ideia. Quem sabe você chega a Bradford!

— Leo?
— Diga.
— Você tem razão, não há por que andar. Você tem um Atlas?
— Na estante.
— Posso acender a luz?
— Como quiser.

Hannah levantou-se, achou o Atlas e levou-o de volta para a cama.

— O que está fazendo, Hannah?

Ela abriu o Atlas no mapa-múndi e pegou um grampo de cabelo na mesinha de cabeceira.

— Vou fechar os olhos e você vai girar o Atlas, para que eu não saiba de que lado está.

— Hannah, o que está fazendo?
— Está virando?
— Estou.
— Ótimo, aqui vou eu.
Ela espetou o grampo no mapa.
— Onde caiu? — perguntou.
— Nas Filipinas.
— Onde, exatamente?
— Numa ilha chamada Mindoro.
Hannah abriu os olhos e inspecionou o mapa.
— Hum... Nunca, nem em um milhão de anos, eu pensaria em ir para as Filipinas. Como será que é lá?
— Não faço ideia — disse Leo.
— Ótimo, amanhã vou reservar a passagem.
— Você é doida.
— Obrigada.
— Podemos apagar a luz agora? — perguntou Leo.
— Claro, desculpe.
— Boa-noite, Hannah.

Alguma coisa estava mudando; o coração de Leo disparara. Não fazia ideia do porquê. Podia ser qualquer coisa: o contato do joelho dele na coxa dela ou o resíduo da história agindo em seu organismo. Ou será que vinha de Hannah? Será que sentira uma mudança na afeição dela? O que quer que fosse, havia algo no ar. Talvez fosse um eletronzinho criando um caos aleatório com suas emoções enquanto fazia ligações invisíveis com os amigos do outro lado do universo. Então, se um elétron começa a girar de repente, ele sempre sabe por quê? Sabe qual evento do outro lado do universo provocou aquilo? Quando a pimenta começasse a girar, saberia que o sal estava girando ou só sentiria um impulso novo e esquisito, como o que Leo sentia agora, e ficava sem saber de onde vinha? O que o universo tentava lhe dizer naquele momento? Enquanto estava ali deitado, pensando no escuro, uma visão de clareza penetrante ardeu nele como se o próprio mundo revelasse seus segredos. Viu que, a cada ato de amor ou ódio, um universo inteiro começa a girar; a cada perda, a cada dor, a cada esperança, a cada alegria, o cosmo muda. Em todos os níveis do espaço e do tempo, do passado ao futuro, das amebas aos seres humanos, das partículas às galáxias, do que é visto ao que não é visto, todas as coisas vibram como uma só, criando harmonias invisíveis e ligações nunca sonhadas. Uma calma e uma quentura o envolveram. Ele se aqueceu nelas por algum tempo, antes que uma nuvem escura lhe passasse pela cabeça.

Se o universo fosse mesmo holístico, como insistia Roberto, e todas as coisas, por força de bilhões de colisões, girassem juntas, então por que ainda era possível sentir-se tão sozinho? Lá estava ela outra vez: a solidão. Não levara muito tempo para manchar seu momento de bem-aventurança. O holismo seria uma ilusão? Recordou uma das cartas de Moritz em que ele dizia que todas as almas são iludidas e que a única pergunta pertinente é: qual a melhor ilusão? Que sistema de crenças nos dará mais alegria, a nós e aos que estão à nossa volta? Mesmo que nada estivesse ligado a nada, não seria mais romântico acreditar que estava?

Ele dedicara todo o seu esforço a manter Eleni viva dentro dele, mas o que era Eleni, o que ela representava? Eleni era o veículo do amor. A própria Eleni não era importante, era meramente a face do amor; e, sabe-se lá como, ele confundira as duas. Ela se fora, mas o amor permanecera. Ela fizera Leo girar e ele não pararia nunca; agora o dever dele era fazer com que outros girassem com ele. Não era de Eleni que precisava, era de amor. E para encontrá-lo teria de correr riscos, entrar na cova do leão e enfrentar os demônios que o impediam de seguir em frente. Só uma coisa o incomodava. Levantou-se e foi até a porta.

— Aonde você vai? — perguntou Hannah.
— Preciso dar um telefonema.
— Leo, são três da manhã.
Mas ele sumira.

— Roberto, está acordado?
— Agora estou. Caramba, Leo!
— Queria lhe perguntar uma coisa.
— É melhor que seja importante.
— Para mim, é.
— Tudo bem, o que é?
— E se o elétron que já estiver girando colidir com outro elétron, o que acontece?
Roberto suspirou.

— Se for significativo, aí...

— Significativo? — interrompeu Leo.

— Nem todas as colisões fazem o elétron mudar a rotação; o elétron pode ter muitos casos, se quiser, mas nem todos serão significativos. Mas, se o elétron for profundamente afetado por outro elétron, ficará emaranhado com o novo parceiro.

— Emaranhado?

— É, é o termo técnico para a relação: emaranhamento quântico.

— Gosto disso. Mas o que acontece com a relação antiga? O elétron agora fica emaranhado com dois elétrons?

— É uma questão controversa, mas a maioria de nós acha que não. Cada elétron só pode ter uma relação de cada vez.

— Então o parceiro original é libertado — conclui Leo, triunfante.

— Pode ser... mas, Leo?

— Diga.

— Você não é um elétron.

— Não, mas acho que estou pronto para uma colisão significativa. Quero o emaranhamento.

— Acho que todos queremos, Leo, mas não às três da manhã.

— Desculpe. Obrigado, Roberto, agora pode voltar a dormir — disse Leo, e desligou.

Voltou ao quarto empolgado.

— Hannah?

— Diga, Leo.

— Vai mesmo para as Filipinas?
— Vou.
— Posso ir junto?
— Pode. Achei que nunca ia perguntar.

Anotação nº 1

O amor pode vencer a morte.

Tennyson

# 32

DALI A DOIS DIAS, LEO E HANNAH VOARAM PARA as Filipinas. Pousaram no calor empoeirado de Manila e pegaram um táxi até a vasta extensão urbana e poluída da cidade. O trânsito se arrastava por uma favela que brotara nas margens lamacentas de um rio. As crianças brincavam na água imunda enquanto as mães lavavam roupa mais abaixo. Os barracos, alguns de dois andares, que se apoiavam uns nos outros ao longo de um labirinto de becos, eram feitos de lona e chapas de aço corrugado. Em alguns lugares do mundo, o lar temporário dura a vida toda, mas essas casas simplesmente aguardavam o dia em que a enchente anual as levaria embora. Então haveria uma confusão para reconstruir mais perto do rio e, em poucos dias, a favela rebrotaria, com as mesmas pessoas em outros lugares, como se tivessem sido embaralhadas pelo tufão.

Havia meninos de rua em todos os sinais de trânsito, pedindo esmola aos carros parados. Alguns tinham no máximo 5 ou 6 anos. Hannah se inclinou para fora da janela e deu um dólar ao menino que levava um bebê, cuja cabeça marrom e careca tostava ao sol do meio-dia.

— Ainda bem que o meu grampo não caiu em Manila — comentou.

Desceram na feira de Baclaran, onde Hannah comprou alguns sarongues e Leo, nervoso, vigiava a bagagem. Depois caminharam por uma rua movimentadíssima rumo ao terminal de ônibus BLTB. Ali pegariam condução até o porto de Batangas e, de lá, um barco para Puerto Galera, em Mindoro.

Quando finalmente chegaram ao terminal dilapidado, com seus ônibus de cores vivas e camelôs, Leo parou de repente. Era o Equador de novo. Estava em Quito com Eleni, labutando sob as pesadas mochilas enquanto tentavam encontrar o ônibus para Latacunga. Eleni cantarola uma cantiga em espanhol que aprendera na Guatemala. *"Porque no me dijiste, cuando me..."* As palavras foram afogadas pelo clamor cuspido do motor de um ônibus velho. Leo procura o ponto do ônibus entre as filas de veículos. Então vê Eleni andando para o meio do ônibus e a chama de volta pela milionésima vez, e ela vira pela milionésima vez. Depois ele tira uma foto dela com o furador de gelo na mão e em seguida o guarda na mochila. O Cotopaxi assoma à esquerda. O caminhão se desvia na estrada, bem na direção deles, e Eleni está gritando. Algo novo agora... ele é jogado contra o assento do motorista na frente dele. Vê Eleni ser jogada no ar e bater o ombro direito e o peito na barra vertical, mas ela não interrompe o impulso; o corpo vira para a direita e se inclina sobre a barreira diante dela em meio a uma chuva de cacos de vidro e se choca com força no painel, antes de cair pelos degraus e aterrissar com as costas contra a porta e a perna contorcida para cima. As luzes se apagam. Não há mais nada.

— Tenho de sair daqui.

Hannah agarrou nas dela a mão úmida dele.

— Não, Leo, você tem de passar por isso. — Ela o puxou para o terminal e o levou até o ônibus.

Leo estava muito tenso ao sentar-se no meio do ônibus, esperando que ligassem o motor. Os sábios hinduístas dizem que, dentre todos os milagres, o maior de todos é que, mesmo sabendo que somos mortais, vivemos como se fôssemos imortais. Leo sentiu a paralisia daqueles que convivem com a mortalidade. Sentiu o gosto do medo embrutecedor dos poucos azarados que veem a morte em cada esquina. Perdera a bravura da juventude; não podia mais proclamar, como já fizera, quando advertido dos perigos da América do Sul, "ora, comigo não vai acontecer", porque acontecera com ele, e toda vez que embarcava num ônibus achava que aconteceria de novo.

Mas o medo estava prestes a libertar Leo. Como no caso do homem cujo médico diz que só tem dois meses de vida e que, invariavelmente, põe a casa em ordem e diz todas as coisas que queria dizer há algum tempo, Leo estava prestes a comportar-se como se esse dia fosse o último. Virou para Hannah e a beijou. E exatamente no mesmo momento, ela o beijou. Nos anos seguintes, discutiriam sobre quem fora o primeiro a dar o beijo. A única coisa que concordavam é que o lugar era o menos romântico do mundo.

Hannah dera uma olhada no homem apavorado a seu lado e vira que teria de ajudá-lo. Era assim que era o amor? Não era nada do que ela esperava: não houve loucas palpitações do coração, nenhum desejo dolorido, nenhuma flecha do arco de Cupido. Sentia-se estranhamente serena. Tudo que queria era ter algum papel na felicidade de Leo. E, embora só tivessem um beijo de idade, ela não conseguia pensar em nenhuma razão para que terminasse, e, pela primeira vez na vida, isso não a assustou. Era como se recebesse o suave sinal positivo da eternidade.

Quando chegaram a Mindoro, pegaram um táxi, um Land Rover, pela acidentada estrada litorânea até deixarem para trás todas as praias turísticas e chegarem a um trecho tranquilo com apenas uma pequena pousada toda feita de bambu. Ficava situada, exatamente como descrevia o panfleto, na ponta mais distante da praia, acomodada a vinte metros da beira-mar, com duas palmeiras inclinando-se preguiçosas sobre ela.

Foram levados a um quarto no alto de uma escada espiral de bambu, com uma vista magnífica do sol alaranjado afundando no mar.

— Venha — disse Leo —, ele está pedindo para nadarmos.

Vestiram a roupa de banho, correram com as toalhas até a beira d'água e nadaram para o sol que mergulhava.

Um peixe dourado roçou pela perna de Leo e sumiu nos corais. Eleni estava livre.

— Ah, Leo, isto não é fantástico? — gritou Hannah.

Foi assim que começou, e não teve fim.

# Epílogo

MEU AVÔ MOSHE SCHEINMANN NASCEU EM Ulanow em 1896. Lutou na Primeira Guerra Mundial no exército austro-húngaro. Foi capturado pelos russos e mandado para um campo de prisioneiros de guerra na Sibéria. Decidido a rever Lotte, a namorada de infância, fugiu do campo e voltou para casa andando. Levou três anos. Não se conhecem detalhes da viagem. Acabou encontrando Lotte, casaram-se e mudaram-se para Berlim. Em 1939, Lotte mandou meu pai para a Inglaterra, no *kindertransport*. Lotte deveria ir logo depois, mas não foi. Mataram-na em Auschwitz.

# Créditos das imagens

5: © Arctos Images/Alamy; 37 e 125: © imagebroker/Alamy; 61: Kevin Schafer/Alamy; 165: © image 100/Corbis; 227: © Peter Frost/Alamy; 273: © Arthur Morris/Corbis; 323: © Maximilian Weinzerl/Alamy; 387: © hadyn baker/Alamy; 419: Juniors Bildarchiv/Alamy; 429: © julie woodhouse/Alamy.

# Agradecimentos

Seis anos, dez esboços e revisões intermináveis. Sinto-me como se tivesse ido à Sibéria e voltado. Às vezes, sonhava em escrever os agradecimentos só para que acabasse.

Nunca teria chegado até aqui sem o apoio e os conselhos dos amigos, o conhecimento dos especialistas e a orientação das pessoas do setor.

Na Transworld, gostaria de agradecer a Jane Lawson pela revisão maravilhosa, a Neil Gower pelos desenhos fantásticos dos mapas, a Julia Lloyd pelo maravilhoso design do caderno, a Lucy Pinney, Deborah Adams, Claire Ward e Manpreet Grewal por todo o trabalho árduo.

Obrigado a Edina Imrik e Cristina Corbalan, da Ed Victor Ltd., e a Philippa Harrison por ajeitar-lhe a forma, mas principalmente à minha extraordinária agente Sophie Hicks, que acreditou em mim antes que eu acreditasse e que foi minha mentora e amiga numa época complicada. Sem ela, eu não seria escritor.

Sou grato a Yulia Mahr pela ajuda inestimável e a David Scheinmann, Rowena Mohr, Hannah Kodicek, Jess Gavron, Amy Finegan, Jo Olsen, Olivier Lacheze-Beer e Julian Wells, que aguentaram todos os meus primeiros esboços e me fizeram observações úteis. Vocês são o conjunto mais generoso, erudito, articulado e (é claro) bonito de cobaias do mundo.

Aprendi tudo que sei sobre as formigas com o Dr. Rob Hammond, que teve a gentileza de me mostrar seu laboratório e me deu uma ideia do mundo sórdido do acasalamento das formigas.

Obrigado ao professor Mark Cornwall, que me ofereceu uma lista de leituras sobre a Frente Oriental e me deu respostas claras a algumas perguntas complicadas.

Fui imensamente inspirado pelo amigo Dr. Maurizio Suarez, com quem tive numerosas conversas sobre física quântica. Espero que me perdoe por ter viajado de forma tão desavergonhada, tanto na física quanto no físico.

A história do meu avô Moshe me foi contada pelo maravilhoso e encantador tio Adi. Mamãe e papai acrescentaram a ela suas próprias lembranças. Sou grato por seu amor, pelo apoio incondicional e pela abertura.

E um agradecimento bem grande à pessoa que é claro que esqueci: você sabe quem é, e eu adoraria saber!

Amor profundo aos meus filhos, Poppy, Sol e Saffron, que me trouxeram de volta à terra quando cheguei da Biblioteca Britânica com a cabeça virada.

Por último e mais importante, agradeço à minha belíssima Sarah, que, com o passar dos anos, foi quem fez mais revisões neste livro e que, por alguma razão inexplicável, parece me amar, não importa o que eu faça. Cara, tenho mesmo muita sorte!

Seja um Leitor Preferencial Record
e receba informações sobre nossos lançamentos.
Escreva para
**RP Record
Caixa Postal 23.052
Rio de Janeiro, RJ – CEP 20922-970**
dando seu nome e endereço
e tenha acesso a nossas ofertas especiais.

Válido somente no Brasil.

Ou visite a nossa home page:
http://www.record.com.br

Este livro foi composto em
Adobe Garamond Pro 12/16,2 e VictorsHand 14/18
e impresso em papel off-white 80 g/m² na Prol Editora Gráfica LTDA.